AtV

Helmut Sakowski wurde 1924 in Jüterbog geboren. Nach Kriegsende Besuch der Fachschule für Forstwirtschaft. Neben seiner Tätigkeit als Revierförster begann er zu schreiben und wurde vor allem als Verfasser von Fernsehromanen, Hörspielen und Bühnenstücken bekannt. Er starb am 9. Dezember 2005 in Pälitzhof in Mecklenburg.

Wichtigste Werke: Fernsehromane: *Wege übers Land* (1968); *Daniel Druskat* (1976). Romane: *Die Schwäne von Klevenow* (1993); *Schwarze Hochzeit auf Klevenow* (1994); *Wendenburg* (1996); *Ein Herzog in Wendenburg* (2000); *Die Erben von Klevenow* (2000); *Die Geliebte des Hochmeisters* (2004); *Wege übers Land* (2005).

Als Ira Thurau tot auf der Kirchturmstiege gefunden wird, kann sich niemand den Mord erklären. Seit sie in den letzten Kriegstagen mit Häftlingsfrauen aus einem KZ in Kromberg ankam, lebte sie zurückgezogen und galt sogar als Wohltäterin, weil sie der Stadt ihr Anwesen Abtey als Kinderheim geschenkt hat. Besonders einer ist erschüttert, Martin Dobinka, Bürgermeister des mecklenburgischen Städtchens. Warum er seit dem Kriegsende allen Grund hatte, Ira dankbar zu sein, hat er nie jemandem anvertraut. Nun gibt es nicht nur diesen entsetzlichen Anlaß, Vergangenem nachzuforschen. Vor kurzem ist ein Fremder aufgetaucht, der die örtlichen Holzwerke liquidieren soll. Dobinka muß diese Katastrophe abwenden, aber er und der Fremde haben eine alte Rechnung offen, in der auch Abtey und Ira und nicht zuletzt der Hochmeister der SS vorkommen.

Angeregt wurde Helmut Sakowski zu diesem spannenden Roman durch die Geschichte eines mecklenburgischen SS-Gutes, das dem Reichsführer der SS und seiner Geliebten als Unterschlupf diente.

»Eine verrückte, pralle Geschichte, wie immer bei Helmut Sakowski.« ND

Helmut Sakowski

Die Geliebte des Hochmeisters

Roman

Aufbau Taschenbuch Verlag

ISBN-10: 3-7466-1362-0
ISBN-13: 978-3-7466-1362-8

1. Auflage 2006
Aufbau Taschenbuch Verlag GmbH, Berlin

Umschlaggestaltung Lemme/Henkel
unter Verwendung eines Fotos von © Wolfgang Köhler/Corbis
Druck Oldenbourg Taschenbuch GmbH, Plzeň
Printed in Czech Republic

www.aufbau-taschenbuch.de

Obwohl zu Füßen einer Burg gelegen, von der ein Turmstumpf übriggeblieben war, hatte Kromberg niemals zu den prangenden Städten Mecklenburgs gehört, gewiß aber zu den beschaulichen. Die Plumpe am Markt spie noch heute Wasser, sobald man den eisernen Schwengel bediente, und labte die Durstigen wie in alten Tagen. Im Kern bestand der Ort aus zwei, drei Häuserringen, die sich um Markt und Kirchplatz zogen. Die Plattenbauten der Nachkriegszeit ragten vor dem Wendischen Tor auf, das längst geschleift worden war, und die Neubausiedlungen verloren sich auf baumloser Heide, man nannte sie die Häuser am Sandhof oder am Fenn, was auf Kargheit schließen ließ. Ein Turmstumpf also, Sankt Marien, eine Kirche von beträchtlichem Alter, krumme Gassen. Kein Kaufhaus, keine Therme, aber Seen wie Wälder gab es rings im Überfluß, und auf den Wiesen zu Seiten der Schwanenhavel sammelten sich im Herbst die Kraniche zu Abertausenden, ehe sie nach dem Süden weiterflogen, und machten ein wenig Aufsehen vor der Winterruhe.

Man brauchte nicht auf den Kirchturm zu steigen, um festzustellen: Kromberg war ein überschaubarer Ort. Beinahe jeder kannte jeden, und ob sie sich nun schätzten oder nicht, die Leute hatten sich aneinander gewöhnt und ruhig miteinander gelebt, bis es zu den Aufregungen der Wende kam, urplötzlich, mit der Kraft einer Naturgewalt, die niederreißt, was ihr den Weg verstellt. Auch die behäbigen Mecklenburger hatten gebraust und geschäumt, bis die

Mauer zwischen Deutschland und Deutschland gefallen war und die Menschen zueinander konnten.

Das war aber auch schon eine Weile her, und bald schien es, als fließe das Leben in Kromberg wieder so gemächlich dahin, wie die Wasser der Peene im Norden, die sich von ihrer Quelle im Kummerower See bis zur Mündung im pommerschen Achterwasser nur über ein Gefälle von der Tiefe einer Bordsteinkante abwärts schleppen muß.

Das Städtchen verjüngte sich. Manche Eigentümer ließen ihre Häuser mit leuchtender Farbe übertünchen, Mintgrün galt als schick, aber auch Zinnober oder Dottergelb, da und dort zeigten sich Klinkerfassaden nicht mehr im gewohnten Ziegelrot, sondern weiß. Marktplatz wie Boulevard wurden kunstvoll gepflastert und mit Blumenkübeln dekoriert. Kromberg schmückte sich auf.

Nur die sogenannte Villa stand verwahrlost mitten im Ort. Das stattliche Bauwerk hatte einst dem Besitzer der Mecklenburgischen Holzwerke gehört, später ein paar Jahre als sowjetische Kommandantur herhalten müssen und zuletzt als eine Art von Speicher gedient. Seit der Wende stand es leer und galt als unverkäuflich, bis an die Hauswand breitete sich nämlich ein Gräberfeld aus, Hügel an Hügel, von bröckligen Zementkanten eingefaßt und überragt von einem kunstlosen Obelisken. Die Gräber pflegte niemand mehr, längst hatte sie der Efeu überwuchert.

Manches in Kromberg geriet in Vergessenheit, anderes war zu bestaunen. Wie überall mußten kleinere Geschäfte schließen, dafür öffneten gleich zwei Supermärkte, und ausgangs der Stadt entstand eine Tankstelle, die bei Dunkelheit im blauen Licht erstrahlte.

Die Veränderungen vollzogen sich nach und nach und wurden von den Krombergern mit Achselzucken oder Kopfnicken bemerkt. Als aber bekannt wurde, daß die Mecklenburgischen Holzwerke, seit Jahrzehnten der größte

Arbeitsgeber weit und breit, Konkurs anmelden mußten, begann es wieder zu raunen und zu brausen, und dies zu einer Zeit, als die Stadt Zurüstungen für die Jubelfeier ihrer Gründung traf. Zwar fehlte eine Urkunde, aber der Chronist verbürgte sich, daß der Landstrich nach einer Erbteilung der Enkel des Slawenfürsten Heinrich Borvin um 1230 an Nikolaus von Werle gefallen sei, folglich durfte die Stadtgründung Anfang der vierziger Jahre des dreizehnten Jahrhunderts vermutet werden.

Das Jubiläum sollte auf spektakuläre Weise gefeiert werden, nicht nur mit einem Festumzug und lärmenden Volksbelustigungen, wie man sie von Schützenfesten kennt, sondern auch mit einer öffentlichen Tagung des Stadtparlaments in historischen Kostümen. Diese parlamentarische Schausitzung wurde auf ausdrücklichen Wunsch des Bürgermeisters Dobinka vorbereitet. Der erste Mann der Stadt behielt sich vor, bei dieser Gelegenheit als Heinrich von Mecklenburg aufzutreten, und hatte den Damen und Herren Abgeordneten überlassen, sich nach Lust und Laune zu kostümieren, der Fundus des Landestheaters hielt jede Art von Gewandung bereit, Mönchskutten, Landsknechtswämser, Reifröcke und Perücken aus Dörchläuchtings Zeiten. Es sollte die Aufgabe jedes kostümierten Abgeordneten sein, vor dem hoffentlich reichlich versammelten Publikum über einen Abschnitt der Heimatgeschichte zu referieren, verheerende Gemetzel zu schildern, Stadtbrände und Hungersnöte, Hexenverfolgung und Pestilenz, und jeder Kromberger würde begreifen müssen, daß, gemessen an den Greueln der Historie, die Kümmernisse der Gegenwart leichter ins Gewicht fielen.

Die Abgeordneten fanden den Vorschlag amüsant, dem Antrag wurde zugestimmt. Die Bürger waren in Feierlaune, bis eines Tage die Orgelspielerin von Sankt Marien auf brutale Weise ermordet wurde. Mein Gott, warum?

1
Zur goldenen Wiege

Martin Dobinka war nach der letzten Wahl ins Amt gekommen. Er galt als eingeborener Kromberger, stammte aber von jenseits der Oder, wie sein Name verriet, und war das Bild von einem Mann, groß und schlaksig schlank mit kantigem Gesicht, wasserblauen Augen und schon gelichtetem Haar. Er mußte längst über fünfzig sein und war noch immer ein Kerl, der den Frauen gefiel. Das bestätigten auch seine Neider. Sie behaupteten, es sei weniger seinem politischen oder fachlichen Sachverstand als vielmehr der Gunst der Weiber zu danken, daß er an die Macht gekommen war, und mochten damit recht haben. Jeder kannte Dobinka, jeder wußte, daß er bei den Mecklenburgischen Holzwerken das Schlosserhandwerk erlernt und jahrzehntelang in der Fabrik gearbeitet hatte, bis er noch vor der Wende Knall und Fall entlassen worden war.

Seine fristlose Kündigung war damals tagelang Stadtgespräch.

Weshalb fliegt ausgerechnet der? Schließlich war Martin Dobinka kein Irgendwer, nicht nur ein beschlagener Facharbeiter, sondern ein führender Mann, wenn man so wollte, nämlich Kommandeur der Kampfgruppe seines Betriebes, und diese Aufgabe hatte ihm eine Weile durchaus Spaß gemacht. Er war ein Sportsmann, ein Meister im Scheibenschießen, und die Kromberger bekamen was zu sehen, wenn Dobinka am 1. Mai eines jeden Jahres zur Blechmusik die Beine schmiß und stiefelknallend an der Spitze seiner Hundertschaft im Festzug marschierte, eingezwängt in einen Overall, mit breitem Koppel gegürtet, das Käppi verwegen auf dem dünnen Haar. Jeder, der ihn so erblickte, war sicher, daß dieser Mann mit Hilfe seiner Truppe die Holzwerke gegen jeden Angriff von Banditen, Brandstiftern und Saboteuren verteidigen würde. Er hing an seinem Betrieb und hatte sich niemals geniert, das Parteiabzeichen am Revers seiner Jacke zu tragen, bis er unversehens in einen Strudel von Konflikten geriet und aus der Bahn gerissen wurde.

Im Laufe des Jahres neunundachtzig war Weisung ergangen, die Kampfgruppen müßten im Interesse öffentlicher Sicherheit den Umgang mit dem Schlagstock erlernen.

Als er das hörte, hob Martin Dobinka das Kinn und sagte: Das fangen wir gar nicht erst an. Er weigerte sich, an der Übungsstunde mit dem Gummiknüppel teilzunehmen, und stellte sich quer. Das sorgte bei den Mecklenburgischen Holzwerken für beträchtliches Aufsehen und mußte selbstverständlich den Sicherheitsorganen gemeldet werden. Der Mann wurde von der Betriebsleitung zum Gespräch geladen.

Der zweite Direktor, ein gewisser Grollmann, stammte aus Sachsen, besaß einige kaufmännische Qualitäten, hatte aber als Folge eines Unfalls den linken Arm verloren und war deshalb gehindert, in der Kampfgruppe mitzuwirken. Jetzt maßte er sich an, über die Ausbildung zu befinden.

Er deutete auf einen Stuhl. Dobinka nahm Platz.

Ich höre, sagte Grollmann, du verweigerst dich der neuen Aufgabe, die unsere Kampfgruppen meistern müssen.

Gegen welchen Feind wehrt man sich mit einem Schlagstock?

Mensch, weißt du nicht, wie viele unzufriedene Staatsbürger Ausreiseanträge gestellt haben und das öffentlich bekunden, indem sie die Antennen ihrer Autos mit weißen Bändern schmücken? Andere stören Demonstrationszüge und heben Transparente mit Worten von Rosa Luxemburg in die Höhe: Freiheit ist immer die Freiheit der Andersdenkenden, und wieder andere rennen mit brennenden Kerzen herum und kokeln an Straßenrändern oder auf Kirchenstufen. Das ist gefährlich.

Dobinka sagte: Ich habe mich an der Waffe ausbilden lassen, das Schieß- und Sportabzeichen erworben und meine Kenntnisse weitervermittelt, ich habe seit Jahren in der Kampfgruppe gedient und meine Pflicht getan, weil ich wußte, wir sind eine Art von Bürgerwehr und müssen trainieren. Erinnere dich, ich bin einer von denen gewesen, die Nacht für Nacht Wache geschoben haben, als diese verdammten Feuerteufel die Gegend unsicher machten. Ich bin bereit, jedem auf die Pfoten zu hauen, der sich an unserem Werk vergreifen will, aber es widerstrebt mir, gegen harmlose Demonstranten vorzugehen.

Harmlos? rief Grollmann. Das sind unsere Gegner – er sagte Gechner. Die halten es mit dem Klassenfeind. Das sind Dissidenten – er rief Tissitenden. Und du hast Probleme, sie in die Schranken zu weisen.

Es geht um den Knüppel, sagte Dobinka. Ich bring es nicht fertig, auf die eigenen Leute einzuschlagen. Und jetzt hör mal gut zu: Ich bin in die Kampfgruppe eingetreten aus Überzeugung und freiwillig, wie es das Statut verlangt. Ich will nicht mit dem Schlagstock prügeln, und aus diesem Grunde trete ich heute freiwillig aus.

Das kannst du nicht, brüllte Grollmann. Wenn du das tust, bist du kein Genosse mehr.

Gut, sagte Dobinka. Er löste das Parteiabzeichen vom Revers und hätte es am liebsten dem Grollmann im heiligen Zorn vor die Füße geworfen, besann sich aber und legte es so vorsichtig auf den Schreibtisch nieder, als mache er seinem Chef ein besonderes Geschenk. Dann ging er grußlos zurück an den Arbeitsplatz.

Grollmann telefonierte unverzüglich mit dieser oder jener Dienststelle, um von der Provokation zu berichten und sich sagen zu lassen, wie er darauf reagieren müsse. Dobinka erhielt noch am selben Tag die schriftliche Mitteilung, er sei fristlos entlassen und habe Hausverbot.

Meinetwegen, sagte Martin Dobinka trotzig und begann im Schubfach nach den wenigen Dingen zu suchen, die ihm persönlich gehörten, Zollstock, Kugelschreiber, blecherne Frühstücksbüchse, aber auch Spiegel und Kamm, denn wie alle gutaussehenden Männer war er eitel und hatte, ehe er sich in der Kantine den Blicken der Kolleginnen aussetzte, vorsorglich den Scheitel nachgezogen. Im letzten Winkel fand er noch ein Präservativ, das er wohl vor langer Zeit für alle Fälle dort deponiert hatte. Schön war die Jugendzeit!

Er hatte meinetwegen gesagt, als er aber die sieben Sachen in seiner Kunstledertasche verstaute, wurde ihm klar, daß er seit der Lehrzeit bei den Mecklenburgischen Holzwerken gearbeitet hatte und diese Arbeit ein wesentlicher Teil seines Lebens war, es schmerzte ihn doch, daß er sie hergeben mußte. Arbeitskollegen, die er auf dem Wege traf, grüßte er wie üblich, indem er an die Mütze tippte. Als er durchs Werktor ging, war ihm zum Heulen, und er fühlte sich auch nicht gut, als er nach Hause kam. Es war noch lange nicht Feierabend, und seine Frau wunderte sich, als er das Fahrrad zu ungewohnter Stunde auf den Hof schob.

Frau Dobinka war die Kneipe in der ersten Ringstraße von ihrer Großmutter zugestorben, eine Erbschaft, die sie lediglich aus sentimentalen Gründen und mit Rücksicht auf ihre Mutter nicht ausgeschlagen hatte. Das Haus schien nämlich wenig wert. Es war von den Stadtbränden der Vergangenheit verschont worden und daher eines der ältesten

Gebäude in Kromberg, mit verbogenem Fachwerkgebälk und kleinen Sprossenfenstern. Beinahe schien es, als sei das Haus unter der Last der Jahrhunderte ins Erdreich gesunken, denn der Gast mußte sich ein paar Stufen abwärts tasten und dem Türsturz ausweichen, weil er Gefahr lief, sich den Schädel einzurennen, und die verräucherte Holzdecke der Schankstube hing so tief, daß sie ein großer Mann mit den Fingerspitzen erreichen konnte. Es gab keine bescheidenere Kneipe in Kromberg, aber sie nannte sich: Zur goldenen Wiege.

Die Wirtin hieß mit Vornamen Kornelia und wurde von Dobinka auch nach der Silberhochzeit noch zärtlich Körnchen genannt, eine wohlgerundete Blondine mit braunen Funkelaugen und baumelnden Ohrgehängen, die einen Kopf kleiner war als ihr Mann und die Differenz mit hohen Stöckelschuhen auszugleichen suchte. Wegen dieser Stelzen mußte sie sich beim Servieren energisch in den Hüften wiegen, was die männliche Kundschaft nicht ungern sah.

Dobinka hörte, wie Kornelias Pfennigabsätze auf die Bodenfliesen hämmerten, dann stand sie schon unter der Tür und blickte ihm besorgt entgegen.

Martin, was ist passiert?

Er wies auf das weißlackierte Bänkchen an der Hauswand. Beide ließen sich nieder, er reichte ihr wortlos den Brief.

Als sie begriff, daß der Mann gefeuert worden war, wurde Kornelia angst. Sie bedachte die Folgen, Bespitzelung, Schikanen womöglich, aber sie ersparte ihm jeden Vorwurf. Dennoch hätte sie gewünscht, er wäre in der Auseinandersetzung mit seinem Betriebsdirektor diplomatischer gewesen, nicht so geradezu, wie es oft genug seine Art war. Mehr als einmal hatte er sie selber schon brüskiert mit seiner Redensart: Das fangen wir gar nicht erst an. Er war ein Dollbrägen, wie man in Kromberg sagte, aber sie konnte dem Mann nicht lange gram sein, weil er sie immer noch Körnchen nannte und sie beinahe an jedem Sonntag im Bett verwöhnte.

Er fragte: Was nun?

Nach einer Weile sagte sie: Die Kneipe ist seit Generationen im Besitz der Frauen meiner Familie, die von ihren Männern enttäuscht wurden und für sich selber sorgen mußten.

Körnchen, du hast mich. Er blickte sie aus großen blauen Augen an.

Jetzt bist du arbeitslos, meinte sie und fuhr fort: Meine Großmutter hat die Goldene Wiege in den zwanziger Jahren eröffnet, glaube ich. Als sie alt wurde, hat ihr meine Mutter geholfen, das Lokal zu führen, und als meine Mutter alt wurde, bin ich ihr zur Hand gegangen, aber ich hab oft gedacht, es ist der Mühe nicht wert, Martin hat einen guten Job, er taugt nicht zum Gastwirt, also werde ich über kurz oder lang mit der Tradition brechen und den Laden dichtmachen. Ich schenke dem Staat das uralte Haus, das uns bloß belastet.

Kein Mensch hindert uns, die Kneipe zu schließen und nach dem Westen abzuhauen, sagte Dobinka. Mit dem Kündigungsbrief vom Genossen Grollmann habe ich ein Empfehlungsschreiben in der Hand, das mir manche Türe öffnet.

Abhauen? Jetzt noch? fragte sie. Wo es so viele tun aus lauter Angst, sie könnten was verpassen? Nein, Martin, wir sollten bleiben und einem Widerling wie Grollmann die Stirn bieten. Wenn du die Schankstube übernimmst, damit ich mich um die Küche kümmern kann, und wir es ein wenig geschickt anstellen, können wir uns mit der Goldenen Wiege behaupten.

Kornelia blickte auf zu ihm, und für einen Augenblick fürchtete sie, daß er mit seinem üblichen Spruch antworten könnte: Das fangen wir gar nicht erst an. Aber als er nur die Schultern hob, nahm ihn die Frau bei der Hand und führte ihn ins Haus bis zu einem der Wäscheschränke. Sie brauchte nicht lange zu kramen, bis sie den Stoß mit den sorgsam zusammengelegten Schürzen aus grünem Tuch fand, die ihre Großmutter für einen Kellner angeschafft hatte. Sie waren kaum getragen. Kornelia zog eine von ihnen aus dem Stapel und half dem Mann, das Kleidungsstück anzulegen und zuzubinden.

Tadellos, sagte sie lächelnd. Grün kleidet dich, und glaube mir, die Goldene Wiege hatte zu keiner Zeit einen so gutaussehenden Oberkellner. Dann hob sie sich auf die Zehenspitzen, um ihren Mann zu küssen.

Es schlug zu seinem Glück aus, daß Frau Dobinka den Martin noch am Tag seiner fristlosen Entlassung für einen neuen Beruf eingekleidet hatte. Er lebte sich so rasch in seine Rolle ein, daß Außenstehende meinten, er habe seit jeher in der Branche gearbeitet. Um Gäste brauchte sich Dobinka nicht zu sorgen, denn die Kollegen aus den Holzwerken kamen gern auf ein Bier, um ihre Solidarität zu bekunden, und später, nach der Wende, wurde die Goldene Wiege zu einem Geheimtip für die Touristen.

Jeden Vormittag, ein Viertel vor elf, trat Martin Dobinka vor die Tür der Gastwirtschaft, stets mit schmaler Hose und grobmaschigem Seemannspullover bekleidet, lange grüne Schürze vor dem Bauch, sommers barhäuptig, winters mit einer Schiffermütze bedeckt, blinzelte himmelwärts nach dem Wetter, blickte die Straße auf und ab, und gelegentlich bückte er sich, um die Speisekarte zu ergänzen, eine schwarze Tafel, die neben dem Eingang lehnte, denn manchmal hatten Wind und Wetter die Schrift verwischt. Aufgelistet wurde ein Dutzend Gerichte zu kleinen Preisen, zum Beispiel Soljanka zu einsvierzig oder hausgemachte Sülze mit

Bratkartoffeln zu fünfachtzig, und viele Kromberger fragten sich: Wie kriegt er das hin? Wie macht er das bloß, dieser Dobinka?

Das wußte am besten Kornelia, die in der Küche über zwei Hilfskräfte herrschte. Ihre Bratkartoffeln wurden von Röbel bis Strelitz gerühmt, jede der dreißig, vierzig Scheiben einer Portion war goldgelb und so kroß, als wäre sie einzeln in der eisernen Pfanne hin und her gewendet worden. Für den einzigartigen Geschmack ihrer Soljanka war Frau Dobinka sogar in der populären Sendung »Topfgucker« von N3 vorgestellt worden. Auch Martin hatte vor der Kamera posiert und ein paar Sprüche von sich gegeben. Sie als ostdeutsches Gastronomenpaar fühlten sich verpflichtet, diese etwas säuerliche Suppe gewissermaßen hochzuhalten als letztes kulturelles Erbe, das die Russen hinterlassen hätten.

Dobinkas im Fernsehen, kein Wunder, daß die Goldene Wiege mehr und mehr Zulauf bekam.

Mittags trafen sich dort Leute jeglichen Standes, Einheimische und Urlauber, der Lehrer und der Pastor, aber auch Arbeitslose, die zwar knapp bei Kasse waren, aber Zeit hatten, am hellen Tag in der Kneipe zu sitzen. Die Geschäfte gingen, wie die Raiffeisenbank bestätigen konnte. Als aber Frau Dobinka nach einer guten Jahresbilanz meinte, jetzt sei es Zeit, die Kneipe zu renovieren, neue Küche, neue Möbel, neue Fenster, hatte der Mann energisch geantwortet: Das fangen wir gar nicht erst an. Schlichtes Ambiente und volkstümliche Preise sind unser Markenzeichen. Nur in der Goldenen Wiege kann der hungrige Gast, wenn er am Mittagstisch wartet, hören, wie nebenan sein Kotelett zurechtgeklopft wird. Das Wasser läuft ihm im Munde zusammen, er muß noch ein Bier bestellen. Modernisierung würde das Geschäft versauen. Begreif es doch, Körnchen.

Worauf sie mit dem Zeigefinger ihre Brille bis zur Nasenwurzel schob, um ihren Mann erstaunt zu betrachten.

Sie war zwar immer noch die Besitzerin der Goldenen Wiege, mußte aber in diesem Augenblick begreifen, daß Dobinka ihr die Führung der Geschäfte aus der Hand genommen hatte. Von da an ließ sie ihn gewähren.

Sonntags blieb die Kneipe geschlossen, aber von Montag bis Sonnabend trat Dobinka pünktlich Viertel vor elf vor die Tür. Noch kein Gast eilte um diese Zeit an den Mittagstisch, kein Auto näherte sich dem Parkplatz. Aber jedesmal sah Dobinka die alte Frau. Sie beugte sich aus dem Parterrefenster des Hauses schräg gegenüber, das dem Pfarramt gehörte, und er hob, wie zum Zeichen des Einverständnisses, ein wenig die Hand. Es schien, als hätte die Frau nur auf diesen Wink gewartet, denn sie neigte den Kopf, schloß das Fenster, und es dauerte nicht lange, bis sie den Haustritt abwärts stieg, eine Hand am Geländer, in der anderen den Stock.

Es war eine Frau von imponierender Erscheinung, großflächiges Gesicht, vom Leben zerkerbt, das dichte weiße Haar streng gescheitelt und zu einem Knoten gewunden, dunkle Augen unter dunklen Brauen. Sie gestattete sich keine Nachlässigkeiten wie andere Krombergerinnen, die nur eine Strickjacke über die Kittelschürze zogen, wenn sie in Pantoffeln zum Bäcker schlurften. Diese Frau war wie zum Kirchgang gekleidet, sobald sie das Haus verließ. Sie hielt sich aufrecht, stützte sich auf den Stock und schritt ruhig zur Bordsteinkante, kein Blick nach rechts, kein Blick nach links, so überquerte sie die Straße, und wenn ihr ein Auto zu nahe kam, blieb sie mitten auf der Fahrbahn stehen und starrte den Fahrer so herrisch an, daß er augenblicklich auf die Bremse trat.

Diese Frau war Ira Thurau. Jedermann kannte sie von Angesicht, viele wußten ihren Namen, niemandem jedoch war sie vertraut, obwohl sie seit Jahrzehnten in der Stadt lebte. Alte Leute meinten, daß sie bei Kriegsende mit einem Elendszug von Frauen aus Ravenstein herübergekommen sei. Bezeugen konnte das keiner, damals hatten viele vor Schreck die Fensterläden geschlossen. Jedenfalls war Ira Thurau seit dieser Zeit die Orgelspielerin von Sankt Marien und ist das geblieben, bis es ihr schwerer und schwerer wurde, die enge Turmstiege bis hinauf zu den Manualen zu erklimmen.

Seit Dobinka die Kneipe übernommen hatte, nahm die alte Frau ihre Mittagsmahlzeit in der Goldenen Wiege ein. Martin erwartete sie jeden Wochentag um die gleiche Zeit.

Guten Tag, Ira.

Guten Tag. Sie lächelte ein wenig, und der Mann reichte ihr ritterlich den Arm, um sie treppab in die Gaststube zu führen. Dort half er der Frau aus dem Mantel, rückte am Tisch neben der Tür einen Stuhl zurecht, und es war jeden Tag die erste Bestellung, die er mit lautem Ruf der Küche annoncierte: Die Soljanka, Körnchen!

Und schon eilte Frau Dobinka herbei, um die dampfende Suppe aufzutragen.

Mahlzeit, Frau Thurau.

Die Alte entfaltete umständlich die Serviette und dankte mit einer Neigung des Kopfes, aber sie verzog keine Miene, wenn sie mit: Mahlzeit! antwortete.

Seit Ira Thurau zum erstenmal in der Goldenen Wiege erschienen war, wurde für sie der beste Platz reserviert.

Anfangs hatte sich Kornelia gewundert. Bist du in ihrer Schuld, Martin?

Er antwortete ausweichend: Wie kommst du darauf?

Du bemühst dich um sie.

Die Frau ist alt, und sie hat keinen Menschen.

Sie könnte freundlicher sein.

Ich glaube, sie hat Schreckliches erlebt.

Aber reich soll sie sein.

Hab ich auch gehört, Körnchen.

Ira Thurau erschien jeden Wochentag zu bestimmter Zeit in der Goldenen Wiege, man hätte die Uhr danach stellen können. Als sie eines Tages ausbleiben sollte, hatte man sie erschlagen. Mein Gott, warum?

Aber noch verlief das Leben in gewohnten Bahnen. Die Dobinkas arbeiteten in der Goldenen Wiege mit kräftigem Zugewinn, übten sich aber in Bescheidenheit und antworteten: Wir kommen zurecht, falls jemand nach dem Gang der Geschäfte fragte. Kornelia hoffte, so möge es bleiben, bis sie der Mann eines Abends mit einer Mitteilung überraschte, auf die sie mit abwehrender Kopfbewegung und heftigem Klirren ihrer Ohrgehänge reagierte. Das war ein Weilchen nach der Polizeistunde und einige Zeit vor den Gemeindewahlen, die für den Herbst anstanden.

Wie immer hatte das Paar die Gaststube ein wenig aufgeräumt und die Einnahmen nachgezählt, die an diesem Tag besonders üppig ausgefallen waren. Kornelia verschloß Scheine und Münzen mit einem Lächeln der Genugtuung in der Stahlkassette, die sie anschließend nach oben in die Schlafkammer tragen wollte, als Dobinka sie mit liebenswürdiger Geste hinüber zum Stammtisch bat. Er nahm der Frau gegenüber Platz und schob ihr einen Grappa zu. Das gehörte zu ihrem feierabendlichen Ritual. Er trank ihr zu, setzte das Glas ab und sagte:

Körnchen, ich habe beschlossen, in die Politik zu gehen.

Sie war seit Jahren im Geschäft und vertrug einen Schnaps, jetzt verschluckte sie sich, hustete und rang keuchend nach Atem. Dobinka mußte ihr auf den Rücken klopfen.

Kornelia stotterte, hochrot im Gesicht: Sag – sag das noch mal, und er antwortete:

Ich will mich um das Bürgermeisteramt bewerben.

Frau Dobinka wurde himmelangst. Sie dachte an die Geschichte von des Fischers Fru, die übel ausgegangen war, an Ilsebill, die sich nicht zufriedengeben wollte mit dem, was ihr der Buttje Timpete an Wohlstand beschert hatte, und sich mit ihren Wünschen so maßlos überhob, daß die Eheleute am Ende alles verloren.

Du willst Bürgermeister von Kromberg werden?

Ehrenamtlich, nur ehrenamtlich.

Warum?!

Weißt du, sagte er, ich dachte, nach der Wende würde es in Kromberg ganz anders langgehen. Es mißfällt mir, daß so laut von den Werten der Demokratie geredet wird und trotzdem vieles von dem, was in der Stadt geschieht, den Leuten am Arsch vorbeigeht. Ich hab früher mal einen gescheiten Spruch gehört, scheint, daß er heute noch stimmt: Die Idee blamiert sich, wenn sie dem Interesse widerspricht. Ich möchte mitreden können, nicht bloß hinnehmen müssen, was andere bestimmen.

Martin, rief Kornelia jammernd, uns geht es doch gut.

Anderen geht es schlecht. Die Holzwerke stehen vor dem Konkurs. Ich hab dreißig Jahre dort gearbeitet. Meinst du, mir ist es egal, wenn den Bach runtergeht, was ich mit aufgebaut habe? Das Sagen haben die Experten aus dem Westen, sie sitzen in den Banken, in den Verwaltungen, in den Kanzleien, in den Mecklenburgischen Holzwerken. Warum sollte nicht wenigstens der Bürgermeister von Kromberg aus Kromberg sein?

Du warst in der Partei.

Schnee von gestern, meinte er. Ich will eine Vereinigung gründen: »Bürger für Kromberg«.

Der Teufel muß ihn geritten haben, dachte Kornelia, aber es gelang ihr nicht, den Dobinka von seiner Absicht abzubringen, soviel sie auch auf ihn einredete. Selbst ein Bettstreik am nächsten Sonntag richtete nichts aus. Er rollte sich auf die Seite und legte am Montag die ersten Listen in der Kneipe aus, um Unterschriften für »Bürger für Kromberg« zu sammeln. Später setzte er sich vor den Eingang des Supermarktes, plauderte mit den Leuten und schenkte jeder Frau, die sich in seine Liste eintrug, eine Rose und ein breites Lächeln, und Pastor Petters gefiel es nicht, als er nach dem Gottesdienst und abschließendem Glockengeläut den Dobinka mit seiner Liste vor dem Portal von Sankt Marien stehen sah. Als schließlich der Wahlsonntag kam und die Stimmen ausgezählt waren, hatten die »Bürger für Kromberg« die Kandidaten der etablierten Parteien aus dem Felde geschlagen. Seitdem regierte der Mann die Stadt zur Zufriedenheit vieler.

Obwohl er darauf achtete, Amt und Kneipe voneinander zu trennen, geschah es dennoch, daß ihn der eine oder andere am Tresen aufsuchte, um ein Anliegen vorzutragen. In solchen Fällen verwies Dobinka auf seine Bürgersprechstunden, die er Dienstag und Donnerstag nachmittags in den Amtsräumen abhielt. Ihm hatte nämlich die Heimlichkeit von Vieraugengesprächen mißfallen, die unter seinem Vorgänger gang und gäbe gewesen waren und zu Mauscheleien führen mußten. Er haßte die Schmiergeld- und Schwarzgeldpraxis, wie sie zum Vorteil reicher Interessenverbände und großer Parteien geübt wurde, und hatte in seiner Antrittsrede beteuert: Das fangen wir gar nicht erst an.

Seinen Einsatz für die Stadt verstand er als eine Sache der Ehre und als Ehrenamt, für das ihm, na bitteschön, eine angemessene Aufwandsentschädigung gezahlt werden mußte.

Kornelia, die trotz der Vorliebe für Pfennigabsätze mit beiden Beinen fest auf der Erde stand, hatte ein paarmal spitz gefragt, wieviel er dabei draufzahle, und als Antwort ein Stirnerunzeln erhalten.

Was Martin ehrenhalber bewegte und berannte, war für sie mit Mehrarbeit verbunden, allerdings bemerkte sie bald, daß die Kasse der Goldenen Wiege noch öfter als vorher klingelte, und sie versuchte, daraus Vorteil zu schlagen. Eines Tages hatte sie mit einem kleinen hinterhältigen Lächeln gesagt:

Auch ich existiere seit deiner Wahl in einer Doppelfunktion. Ich bin die Wirtin der Goldenen Wiege, muß aber auch die Frau des Bürgermeisters repräsentieren, und deshalb brauche ich feinere Klamotten. Vielleicht eine Art von Tracht.

Bayerisch etwa?

Altmecklenburgisch, habe ich gedacht, ausgestellte Röcke, Schürze, Leinenbluse, Mieder.

Meinetwegen.

Schwieriger gestalteten sich die Personalfragen. Selbstverständlich mußte Kornelia ihren Mann in der Kneipe vertreten, sobald er in Amtsgeschäften aushäusig war, und es geschah öfter und öfter, daß sie, zwischen Küche und Gaststube hin und her stolpernd, in Konflikt geriet.

So geht es nicht weiter, Martin.

Dobinka nickte. Ihm gefiel eine bestimmte junge Person, die in der Eisdiele bediente, und er riet, die Hübsche mit guter Löhnung abzuwerben und als Serviererin einzustellen.

Ach die, sagte Kornelia, ach nein, und meinte, man solle wegen eines flotten jungen Mannes annoncieren, worauf Martin wieder seine Redensart anbrachte: Das fangen wir gar nicht erst an.

Schließlich dachten beide an Sophie, Dobinkas Tochter, die auf der Internatsschule in der Kreisstadt Abitur gemacht hatte, aber noch in der Wende nach München abgehauen war, um sich dort als Hotelfachfrau ausbilden zu lassen.

Sie ist die Erbin der Goldenen Wiege, sie kann doch mal für 'ne Weile unterbrechen und in der elterlichen Gastwirtschaft aushelfen, so redeten die Alten. Und tatsächlich, Sophie verstand, daß Hilfe nötig war, und ließ sich zur Heimkehr überreden.

Seit dieser Zeit konnte niemand mit Bestimmtheit sagen, was die Leute wirklich in die Goldene Wiege zog, war es die Kochkunst Kornelias, waren es die kulanten Preise oder war es die Tatsache, daß Sophie die Gäste bediente. Das Mädchen war schlank und beinahe so groß wie der Vater. Das schönste war ihr Gesicht, ein makelloses Oval, in dem die Augen prangten, tiefbraun wie bei der Mutter, das helle Haar mit rötlichem Glanz trug sie kurz geschnitten, es wirkte wie eine blanke Kappe. Als von Mieder und Puffärmeln die Rede war, hatte sie ihre Mutter ausgelacht, und die Eltern staunten, als Sophie sich am nächsten Tag in der Arbeitskleidung präsentierte, die sie aus München mitgebrachte hatte. Sie wirkte extravagant: lange, schmale Hose, enge Wickelschürze, ausgeschnittene Bluse. Alle Stücke im tiefsten Schwarz, das im Kontrast stand zum schimmernden Dekolleté und dem blonden Haarhelm des Mädchens. Sophie sah blendend aus. Die Mutter sagte mißbilligend, so könne sie zu Balle gehen.

Aber Dobinka ging das Herz auf, als er seine schöne Tochter sah, und er versuchte in ihrer Nähe zu sein, sooft es seine Amtsgeschäfte erlaubten. Seit das Mädchen den Eltern zur Hand ging, vermehrte sich der Kundenkreis der Goldenen Wiege um Schüler der Städtischen Hauptschule, die Erfrischungsgetränke bei Sophie bestellten.

Manchmal saßen sie zu dritt nach Feierabend noch ein Weilchen in der Gaststube beieinander und plauderten, bis es Zeit war, zu Bett zu gehen. Zu einer solchen späten Stunde hatte Dobinka nach zwei doppelten Grappa gesagt:

Viele unserer hochgeschätzten Brüder und Schwestern in Westdeutschland glauben tatsächlich, hier im Osten säße ein Volk von Deppen herum, das nichts gelernt hätte, als den Kopf einzuziehen, auf bessere Zeit zu warten und zu jammern. Wir Dobinkas beweisen jeden Tag, daß wir schlau genug sind, den Kapitalismus zu melken.

Sophie lachte ein bißchen, wie's der Vater erwartet hatte, und Kornelia, die mit der Müdigkeit kämpfte, gähnte herzhaft, ehe sie sagte:

Hoffentlich hält das Glück.

Worauf Dobinka, der einigermaßen belesen war, mit einem Spruch von Moltke antwortete:

Glück hat auf die Dauer nur der Tüchtige. Also strengen wir uns an.

2
Zwei Mädchen

Einige Wege mußte Ira Thurau immer wieder gehen. Beim Bäcker, Fleischer, Gemüsehändler oder im Milchgeschäft wußten die Verkäuferinnen längst, was die alte Frau am Wochenende einkaufen würde. Immer waren es geringe Mengen. Soll es wieder ein halbes Mischbrot sein, Frau Thurau? Ein halbes Pfund Butter? Sehen Sie mal, da wär ein besonders kleiner Blumenkohl. Zweihundert Gramm Gewiegtes halb und halb? Sie brauchte nur zu nicken. Jeder wußte, die Orgelspielerin von Sankt Marien lebte allein.

Zeit für Gespräche nahm sie sich selten, und es gefiel ihr, als bald nach der Wende der erste Supermarkt in Kromberg öffnete. Jetzt verkürzten sich die Wege, sie konnte am selben Ort erstehen, was sie zum Leben brauchte, und fühlte sich dort beinahe anonym. Die jungen Frauen an der Kasse hatten gar keine Zeit, Fragen zu stellen, die sie ungern beantwortete: Wie geht es Ihnen, Frau Thurau? Es ging ihr schon lange nicht mehr gut, das Rheuma saß ihr in den Knochen, sie mußte sich auf einen Stock stützen.

Trotzdem ging sie gern zur Apotheke, um ihre Rezepte einzulösen. Der Weg war nicht lang, er führte durch die Kirchgasse und mündete am Markt. Der Apotheker, Herr Wolfram Schlicht, war ein Mann in den Vierzigern, der nicht nur seine Profession beherrschte, sondern auch in der Malerei dilettierte, jedenfalls fertigte er in seiner Freizeit zarte Aquarelle, die dann und wann in den Geschäftsräumen zu bewundern waren. Die Apotheke, ein altes Fachwerkgebäude, hatte er nach allen Regeln der Denkmalspflege restaurieren lassen, so daß sie das Rathaus weit übertrumpfte und den Marktplatz dominierte. Schlicht hatte sogar dafür gesorgt, daß sommers vor seinem Haus ein Brunnen plätscherte. Er war also ein Mann von Geschmack und Kunstverstand, die Orgelspielerin mochte ihn und plauderte, wenn nicht allzu viele Kunden warteten, gern ein wenig mit ihm über den Musiksommer in Mecklenburg, ein neues Buch, das von sich reden machte, oder anderes.

Manchmal ergab sich sogar Gelegenheit zu einem Scherz. Als Ira Thurau einmal bei der Zuzahlung besonders tief ins Portemonnaie greifen mußte, hatte sie lächelnd gesagt: Sie werden an mir reich, Herr Schlicht, und er hatte schlagfertig zurückgegeben: Ich könnte Sie niemals einholen, die reichste Frau in Kromberg bleiben Sie. Natürlich hatte sie: Unsinn, Unsinn! gerufen und beide Hände gehoben. Das Gerede war damit nicht aus der Welt geschafft, viele Kromberger glaubten tatsächlich, die alte Jungfer hätte Geld wie Heu, und fragten sich, wer wohl das Glück haben würde, sie zu beerben.

Der Apotheker hatte also auf der kleinen Terrasse vor dem Schaufenster seines Hauses einen Plätscherbrunnen installieren lassen und daneben eine Bank aufgestellt, die den Kunden zur Rast einlud und einen besonders guten Blick auf den Marktplatz bot. Hier saß Ira eines Tages, beide Hände über dem Griff ihres Stockes gefaltet, und betrachtete Leute, die vorüberflanierten, Autos, die einen Parkplatz suchten, Urlauber, die ihre Fahrräder beiseite stellten, um sich an der Plumpe zu erfrischen, da bemerkte sie, daß sich an einem Gebäude, das der Apotheke schräg gegenüber lag, Ungewöhnliches begab. Das Anwesen unterschied sich von den schlichten Nachbarhäusern und hätte besser in das Villenviertel einer Beamtenstadt gepaßt als ins ackerbürgerliche Kromberg. Es verband Elemente des Fachwerkbaus mit dem Jugendstil, besaß einen ausschweifenden Runderker mit schmalen, schön verglasten Fenstern und war über Jahrzehnte hinweg ein Treffpunkt der Rentner gewesen, bis es der Arbeiterwohlfahrt als Heimstatt diente. Jetzt war dort ein Lastwagen vorgefahren, einige Möbelstücke wurden herausgetragen, andere Sachen aber, altes Gestühl oder Gerät, aus den offenen Fenstern auf die Straße geworfen. Ein Polizist stand dabei, griff aber nicht ein. Die Thurau wendete den Kopf, schirmte die Augen mit der flachen Hand, weil sie durch die Schaufensterscheibe spähen und erfahren wollte, ob der Apotheker noch hinter dem Tresen stand. Sie erkannte seinen Umriß, pochte mit dem Stock an die Scheibe, um den Mann herauszurufen. Er erschien und blickte fragend auf die alte Frau, die auf das Haus schräg gegenüber deutete. Was ist dort los?

Wieder flogen Gegenstände durchs Fenster auf die Straße.

Der Apotheker betrachtete angewidert das Schauspiel. Zwangsräumung. Ein paar Leute wohnen noch unter dem Dach. Der Eigentümer beansprucht das Haus für sich. Er kommt aus Hannover, ein gewisser Fiebrich.

Fiebrich, wiederholte die alte Frau ungläubig, Fiebrich ist doch lange tot. Und Schlicht sah, wie sie sich verfärbte.

Warten Sie, rief er, ich hol einen Schluck Wasser, und war im Nu mit einem Glas zurück.

Die alte Frau bedankte sich und trank. Bitte, lassen Sie mich hier eine Weile ausruhen, es geht mir wieder gut.

Ira Thurau starrte hinüber auf das eigenartige Haus und dachte an eine Geschichte, die sich vor langer Zeit zugetragen hatte, in einem anderen Leben, eine Geschichte, die sie vergessen und verdrängt hatte, aber nun war ihr wieder alles vor Augen, so als betrachtete sie einen alten Film, in dem sie die Hauptrolle spielte.

Es war düster und diesig gewesen an diesem Februartag des Jahres neunzehnhundertfünfundvierzig, bis sich gegen

Mittag der Nebel hob, aber dann fiel eisiger Regen und überzog das Kopfsteinpflaster des Marktplatzes von Kromberg mit spiegelglatter Glasur. Eine vermummte Frau schlug längelang hin, andere halfen ihr auf, kamen dabei selber ins Rutschen und mußten sich mit ausgebreiteten Armen wie unsichere Seiltänzer heimwärts tasten.

Selbst die schwere Horch-Limousine geriet ins Schlittern, als sie vor dem Portal der schmucken Villa, Markt, Ecke Burggasse, halten wollte, und schrammte mit den Radkappen gegen die Bordsteinkante, daß es schrillte. Zwei Damen stiegen vorsichtig aus, überzeugten sich, daß der Wagen keinen Schaden genommen hatte, und mußten einander stützen, um an die Tür des Hauses zu tappen. Poliertes Schild neben dem Eingang: Doktor Max Fiebrich, Rechtsanwalt und Notar, Sprechzeit nach Vereinbarung.

Sie waren angemeldet und wurden von der Kanzleisekretärin empfangen, einer ältlichen Person, die sagte, daß sie Fräulein Meier heiße, und eine Weile über das abscheuliche Wetter sprach, bis sie ihnen die Mäntel abnahm, edle Stücke, daunenleicht, wie das Fräulein bemerkte. Sie drückte das Fellwerk an sich, ehe sie es an den Kleiderrechen hängte, und dachte womöglich: Kostbarkeiten, in keinem deutschen Kürschnerladen zu erwerben, wahrscheinlich Beutegut. Sie hatte niemals einen Pelz besessen, sondern mußte Winter für Winter denselben Lodenmantel tragen und darunter ein Berchtesgadener Jäckchen, das zum Wollrock paßte. Protzige Kleidung ist nicht angezeigt im Februar neunzehnhundertfünfundvierzig, da alle deutschen Fronten wanken und so viele Menschen auf der Flucht sind.

Das Fräulein lächelte herablassend, ehe es sagte, daß Doktor Fiebrich bitten lasse.

Der Rechtsanwalt, ein weißhaariger, beleibter Herr, war schon bei Jahren und vermutlich immer noch im Amt, weil jüngere Juristen ihrer vaterländischen Pflicht an der Front genügten oder bei einem der vielen Militärgerichte dienen mußten. Er geleitete die Damen zu den Sesseln, nahm ihnen gegenüber Platz und musterte unauffällig die Besucherinnen. Ihre Jugendlichkeit überraschte ihn ebenso wie eine gewisse Eleganz der Kleidung. Sie mochten um die Zwanzig sein und ähnelten sich, beide waren Rotblondinen und milchhäutig wie alle Frauen dieses Typs. Der einen fiel das glänzend gelockte Haar bis über die Schulter, die andere verbarg es größtenteils unter einem grünlichen Seidentuch, das über der Stirn so fein geknotet war, daß es aussah, als wäre es mit einem Schmetterling geschmückt. Bei näherem Hinsehen unterschieden sich die Besucherinnen, die Dame mit dem Turban schien die ältere zu sein, sie wirkte abgezehrt und war vielleicht längere Zeit krank gewesen, jedenfalls saßen ihr die Kleider nicht so passend auf dem Leibe wie ihrer Nachbarin.

Doktor Fiebrich lächelte. Ich vermute, daß Sie Schwestern sind.

Freundinnen, sagte die Langgelockte. Sie lächelte ebenfalls und öffnete ihre Handtasche, um nach der Kennkarte zu suchen. Ich bin Gerlinde Pottel.

Für eine Weile blickte Doktor Fiebrich starr, dann schob er die Brille aus der Stirn und beugte sich über den Ausweis, ehe er ihn über den Tisch zurückschob. Gerlinde Pottel, tatsächlich, murmelte er. Bei mir war aber Ira Thurau angemeldet.

Sie sitzt neben mir.

Der Notar fragte: Darf ich auch Ihren Ausweis sehen?

Die Pottel meinte, das könne man später tun, erst wolle sie sich erklären.

Die Freundin hatte noch kein einziges Wort gesagt.

Der alte Notar war verblüfft. Sie saß ihm also tatsächlich gegenüber, Gerlinde Pottel, jene geheimnisumwehte Person, über die an den Kaminen der Herrenhäuser ebenso gewispert wurde wie in den Landarbeiterkaten oder in den abgedunkelten Stuben der Ackerbürger von Kromberg. Der und der wollte von ferne beobachtet haben, daß sie sommers in der Abenddämmerung am Ufer des Klostersees entlanggeschritten sei, in wehendem Gewand wie eine Erscheinung aus alten Legenden: Die Geliebte des Hochmeisters.

So sieht sie also aus, edel von Angesicht, die Haut so durchscheinend zart, daß man meint, das bläuliche Geäder zu sehen oder den feinen Muskel, der ihren Mundwinkel hebt. Wie ist die Schöne an diesen häßlichen Kerl geraten? Freilich Gebietiger über Hunderttausende von Verschworenen in schwarzer Uniform, silberner Totenkopf auf samtenem Kragenspiegel, aber auch nur ein weibstoller Bock. Übrigens soll er jünger sein, als es den Anschein hat, erst um die Vierzig herum, und gebunden an eine kalte, Frau, an die zehn Jahre älter als er, also schon angetrocknet. Dem Mann ist nicht zu verübeln, daß er gierig ist nach jungem Weiberfleisch. Er soll Millionen besitzen, der kann sich alles kaufen, auch eine schöne Frau.

Wie kann ich Ihnen helfen, Gnädigste?

Gerlinde Pottel sagte: Mir gehört das Haus in Abtey auf der Heide, ein Stückchen Wald, der See und einiges an Ländereien, etwas weniger als hundert Hektar, nicht gerade ein Rittergut, aber doch ein Besitz von einigem Wert. Ein Geschenk des Hochmeisters, mir überschrieben, ehe ich nach Mecklenburg kam. Sei so lieb, Ira.

Sie ließ sich von der Freundin eine Mappe übergeben und entnahm dieser einige Papiere, die gebündelt waren.

Doktor Fiebrich mußte noch einmal die Brille heben, um die Dokumente in Augenschein zu nehmen. Er durchblätterte sie und nickte dann. Zweifellos war Gerlinde Pottel, geboren im Juni neunzehnhundertvierundzwanzig in Bremen, die Besitzerin des Hofes Abtey auf der Heide, der zuvor dem Herrn Doktor Lucius, Minister a. D., gehört hatte. Unterschriften, Beglaubigungen, gestempelt mit dem Hoheitsadler, der die Flügel spannte und einen Eichenkranz mit dem Hakenkreuz in der Mitte umkrallte.

Ein schöner Besitz, meinte der Notar, Sicherheit in Zeiten, die unsicher werden können.

Gerlinde Pottel nickte. Ich möchte heute Hof und Land an Ira Thurau übergeben, aber dazu brauche ich Ihre Hilfe.

Doktor Fiebrich fühlte sich unbehaglich. Er wollte Zeit gewinnen und wendete die Dokumente unschlüssig hin und her. Sie waren in Berlin oder Greifswald gesiegelt worden und trugen die Unterschriften hoher Offiziere, die im Auftrag des Hochmeisters gehandelt hatten. Wie zu ersehen, war ein gewisser Druck auf den vorherigen Eigentümer ausgeübt worden, bis Abtey auf der Heide zunächst in den Besitz des Siedlungshauptamtes gelangte und später zur persönlichen Habschaft der Gerlinde Pottel wurde.

Der Hochmeister hatte, wie Doktor Fiebrich feststellte, dreihunderttausend Reichsmark aus seinem Privatvermögen zugesteuert, und die junge Person wollte die Ländereien und ein kleines Schloß wegschenken wie einen Schrebergarten mit Laube. Das konnte nicht mit rechten Dingen zugehen.

Während seiner Tätigkeit als Notar in Kromberg hatte Fiebrich nach dem Konkurs oder dem Tode von Eigentümern unzählige Male für die ordentliche Übergabe des Vermögens an Erben oder Gläubiger gesorgt und manches Mal ein Testament eröffnet, über das er den Kopf schütteln mußte. Dem Wunsch der Pottel nachzugeben erschien dem gewieften Juristen allerdings heikel. Er fürchtete, mit dem Hochmeister oder einem der mächtigen Männer seines Ordens in Konflikt zu geraten. Man hatte oft genug von unliebsamen Personen gehört, die in einem Lager verschwunden waren. Das von Ravenstein lag ja ganz in der Nähe, kaum zwanzig Kilometer von Kromberg entfernt.

Fiebrich glaubte längst nicht mehr an einen Endsieg. Welcher vernünftige Mensch konnte sich noch etwas vormachen im Februar fünfundvierzig, da sich die Invasionsarmeen der Angloamerikaner dem Rhein näherten und die Russen sechzig Kilometer vor Berlin standen. Erst vor wenigen Tagen war Dresden von englischen und amerikanischen Bombergeschwadern in Schutt und Asche gelegt worden, fünfunddreißigtausend Menschen sollen zu Tode gekommen sein. Es ist aus, der Krieg ist verloren.

Das wird auch Gerlinde Pottel wissen. Vielleicht handelt sie im Einverständnis mit dem Hochmeister, wenn sie in letzter Minute versucht, ihr Schäflein ins trockne zu bringen. Dazu braucht sie einen Strohmann oder eine Frau, die bereit ist, bei dem dunklen Geschäft zu helfen. Sie wird ihre sogenannte Freundin, diese Ira Thurau, in der Hand haben. Wer ist das überhaupt? Warum sagt die kein Wort?

Sie sollten sich, krächzte Doktor Fiebrich, vernünftigerweise jener Notariate bedienen, mit deren Unterstützung Sie in den Besitz von Abtey auf der Heide gekommen sind. Warum erscheinen Sie ausgerechnet in meiner Kanzlei?

Weil sie die nächstgelegene ist, erklärte Gerlinde Pottel kalt. Weil die Sache keinen Aufschub duldet, weil es ausgeschlossen ist, bei diesem Wetter in eine andere Stadt oder gar bis Berlin zu chauffieren. Ich bin eine sichere Fahrerin, aber selbst für mich war es schwierig, bis zu Ihrem Haus zu kommen, und ich werde nicht zurückfahren, ehe wir den Vertrag gemacht haben.

Erlauben Sie mir eine Frage, die ich zu meiner Sicherheit stellen muß: Weiß der Hochmeister, was Sie von mir verlangen?

Abtey auf der Heide gehört mir, sagte Gerlinde Pottel mit einiger Ungeduld. Ich handle im eigenen Namen, und ich wünsche, daß wir endlich zur Sache kommen. Dann neigte sie sich ihrer Freundin zu. Bitte, Ira, zeig dem Doktor dein Papier.

Was dem Rechtsanwalt vorgelegt wurde, war keines der

vorgeschriebenen Personaldokumente, die jeder ordentliche Deutsche über vierzehn Jahre mit sich führen mußte, sondern ein bereits abgegriffener Zettel, auf dem zu lesen war, daß Ira Sara Thurau Insassin des Frauenkonzentrationslagers von Ravenstein war, aber bis auf weiteres abkommandiert als Hausgehilfin bei Gerlinde Pottel auf deren Gut Abtey auf der Heide.

Unfaßbar, was ihm zugemutet wurde. Er sollte das Vermögen von Gerlinde Pottel einer Frau überschreiben, die Gefangene des Hochmeisters war, das wäre das naivste oder abgefeimteste Geschäft, bei dem er je mitgewirkt hätte, und es konnte den Kopf kosten. Doktor Fiebrich schob die Bescheinigung aus Ravenstein weit von sich und begann heftig die Brille zu putzen. Das ist kein gültiges Papier.

Ein anderes haben wir nicht, sagte die schöne Pottel. Und da es mir genügt, muß es auch Ihnen genügen. Ich weiß, mein Ansinnen ist ungewöhnlich, ich will Sie aber auch auf ungewöhnliche Weise honorieren. Sie öffnete ihre Tasche und legte einen Goldbarren auf den Tisch.

Der alte Fiebrich betrachtete fassungslos das glänzende Metall, dann erhob er sich, packte den Barren und ging hinüber zum Tresor, um den Schatz zu sichern.

Na schön, sagte er. Machen wir Vertrag.

Gerlinde Pottel atmete auf, als die Dokumente endlich unterzeichnet waren.

Danke, Doktor.

Sie reichte die Urkunden der Ira Thurau hin, die nahm sie mit reglosem Gesicht entgegen, um sie in einer Mappe zu verwahren. Kein Zeichen der Freude über den Reichtum, der ihr plötzlich zugefallen war, kein Dankeswort.

Die jungen Frauen erhoben sich.

Aber Sie werden doch jetzt nicht hinaus auf die Landstraße wollen, meine Damen? Doktor Fiebrich riet des abscheulichen Wetters wegen, in Kromberg zu übernachten, und empfahl die Goldene Wiege, eine Herberge mit Gästezimmern von einiger Kommodität.

Aber die schöne Pottel lehnte ab, sie wolle ihr Haus nicht alleine lassen.

Der Notar hatte gerüchteweise vernommen, es sei erlesen eingerichtet. Er hob die Schulter und rief nach Fräulein Meier, als die Damen um die Pelze baten.

Inzwischen war das Wetter umgeschlagen. Der Regen hatte das Eis vom Pflaster gewaschen, dennoch war Vorsicht geboten. Zwar lag Abtey auf der Heide kaum eine halbe Autostunde von Kromberg entfernt, aber die Wege dorthin waren schlecht, außerdem fiel die Dämmerung ein.

Die grobgepflasterte Poststraße durch die Heide wurde seit alters von Kastanienbäumen gesäumt. Ihr Geäst, unbelaubt und knorrig verrenkt, reichte bis in den Straßengraben hinab, und es sah beinahe aus, als stützten sich geduckte Wesen mit Krallenfingern auf die Erde und setzten zum Sprung an auf das Gefährt, das ihnen entgegenkroch.

Die Fahrerin hatte Mühe, sich auf die regennasse Fahrbahn zu konzentrieren. Sie mußte wegen der Verdunklungsvorschriften auf volles Licht verzichten. Die Scheinwerfer des Horch waren wie bei einem Wehrmachtsfahrzeug bis auf schmale Schlitze abgedunkelt, und so schien es, als strecke das Automobil dünne, zittrige Fühler aus, um sich durch die Dunkelheit zu tasten. Wenn ein Wild von ihnen getroffen wurde, ein Fuchs oder ein Reh am Wegesrand, glommen grünliche Lichter auf.

Rauch mir eine Zigarette an, Ira, bitte.

Die Frau auf dem Beifahrersitz nickte. Sie ließ das Rädchen über den Stein des Feuerzeugs ratschen, bis es aufflammte. Für Augenblicke wurde ihr Gesicht aus der Finsternis gerissen. Die Pottel betrachtete es, während sie auf die Zigarette wartete. Du siehst schlecht aus. Du darfst jetzt nicht krank werden, Ira. Sanitätsrat Lollig ist mir ergeben, er soll dich untersuchen.

Ich trau ihm nicht, sagte die Thurau. Er wird einen Vorwand finden, mich in die Krankenbaracke einzuweisen. Viele Häftlinge neiden mir die Vorzugsstellung in deinem Haus. Sie werden's mich entgelten lassen. Ich brauch keinen Arzt. Mir fehlt nichts.

Du bist verändert.

Mein Gott, Gerlinde, ich habe Angst.

Vertrau mir doch, meinte die Pottel. Wir werden uns herausretten, du und ich. Die Sache bei Doktor Fiebrich ist genauso abgelaufen, wie ich sie mir ausgedacht hatte. Auch alles andere wird uns gelingen, wenn wir besonnen handeln.

Gerlinde Pottel hatte gelernt, sich zu beherrschen und zu verstellen. Sie sprach mit ruhiger Stimme, aber auch ihr war nicht wohl während dieser nächtlichen Fahrt zwischen den Alleebäumen, die den Weg zu verengen schienen. Was wäre, wenn da plötzlich ein Hindernis auftauchte, eine Sperre, ein verirrter T 34, ein Russe, breitspreizig, Kalaschnikow im Anschlag. Überall konnte der Tod lauern. Sie dachte an den Hochmeister. Auch er hatte Angst, oft kam er bleich und frierend nach Abtey, und es mißfiel ihr, daß er sich dann auf der Stelle an ihrem Fleisch erwärmen wollte. Nur ihr vertraute er noch, nur sie wußte von seinen Zweifeln und daß er es längst als sinnlos empfand, sich für Führer und Vaterland zu opfern, wie es jeder seiner Männer auf die Fahne geschworen hatte: ... unsre Fahne führt uns in das Morgenrot, unsre Fahne ist mehr als der Tod.

In letzter Zeit sprach er immer wieder vom Sterben, und kürzlich hatte er den seltsamen Satz gesagt: In Tagen wie diesen ist die Luft kälter, reiner und edler, weil der Tod umgeht. Und er hatte ihr die Kapseln gezeigt, winzige Röllchen auf flacher Hand, eine für ihn, die andere für sie. Zyankali.

Sie gab die halbgerauchte Zigarette an Ira Thurau zurück und sagte noch einmal: Wir werden uns herausretten.

Endlich mündete die Poststraße in die asphaltierte Chaussee nach Norden ein. Bald erfaßten die Lichtfühler ihres Wagens den Wegweiser, der sie von der Hauptstraße nach rechts herunterwinkte. Der Weg senkte sich im sanften Bogen den Gewächshäusern auf den Terrassen am See entgegen. Da tauchte schon das Wächterhäuschen auf, der Posten sprang heraus, er leuchtete der Pottel mit der Taschenlampe ins Gesicht, um dann salutierend die Hacken zusammenzuschlagen.

Heil Hitler, gnädiges Fräulein.

Die junge Frau hatte sich daran gewöhnt, daß man sie anredete, als wäre sie aus adligem Geblüt. Es war eine Huldigung, die sie amüsierte und die sie mit kindlicher Eitelkeit entgegennahm. Sie hob nur ein wenig die Hand ins Taschenlampenlicht, und der Posten öffnete die Schranke, um sie durchzuwinken.

Als sie die Haustür hinter sich verriegelt hatten, diente Ira ihrer Herrin, beflissen, wie sie es seit Monaten gewohnt war. Sie half ihr aus dem Pelz und aus den Stiefeln, schob ihr bequeme Schuhe zu und fragte, ob der Tee bereitet werden solle.

Wir werden heute abend eine Flasche Wein öffnen, um miteinander anzustoßen, entschied die Hausfrau. Wäre nett, wenn du vorher Feuer machen könntest, ich bin durchfroren.

Ira Thurau hatte zu tun, sich rasch ein wenig zurechtzumachen, sie löste den Turban und fuhr sich vor dem Spiegel mit den Fingern durch das rötliche Stoppelhaar. Bald darauf loderten die Flammen im Kamin, die Kerzen brannten, der Rotwein konnte entkorkt werden.

Gerlinde hob das Glas. Auf uns!

Wegen ihres abenteuerlichen Ausflugs nach Kromberg hatten die Frauen mehr als eine Mahlzeit auslassen müssen. Der Wein erwärmte sie und ging augenblicklich ins Blut.

Die schöne Pottel wies mit großer Gebärde in den Raum, auf die kostbaren Möbelstücke, die goldgerahmten Gemälde in stumpfen Farben. Das alles gehört seit heute dir.

Wie lange? fragte Ira.

Bis du es eines Tages an mich zurückgeben kannst. Dann werden wir teilen.

Ira blickte ihrer Herrin voll ins Gesicht. Glaubst du wirklich, daß ich überlebe?

Sonst wäre ich nicht mit dir nach Kromberg gefahren bei diesem Wetter, sonst hätte ich diesen Vertrag nicht aufsetzen lassen, sonst hätte ich dich nicht zur Besitzerin von Abtey gemacht. Ira, es ist mir bitterernst.

Sie redete eindringlich, aber ihr Gegenüber antwortete nicht einmal mit einem Lächeln. Das brachte Gerlinde Pottel auf, sie wurde heftig. Ich halte seit einem Jahr die Hand über dich. Du lebst in meinem Haus, du sitzt am Kamin, du trinkst den besten Rotwein, der in Deutschland zu haben ist, es geht dir gut in meinem Schutz.

Da fragte Ira erneut: Wie lange noch?

Und sie erschrak, als die andere jede Haltung verlor und schrie: Bis die Russen kommen oder die Amerikaner. Dann werde ich es sein, die man sucht und verfolgt und womöglich henkt, wenn ich mich fassen lasse. Dann brauch ich dich, dann mußt du mir helfen, wie ich dir geholfen habe. Mein Gott, wir haben mehr als einmal davon gesprochen.

Sie schluchzte hemmungslos wie ein Kind, bis Ira neben sie auf das Sofa rutschte, um die zitternde Frau in den Arm zu nehmen. Gerlinde hatte wie eine Prinzessin auf Abtey gelebt, jetzt fürchtete sie das gräßliche Ende und wollte nicht nur das Leben retten, sondern mit Iras Hilfe auch ihren Besitz. Voller Angst vor dem Untergang stellte sie sich den Tag des Jüngsten Gerichts so vor, wie er auf alten Altarbildern gemalt worden ist, mit dem Absturz nackter Leiber in den glühenden Höllenschlund. Alle müssen am Herrn der Welten vorüberziehen, er steht an der Rampe, um mit einem Daumenwinken die Gerechten von den Ungerechten zu trennen und über Verdammnis oder ewiges Leben zu entscheiden.

Ira sagte: Ich werde dir helfen, so gut ich es kann. Und nun laß dir raten, Gerlinde. Bestell das Flugzeug, flieh nach Bayern, wo du auf jeden Fall sicherer bist als hier und nicht den Russen in die Hände fallen kannst. Und sorge dafür, daß man mich nicht nach Ravenstein zurückkommandiert. Bring mich in der Schwedenkolonne des Nebenlagers unter, oder schick mich in die Gewürzmühle nach Birkentin, dort habe ich schon ein paarmal gearbeitet, wenn der Hochmeister kam, weil du nicht wolltest, daß ich ihm begegne. Ich weiß ja, es geschah zu meinem Schutz.

Ich hätte längst an den Drachensee gekonnt, sagte die Pottel, um in einem der Häuser unterzukriechen, wo sie im Dutzend zusammenhocken und abwarten, die Frauen der SS-Führer. Gräßlicher Gedanke. Ich will mich aber nicht von dir trennen. Ich möchte dich um mich haben, solange es geht.

Komm. Ira Thurau half der Pottel, die ein Glas zuviel getrunken hatte, vom Sofa und führte sie die Treppe hinauf zum Schlafzimmer, in dem die Ehebetten standen. Sie deckte das eine auf, schüttelte die Kissen, und dann half sie der Herrin wie eine Zofe aus den Kleidern.

Die sagte mit einemmal: Mir ist immer noch kalt, bitte, bleib heute nacht bei mir.

Ira Thurau starrte auf das Bett, in dem der Hochmeister schlief, sooft er in Abtey auf der Heide weilte, und ihr schauderte bei der Vorstellung, die Bettücher könnten womöglich noch nach seiner Ausdünstung stinken. Doch als Gerlinde Pottel sie neben sich auf das Lager zog, sträubte sie sich kaum.

Die beiden Frauen kannten sich seit beinahe einem Jahr und wußten voneinander vieles.

Ira stammte aus Hamburg. Ihr Vater, Oskar Thurau, hatte in jungen Jahren als Konzertpianist von sich reden gemacht, die Kritiker sagten ihm eine große Zukunft voraus, aber nach der Machtübernahme durch Hitler durfte er kaum noch öffentlich auftreten und mußte schließlich zufrieden sein, daß er gelegentlich als Korrepetitor am Hamburger Opernhaus oder als Musiklehrer an der jüdischen Schule sein Brot verdienen konnte. Er hatte Deutschland nicht verlassen aus Rücksicht auf seine kränkliche Gattin, die sich von Hamburg nicht trennen wollte, weil sie in Alsternähe ein Haus besaß, in dem sie sich wohlfühlte. Frau Thurau war keine Jüdin, sie wußte, daß Mann und Tochter vor Verfolgung sicher waren, solange sie bei ihnen blieb, und dachte nicht an Scheidung, aber die Lebensängste, die tagtäglichen Spannungen, auch mancher Streit, hatten die Ehe längst zerstört.

Oskar Thurau hängte sein Herz an Ira, seine begabte Tochter, die er zu einer guten Pianistin heranbilden wollte. Ira wurde zur Vertrauten ihres Vaters, sie liebte ihn sehr, und vielleicht war das auch der Grund, warum sich die Vierzehnjährige zum Entsetzen ihrer Mutter als Mitglied der Jüdischen Gemeinde von Hamburg hatte eintragen lassen. Eine folgenschwere Entscheidung, wie sich wenige Jahre später herausstellen sollte. Nach den Rassegesetzen der Nazis wurde das Mädchen als Mischling ersten Grades eingestuft und galt als Glaubensjüdin. Als Iras Mutter neunzehnhundertdreiundvierzig plötzlich verstarb, rettete sie nichts vor der Deportation. Oskar Thurau und seine

Tochter wurden ins Vernichtungslager nach Auschwitz verbracht.

Glaub mir, Gerlinde, ich erzähle dir, wie es wirklich war. Wir waren zu Dutzenden in Viehwaggons gepfercht, und ich hatte während der Fahrt gedacht, solange wir uns haben, der Vater und ich, solange wir einander nahe sind, uns halten, stützen und auch trösten dürfen, wird es zum Allerschlimmsten nicht kommen. Als der Zug die Endstation Auschwitz erreicht hatte, kletterten wir unter dem antreiberischen Gebrüll der Wachmannschaften aus den Waggons, mein alter Vater und ich, und wollten unsere Koffer Seite an Seite ins Lager schleppen, aber an der Rampe stand ein Mann, der trennte die Menschen, die an ihm vorüberzogen, mit einer Bewegung des Daumens in solche, die weiterstolpern durften, und andere, die ihre Marschrichtung ändern mußten. Er wollte mich und meinen Vater trennen, aber ich lief meinem Vater nach, der gezwungen wurde, die Ladefläche eines Lastwagens zu besteigen, und ertrotzte mir einen Platz neben dem alten Mann, der mich weinend in die Arme schloß. Das wäre beinahe mein Tod gewesen. Aber einer der schwarzgekleideten Büttel, die den Abtransport bewachten, hat mich vom Wagen gestoßen. Ich hab nicht gewußt, warum, und erst später begriffen, daß der SS-Mann mich mit dem brutalen Stoß vor dem Tod in der Gaskammer bewahrt hatte.

Und später geschah noch ein Wunder. Im Frühjahr vierundvierzig, während die Waggons in immer kürzeren Abständen an den Rammbock geschoben wurden, um neue Todesfracht zu bringen, verließ ein vollbeladener Zug mit jüdischen Mischlingen die Rampe von Auschwitz. Bestimmungsort war das Konzentrationslager Ravenstein.

In Auschwitz, wo das Unausdenkbare und Unvorstellbare tagtäglich geschah, durfte niemand fragen, warum. Auch Ira fragte nicht, wer ihren Namen auf die Transportliste gesetzt hatte und warum man sie wieder an die Rampe trieb. Sie bestieg mit vielen anderen den Viehwaggon. Vergessen würde sie das Schreckenslager nie. Maßlosigkeit in allem, was das Auge sah, Baracke an Baracke bis zum Horizont und beim Appell Gestalt an Gestalt, umschlottert von grauem Zeug, und in schweren Träumen hörte sie die Geräusche der Todesfabrik, schlurrende Pantinen, Gebrüll der Wachmannschaften, Hundegebell und das Seufzen der Sterbenden. Sie sah den Feuerschein, darüber schwarzes Gewölk, das aus den Schornsteinen der Krematorien quoll, und der Gestank wollte ihr wieder in die Nase kriechen. Ganz Auschwitz erschien ihr wie ein faulender Sumpf, aus dem die Todesschwaden stiegen.

Wenige Wochen nach ihrer Ankunft in Ravenstein wurde Ira in das Außenlager Birkentin abkommandiert. Das war ein landwirtschaftliches Versuchsgut der SS mit Kräutergärten und einer eigenen Gewürzmühle, Deutschland mußte ja längst auf überseeische Transporte verzichten, und man versuchte, Pflanzen zu züchten, die zum Beispiel in der Lage waren, den echten Pfeffer zu ersetzen.

Der betagte Vorarbeiter, Herr Adam, ein Gärtner aus Fürstensee, hatte keine Ahnung, daß Ira eine angehende Pianistin gewesen war, aber er bewunderte ihre langen, sehr gelenkigen Finger und die geschickten Hände, mit denen sie wie ein Maulwurf in der Erde graben oder wühlen konnte. Durch seine Protektion durfte das Mädchen schließlich sogar in den Gewächshäusern arbeiten, übrigens in Gesellschaft einiger schwedischer Häftlinge, mit denen sie sich kaum verständigen konnte. Trotzdem war ihr nach den Leidensmonaten in Auschwitz zumute, als befände sie sich in der Nähe des Paradieses, nach der Vertreibung freilich, nach dem Machtwort des Herrn, der Adam und Eva wegen des unverzeihlichen Sündenfalls zu harter Garten- und Feldarbeit verdammt hatte mit der Weisung, sie sollten ihr Brot essen im Schweiße des Angesichts. Und eben das war Iras Los.

Die Gewächshäuser, nach Süden ausgerichtet, erhoben sich auf künstlich angelegten Terrassen am Hang des Klostersees und lagen einem Gebäude am anderen Ufer gegenüber, das, hinter Hecken fast verborgen, in kurzer Zeit auf alten Fundamenten errichtet worden war, von Häftlingen aus Ravenstein, wie man erzählte, um die Geliebte des Hochmeisters zu behausen.

Der alte Vorarbeiter aus Fürstensee vermied es, seine Lieblingsgärtnerin Ira Sara zu rufen, wie in den Papieren stand. Er nannte sie beim Familiennamen: Thurau, in deiner Schublade liegt was. Das ist ein Apfel gewesen oder sogar ein Stück Kuchen. Noch wichtiger war Nachricht, die er manchmal brachte, da und da steht die Front.

Das Schlößchen des Hochmeisters in Abtey auf der Heide war von einem kleinen Park umgeben und nur einen Steinwurf vom Außenlager Birkentin entfernt. Der Garten brauchte Pflege, das Unkraut mußte gejätet, die tönernen Schalen auf der Terrasse mit Primeln und Narzissen bepflanzt werden. Das war die Aufgabe des Gärtners Adam, dem es schließlich gelang, in der Schreibstube einen Ukas zu erwirken, auf dem zu lesen war, zu seiner Unterstützung dürfte ihn der Häftling Ira Sara Thurau begleiten. Bei der Gestaltung der Beete ließ ihr Meister Adam freie Hand, und es gelang ihr, die Rabatten auf eine Weise zu bepflanzen, daß sie bald wie Teppiche in leuchtenden Farben prangten. Die Arbeit war anstrengend, Ira lag meistens auf den Knien und senkte den Kopf, aber manchmal klang bei geöffneten Fenstern aus dem Hause Klaviermusik, Beethoven oder Schumann, und von geübter Hand vorgetragen, wie die Gärtnerin hörte. In solchen Augenblicken richtete sich das Mädchen auf und lauschte, bis der Alte mahnte: Träum nicht, Thurau.

Eines Tages kam die Herrin des Hauses den Kiesweg heraufgeschritten. In einem solchen Fall waren der Vorarbeiter wie seine Gehilfin angewiesen, wie Soldaten stillzustehen. Der Gärtner Adam war alt und dick und säbelbeinig wie der Angehörige eines asiatischen Reitervolkes. Es fiel ihm schwer, die Hacken zusammenzuschlagen. Die Herrin lächelte.

Ira sah, daß sie jung war und schön, und es gefiel ihr, als die Dame sagte: Bitte, stehen Sie doch bequem.

Dann wandte sie sich der abgezehrten Frau im Häftlingskittel zu. Die hatte gar nicht versucht, in den Pantinen strammzustehen, sondern sich verneigt. Die Schloßherrin sagte: Ich habe dir ein paarmal von Fenster aus zugesehen. Du machst deine Arbeit gut. Wahrscheinlich bist du eine gelernte Gärtnerin.

Ira sagte, heiser vor Aufregung: Nein, gnädiges Fräulein.

Aber ganz sicher kannst du auch Blumensträuße arrangieren?

Ira nickte.

Dann bring mir doch ein paar herüber, die ich im Haus aufstellen kann. Ich erwarte den Hochmeister. Adam, Sie sorgen mir dafür.

Jawohl, gnädiges Fräulein, sagte der alte Mann und versuchte wiederum, den einen Hacken dem anderen so nahe zu bringen, daß es knallte. Als die Herrin davongegangen war, meinte er: Thurau, kann sein, du hast heute dein Glück gemacht.

Blumen für den Hochmeister. Ira stand unschlüssig, als sie und der Gärtner Adam wieder im Gewächshaus angekommen waren. Ihr ging durch den Kopf, daß sie einen Strauß binden sollte aus Kallas, jenen weißen, wächsern wirkenden Blütenkelchen, mit denen man die Grabkränze schmückte. Sie sah den Alten an und wollte schon mit ihm über die Totenblumen sprechen, aber dann behielt sie die bittere Überlegung für sich.

Na, dann wollen wir mal, Thurau.

Er half ihr, in den Gewächshäusern nach den schönsten Blumen zu suchen, und freute sich, als sie Rosen und Gerbera der unterschiedlichsten Farben so zusammenpaßte, daß prachtvolle Gebinde entstanden.

Später führte er Ira zum Herrenhaus zurück. Sie fanden keine Klingel und zu dieser Stunde auch keinen Menschen, den sie nach der Herrin des Hauses fragen konnten. Beide wußten auch nicht, ob es richtig wäre, sich einer hochgestellten Persönlichkeit gegenüber bemerkbar zu machen, indem man Hallo! riefe oder gar: Ist da wer?

Als Ira und der Alte das Haus umrundet hatten, bemerkten sie, daß die Flügeltüren zur Terrasse offenstanden, und traten näher.

Der Saal war mit hellen Teppichen ausgelegt. Sie erblickten einen schwarzglänzenden Flügel. Der Alte wagte nicht, mit Gartenschuhen einzutreten. Er sagte: Thurau, du schlüpfst jetzt aus den Pantinen, gehst bis zum Flügel und legst die Blumen dort nieder.

Das war ein Befehl, also gehorchte Ira und trat barfuß ein. Lange Zeit hatte sie in Unterkünften zubringen müssen, die scharf nach den Ausdünstungen vieler Frauen stanken, nach Desinfektionsmitteln, die man auf die Dielen goß. Sie mußte auf harter Pritsche in Verschlägen schlafen, die denen des Viehs in großen Ställen glichen, und hatte das ausgehalten, weil sie abgestumpft war durch tagtägliche Gewöhnung und sich innerlich nicht mehr zur Wehr setzte. Sie hatte den Widerwillen überwunden und sich ins Unabänderliche gefügt. Das half ihr beim Überleben.

Als sie das Musikzimmer auf Abtey betrat, war sie geblendet von der Schönheit des Raumes. Goldgerahmte Gemälde an pastellfarbenen Wänden, schleierartige Vorhänge, die sich im Wind blähten, Teppiche, in denen die nackten Füße fast versanken. Es dauerte, bis sie sich zum Flügel vorgetastet hatte. Dort legte sie die Blumen nieder und wollte den Musiksalon so lautlos verlassen, wie sie gekommen war, aber mit einem Mal wurde sie angezogen vom Anblick der schimmernden Tasten, die ihr von Kind an vertraut waren.

Ira stand regungslos, doch unwillkürlich bewegten sich ihre Hände, die verkrusteten Finger spreizten und verhakten sich, sie machten sich geschmeidig, wie es in den letzten Minuten vor einem Konzert die Regel gewesen war. Dann ließ sie sich vor dem Flügel nieder und versuchte zu spielen: Lied ohne Worte, eine kleine Komposition von Mendelssohn Bartholdy.

Während der Kinderjahre war es dem Mädchen manchmal lästig gewesen, Stunde um Stunde am Instrument zu sitzen. Der Vater hatte von Franz Liszt erzählt, einem bedeutenden Komponisten und Virtuosen, der gesagt haben sollte: Ich bemerke an meinem Spiel, wenn ich einen Tag lang nicht geübt habe, wenn ich zwei Tage nicht üben konnte, merken es meine Freunde, nach drei Tagen hört es mein Publikum.

Ira hatte sich dem Drängen ihres Vaters gefügt. Was hätte sie sonst auch tun sollen, seit sie das Zeichen tragen mußte, vermied es das Mädchen, die Gesellschaft Gleichaltriger in der Straße zu suchen oder Parkanlagen zu durchstreifen, an deren Eingang zu lesen war: Juden unerwünscht. Sie übte Doppeloktaven, Terzentriller, zartes Hüpfen und Abstoßen, Fingerwechsel auf einer Taste, auch kraftvollen wie sanftesten Anschlag und war immerhin so ehrgeizig, daß sie vor den Mitschülern und Lehrern der jüdischen Schule in Hamburg glänzen wollte. Die waren leicht zu begeistern. Seliger Augenblick, wenn der Beifall rauschte und sie sich dankbar verneigen durfte.

Inzwischen waren ihre Hände von grober Arbeit entstellt und ungelenk geworden, sie stolperten oder verliefen sich auf dem Klavier. Ira begann von neuem, hörte sich wieder ein in die Musik, nach und nach gelangen ihr die gewohnten Griffe, und sie bemerkte in ihrer Verzauberung gar nicht, daß die Geliebte des Hochmeisters mit schnellen Schritten den Saal durchmaß, Gesicht im Ärger verzerrt, gellende Stimme:

Was fällt dir ein, verlaust und verdreckt mein Haus zu betreten! Ira fuhr so erschrocken in die Höhe, daß sie den Klavierschemel umwarf. Sie bückte sich, um das Möbel wieder aufzustellen, und stammelte:

Ich sollte Blumen bringen.

Aber du hast an meinem Flügel gesessen. Er ist ein Geschenk der Familie Bechstein, und du traktierst ihn mit deinen Mistpfoten.

Entschuldigung. Ira stand im gestreiften Kittel vor der erzürnten Herrin von Abtey, gebeugt, als erwarte sie Schläge, und starrte auf ihre Hände. Die hatten sich, beinahe ohne ihren Willen, fortreißen lassen. Kaum auszudenken die Folgen. Zurück nach Ravenstein, Hungerrationen, die Lagerstrafen: Block oder Baum.

Sie hob den Kopf. Da sah sie in der offenen Terrassentür, zwischen wehendem Tüll, den alten Vorarbeiter. Er hatte sich vom Geschrei der Herrin nicht verjagen lassen, sondern versuchte Haltung anzunehmen.

Es war meine Schuld, gnädiges Fräulein.

Was stehen Sie noch rum? fauchte die Geliebte des Hochmeisters. Hauen Sie ab! Verschwinden Sie!

Der Alte wagte kein Widerwort, deutete aber auf den Häftling im Kittel.

Mit der hab ich ein Hühnchen zu rupfen, rief die Herrin. Unter vier Augen. Haben Sie nichts im Garten zu tun?

Adam legte die Hände an die Hosennaht, kehrte sich auf den Hacken und verschwand.

Eine Weile sahen die beiden Frauen einander ins Gesicht, bis die Pottel dem Häftling winkte, ihr ins Bad zu folgen.

Dort warf sie ihm ein Handtuch zu: Wasch dich gefälligst, eh du mir wieder unter die Augen trittst.

Dann schlug sie die Tür hinter sich zu.

Ira hatte im Leben kein so prunkendes Badezimmer gesehen, Marmor, vergoldete Hähne. Die Umgebung ängstigte sie, aber dann genoß sie es, die geschundenen Hände im warmen Wasser zu bewegen und zu seifen. Sie netzte Gesicht und Arme, trocknete sich ab und sah zu ihrem Schrecken, daß sich das Handtuch schmutzig verfärbte.

Da stand die Herrin wieder in der Tür und winkte. Sie ging zum Flügel voraus, deutete auf den Schemel und sagte: Ich will das noch mal hören.

Ira blickte ungläubig, bis die Aufforderung wiederholt wurde.

Dasselbe noch mal.

Sie spürte das Unwirkliche der Situation. Ihr Herz pochte so heftig, daß sie meinte, die andere müsse es hören. Endlich schlug sie an und spielte, als gelte es das Leben. Für eine ganze Weile beherrschte Ira das Instrument, aber dann wußte sie nicht weiter, brach ab, und die Tränen liefen ihr übers Gesicht.

Die Geliebte des Hochmeisters hatte inzwischen Blumen in eine Vase gestellt, sie lockerte den Strauß und lächelte, als empfände sie Genugtuung über das Versagen des Prüflings. Dann fragte sie:

Offenbar hast du Klavier studiert.

Ja.

Bei wem?

Bei Oskar Thurau, ein bekannter Pianist, bis Anfang der dreißiger Jahre.

Gerlinde Pottel erinnerte sich, den Namen gehört zu haben, und sagte:

Versuch es noch mal.

Ira nahm allen Mut zusammen, und diesmal brachte sie

das kleine Werk zu Ende, wenn auch mit eingeschränkter Kunstfertigkeit. Sie sagte zu ihrer Entschuldigung:

Ich habe seit zwei Jahren kein Klavier anfassen können.

Das war nicht schlecht, sagte die andere ein wenig gönnerhaft, aber ich habe das Stück nie gehört. Was hast du gespielt?

Lied ohne Worte, antwortete Ira rasch. Das ist von Mendelssohn Bartholdy.

Von einem Juden?

Ira war durch die Hölle gegangen, durchseucht und abgehärtet gegenüber fast jeder Krankheit, und hatte geglaubt, auch ihre Seele wäre kalt und stumpf geworden, aber nun schoß ihr die Röte ins Gesicht, und sie begriff, daß sie ein Sakrileg im Hause des Hochmeisters begangen hatte. Sie sagte leise:

Es ist über mich gekommen, als ich plötzlich vor dem Flügel stand. Das Instrument war mein Leben. Ich hatte von Kind an nichts anderes. Die Musik von Mendelssohn war mir durch Oskar Thurau vertraut. Er war mein Vater, und er war Jude.

Wo ist er jetzt? Das fragte die Geliebte des Hochmeisters und lebte doch in der Nähe von Ravenstein. Hatte sie nicht den Rauch aufsteigen sehen über den Wäldern? Ira blickte auf ihre Hände, die gefaltet waren.

Ich habe ihn auf der Rampe von Auschwitz zum letzten Mal gesehen.

Und wie bist du dorthin gekommen?

Meine Mutter war Arierin. Als sie starb, mußte ich meinem Vater nach Auschwitz folgen.

Gerlinde schwieg. Sie sagte erst nach einer Weile:

Das haben wir also geklärt. Und nun will ich von mir erzählen. Auch ich bin eine angehende Pianistin. Mein Vater war General der Waffen-SS. Er hatte es durchgesetzt, daß ich einmal in der Woche nach München geflogen wurde, damit mich Elly Ney persönlich unterrichten konnte. Ich denke, du weißt, wer Elly Ney ist.

Die Reichsmusiktante, dachte Ira, so hatte ihr Vater die gefeierte Künstlerin manchmal genannt.

Die andere berichtete weiter:

Wir haben im Protektorat gelebt, in der Nähe von Prag, bis meine Eltern bei einem Attentat ums Leben gekommen sind. Ich bin also Waise wie du. Der Hochmeister hat sich meiner angenommen. Jetzt leb ich hier auf Abtey und habe ein wundervolles Instrument, aber selten jemanden, der mir zuhören will, und niemanden, der mit mir arbeiten könnte. Mach doch mal Platz.

Sie schob Ira zur Seite und ließ sich nieder, um Schumann zu spielen, eines der einfachen, gefühlvollen Stücke. Das gelang ihr nicht makellos, aber Ira sagte am Ende: Das war gut, gnädiges Fräulein.

Sie lobte den Komponisten wie die Interpretin und erzählte, daß die beiden Schumanns den Felix Mendelssohn Bartholdy, aber auch Fanny, dessen begabte Schwester und selber eine Komponistin von Rang, so gut gekannt und geschätzt hatten, daß sie ihretwegen nach Berlin übersiedeln wollten.

Darüber würde ich gern mehr erfahren, meinte die Pottel. Dann erhob sie sich plötzlich, vielleicht war ihr eingefallen, daß der Hochmeister bald erscheinen würde. Sie trat an die Terrassentür und rief nach dem alten Gärtner. Der nahm den Häftling in Empfang.

Ira verneigte sich.

Könntest du mich unterrichten? fragte die Herrin.

Ira Thurau nickte.

Als Adam ihr einige Tage später mitteilte, sie solle die Schublade räumen und ihre sieben Sachen im Beutel verstauen, weil sie auf der Stelle zurück ins Stammlager Ravenstein müsse, fürchtete Ira Thurau das Schlimmste, aber der Alte machte ihr beim Abschied Mut:

Thurau, ich habe das Gefühl, wir sehen uns heute nicht zum letzten Mal. Kann nämlich sein, du nimmst drüben im Schlößchen Quartier.

Er brachte sie zum Jeep. Zwei Schwarzuniformierte trieben sie mit dem üblichen Geschrei auf den Rücksitz und nahmen sie in die Mitte.

Man brachte sie in die Krankenbaracke, dort mußte sie aus den Kleidern. Sanitätsrat Lollig untersuchte sie auf Herz und Nieren. Leider untergewichtig, sonst kein Befund. Das sei auch kein Wunder, sie habe in den Kräutergärten beinahe wie in einem Sanatorium geweilt, so der Mediziner, als wüßte er nicht, daß die Arbeit in den Plantagen zwar an der frischen Luft verrichtet werden mußte, aber auch bei Regen und Wind. Sie war immer eine Qual, die Häftlinge durften nicht aufrecht gehen oder stehen, außer sie hatten Lasten zu tragen, sie rutschten zwölf Stunden am Tag auf den Knien, um das Unkraut zu jäten, oder stemmten sich ins Joch, um die eisernen Walzen zu ziehen, und wagte eine, sich stöhnend das Kreuz auszurenken, so drohte Strafe.

Dann folgte die Entlausungsprozedur, die Dusche, frische Wäsche. Wer mochte sie vor ihr auf dem Leib getragen haben? Sogar ein neuer Kittel. Wozu das alles?

Auf allerhöchsten Befehl, meinte die Aufseherin und verabschiedete sie mit einem hämischen auf Wiedersehn. Draußen wartete der Jeep. Die Schwarzuniformierten fuhren sie über Waldwege bis zum Personaleingang von Abtey. Seit diesem Tag lebte Ira Thurau auf Abtey und bewohnte eines der Gästezimmer mit ordentlichem Federbett und eigener Waschgelegenheit. Sie durfte schon am ersten Abend den Häftlingskittel ablegen und in ein Hauskleid schlüpfen, das für sie auf den Bügel gehängt worden war. Nach und nach kam sie zu Kräften, und es dauerte nicht lange, bis ihr die Geliebte des Hochmeisters vertraute. Die hatte unter ihrer Isolierung in Abtey gelitten, hängte sich bald mit kindlicher Zuneigung an ihre Klavierlehrerin und beschenkte sie mit Kleidern und Schuhwerk aus eigenem Besitz. Selbstverständlich wußte Ira, daß sie diese Freundlichkeit entgelten mußte. Sie versuchte, der launenhaften Herrin zu gefallen und widersprach ihr kaum. Manchmal kam ihr die eigenartige Verwandlung vor wie ein Zaubermärchen aus Tausendundeiner Nacht, dann ging ihr durch den Kopf, daß sich Scheherezade schrecklich hatte anstrengen müssen, um Nacht für Nacht mit ihren Erzählungen gegen die Todesdrohung anzukämpfen. Wie nahe sie am Abgrund lebte, empfand Ira besonders, wenn der Hochmeister zu Besuch nach Abtey kam, dann mußte sie wieder in den Häftlingskittel schlüpfen. Gerlinde Pottel hatte gesagt:

Es ist besser, wenn du ihm nicht unter die Augen kommst, es könnte ihn gereuen.

Für diese Zeit wurde sie wieder der Obhut des alten Vorarbeiters Adam aus den Kräutergärten übergeben. Er brachte sie in der Baracke neben der Gewürzmühle unter, und auch das war ein Privileg, denn sie durfte sich einer Gruppe von holländischen und schwedischen Häftlingen anschließen, die in letzter Zeit besser gehalten und beköstigt wurden als die anderen. Überhaupt deutete manches auf das Ende des Krieges hin. Die Aufseherinnen schlugen nicht mehr so unbarmherzig und zischten die Befehle, statt zu brüllen. Hoffnung keimte auf, phantastische Geschichten machten die Runde, die Häftlingsfrauen nannten sie Scheißhausparolen. Die Schwedinnen wollten gehört haben, sie dürften das Konzentrationslager Ravenstein als erste verlassen, eine Geste guten Willens der Deutschen, um zu verhindern, daß sich Schweden in letzter Minute den Alliierten anschließen und in den Krieg eintreten würde.

Einige der Häftlinge schwärmten von einem Konvoi, bestehend aus Dutzenden weißer Omnibusse mit rotem Kreuz auf den Dächern, der, vom Fährhafen Saßnitz kommend, über die Landstraßen näher und näher kroch, um Tausende von Häftlingen zu retten, und sie beschrieben ihn so lebhaft, als hätten sie das zweite Gesicht. Wenn sie solchen Gesprächen lauschte, dachte Ira, daß sie im Lager vielleicht besser aufgehoben wäre als im Hause des Hochmeisters.

Bei ihrer Rückkehr, wenn der Besuch abgereist war, fand Ira die Herrin gewöhnlich übelgelaunt oder traurig. In letzter Zeit besserte sich aber die Stimmung, Gerlinde Pottel machte Andeutungen, eine Wende stehe bevor. Nein, nicht der Einsatz einer Wunderwaffe, von der viele erwarteten, mit ihrer Hilfe könnten die Russen bis in die hintersten Steppen zurückgejagt werden, sondern was Konkretes. Sie dürfe nicht darüber reden. Am Ende aber konnte sie das Geheimnis nicht für sich behalten und verriet Ira in einer Weinlaune, daß ihr der Hochmeister in aller Offenheit gestanden hätte, der Krieg sei für Deutschland verloren, die Apokalypse absehbar. Sollten wenigstens die Kinder gerettet werden und die Frauen am Leben bleiben, müsse man das Ruder in letzter Minute herumreißen.

Das wird versucht, Ira, und nun halte dich fest. Der Hochmeister hat die Fühler zu Folke Graf Bernadotte, dem Neffen des schwedischen Königs, ausgestreckt und vorgeschlagen, sämtliche skandinavischen Häftlinge freizulassen.

Ira erinnerte sich des Geredes in der Gewürzmühle. Sie wollte die Pottel herausfordern und sagte: Das ist doch Phantasterei.

Es ist die Wahrheit, rief die andere triumphierend. Graf Bernadotte ist am 16. Februar in Berlin-Tempelhof gelandet und hat sich inzwischen mit dem Hochmeister getroffen.

Der Graf darf sich seiner Schäflein annehmen, und ich sage dir, das wird Eindruck machen in der ganzen Welt, gerade jetzt, wo man immer wieder von den Greueltaten der Russen erfährt. Die Schwedenbusse werden kommen. Ich will versuchen, dir ein Papier zu besorgen, damit du mit den Leuten des Grafen Bernadotte ausreisen kannst. Ich würde dich am liebsten begleiten, statt mich in Bayern einfangen zu lassen. Aber erst einmal fahren wir nach Kromberg zum Notar.

3

Der Höllensturz

Die ersten hundert Tage im Amt waren für Dobinka gut gelaufen. Seine Wähler blieben ihm gewogen, die lokale Presse geizte nicht mit Lob.

Zu seinem Kummer hatte er sich aber vergeblich gegen den Untergang der Mecklenburgischen Holzwerke gestemmt. Jede Woche flatterten neue Unglücksmeldungen auf seinen Tisch. Der Konkurs schien unabwendbar, und Dobinka, der lange genug in der Fabrik gearbeitet hatte, wußte nur zu genau, daß die technischen Anlagen, die Maschinen und Aggregate über Jahre hinweg auf Verschleiß gefahren und verrottet waren. Wie sollte man dem Konkurrenzdruck aus dem Westen standhalten? Zugunsten des Werkes sprach immer noch seine Lage. Die Gründer hatten es im Herzen riesiger Waldungen und am Ufer der Boblitz aufgebaut, es besaß einen eigenen Hafen, hatte Anschluß an die obere Havelwasserstraße und von ihr aus, wenn man wollte, an die halbe Welt. Seit eh und je konnte das Kiefernstammholz kostengünstig nach Kromberg geflößt und bis zu seiner Verarbeitung im See gelagert werden. Außerdem führte die einstige mecklenburgische Friedrich-Franz-Eisenbahn am Firmengelände vorüber, was den Abtransport der Fertigprodukte erleichterte, soweit dieser nicht über den Wasserweg oder per Lastwagen erfolgte.

Ein Investor mußte her, ein großer Entwurf für die Zukunft der Mecklenburgischen Holzwerke wie für das Städtchen, das von ihnen lebte. Bislang waren aber die Besitz- und Rückführungsansprüche weder geklärt, geschweige denn abgewickelt, und die einstige Fabrikantenvilla mit dem Gräberfeld verkam und verfiel von Woche zu Woche mehr. Erst kürzlich waren die Fensterscheiben von vandalierenden Jugendlichen eingeschlagen worden.

Es sprach für Dobinka, daß er sich trotz seiner gesellschaftlichen Stellung und von Amts wegen nicht überschätzte oder überhob, immerhin hatte sich sein Selbstbewußtsein gefestigt. Er blieb bei seinem Leisten, stand, sooft es möglich war, am Tresen der Goldenen Wiege und genoß es, mit seiner schönen Tochter gemeinsame Sache zu machen. Er sah mit Wohlgefallen, wie das Mädchen, schlank, schwarzgekleidet und blond, zwischen den Tischen hin und her schritt, daß man Sophie anlächelte oder sogar anhimmelte, wenn sie sich den Gästen zuneigte, um eine Bestellung entgegenzunehmen, und er eilte ihr zu Hilfe, sobald er meinte, ein Tablett wäre zu schwer für sie.

Als seine Frau vor einiger Zeit von einer Rekonstruktion der alten Kneipe gesprochen hatte, war er ihr ins Wort gefallen mit seiner Redensart: Das fangen wir gar nicht erst an. Jetzt aber ertappte er sich manchmal bei verwegenen Träumen. Das Haus war nämlich vorzeiten eine Ausspanne gewesen, es verfügte über reichlich Nebengelaß, ungenutzte Ställe und Remisen, sogar über ein uraltes Kellergewölbe, das halb verschüttet war. Vielleicht sollte man der Schenke durch großzügigen Umbau einen mittelalterlichen Charakter verleihen, wie zu Zeiten Nikolaus von Werles, mit einer Troßstube, groben Bänken, rohen Tischen, tönernem Geschirr und einem Ritterkeller, in welchem man Freßgelage bei Fackelschein veranstalten könnte. Kornelia müßte sich sachkundig machen und die Speisekarte umstellen. Bratkartoffeln hatten die Ritter nicht gekannt, dafür aber scharf gewürzte Fleischspeisen, Ragouts, Fasanen, Krammetsvögel.

Grade sah er, wie Kornelia vom Herd kam, mit erhitztem Gesicht und angeschmuddelter Kochschürze, um Luft zu schnappen, wie sie das nannte. Sie lehnte gegen den Türbalken, blickte zufrieden auf die Gästeschar und zog gierig an einer Zigarette. Dann nahm sie neben dem Tresen Platz.

Dobinka sah es nicht gern, daß sich seine Frau in der Schürze rauchend unter die Gäste mischte, schließlich war sie die First Lady von Kromberg und sollte auf sich halten. Aber ihrem Mann gingen an diesem Abend so angenehme Gedanken durch den Kopf, daß er sich Kritik versagte.

Geschäftiges Treiben also, als ein Fremder in schwingendem Mantel die Gaststube betrat und sich umschaute. Er mochte um die Sechzig sein, vielleicht auch älter, schon weißhaarig jedenfalls, straffe Gestalt, längliches Gesicht, stahlblaue Augen. Sie starrten auf Dobinka.

Da war auch schon Sophie, die den Herrn zum Lächeln brachte. Er wollte offenbar alleine sitzen. Das Mädchen nahm ihm den Mantel ab und wies auf einen freien Tisch.

Dobinka mußte sich mit beiden Händen auf dem Tresen abstützen. Er hätte sich am liebsten hingesetzt. Mein Gott, das ist doch …

Er hatte den Mann seit Jahrzehnten nicht gesehen, aber unter der zerklüfteten Altersmaske das Jugendantlitz erkannt. Das ist Jürgen Lucius. Ich hatte ihn tot geglaubt. So viele sind damals umgekommen, verschwunden auf Nimmerwiedersehn, verschollen. Ich hab weder nach ihm gefragt noch gesucht. Was will der von mir? Ich bin an seinem Schicksal nicht schuld, und trotzdem klopft mir das Herz bis zum Hals.

Jetzt starren sie beide auf mich, Sophie und Lucius. Das Mädchen nickt, sie kommt, sie wird mich holen wollen.

Ich bitte dich, Körnchen, stipp die verdammte Kippe in den Becher, leg deine Schmuddelschürze ab, vertritt mich am Tresen.

Da ist Sophie. Der Herr verlangt nach dir.

Und dann steht Dobinka am Tisch von Jürgen Lucius

und hält sich an der Rücklehne des Stuhles fest. Der Mann schaut hoch zu ihm. Kein: Setz dich, kein Lächeln, nur eine Frage: Weißt du, wo wir uns das letzte Mal begegnet sind?

Dobinka nickt. Im Keller der Kommandantur.

Lucius sagt: Ich wurde von den Russen eingesperrt. Du bist zur gleichen Stunde entlassen worden. Merkwürdiger Sachverhalt, findest du nicht?

Das alles ist lange her, Jürgen Lucius.

Ich werde es niemals vergessen.

Und was suchst du in der Stadt?

Mein Recht, sagt der andere.

Dann erhebt er sich, langt den Mantel vom Haken und geht.

Längst waren die Gäste aus der Goldenen Wiege hinauskomplimentiert, die Tore verriegelt, die Außenlampen gelöscht. Sie hatten schon eine Weile im Bett gelegen, als Kornelia fragte: Wer ist dieser Lucius?

Da muß ich weit ausholen, Körnchen. Ich hab ihn vor einer Ewigkeit gekannt. Eine Zeitlang ist er mein Freund gewesen.

Jürgen Lucius lebte damals in Gardow auf der Heide, nicht allzu großes Gut, ein paar hundert Hektar Land, und Jagdsitz für einen wohlhabenden Herrn aus Berlin. Es gehörte seinem Vater, einem Juristen, Minister a. D. aus der Weimarer Zeit.

Jürgen war sein jüngster Sohn, groß und blond. Den hatten sie mit neunzehn Jahren noch zum Fliegerleutnant gemacht. Er ist gar nicht mehr zum Einsatz gekommen. Benzin war knapp, die Maschinen mußten am Boden bleiben. Der Fliegerhorst lag nicht weit entfernt von Gardow auf der Heide. Jürgen hat sich oft bei den Eltern aufgehalten, lief auf dem Gut herum in der blauen Offiziersuniform, knalliges Seidentuch im offnen Hemd, das machte seine

Montur beinahe zivil. Er hat gut ausgesehen. Er ist mein Held gewesen und mein Gott.

Es gibt ein Bild von uns beiden, vom Januar fünfundvierzig, ich muß mal in den alten Kästen kramen, vielleicht finde ich die Fotografie, merkwürdiges Format, quadratisch, mit weißen gewellten Rändern. Wir stehen im Schnee vor der Freitreppe, ich bin grade mal vierzehn, ein schmächtiges Kerlchen in schäbigen Klamotten. Leutnant Jürgen, Kopf größer als ich, hat den Arm um mich gelegt, ich blicke auf zu ihm, ich lächle. Ich hatte einen Freund und war erst mal in Sicherheit.

Mein Gott, wie lange war ich nicht aus der Angst rausgekommen, wochenlange Flucht bis Mecklenburg, keine Ahnung, durch welche Städte ich gezogen bin, durch wie viele verlassene Dörfer. Nur eine Weile habe ich mir die Namen gemerkt oder die Toten am Wegesrand gezählt, aber ich erinnere mich an einen Ort, der Laudeck hieß. Dort haben wir meine Mutter und fünf andere Flüchtlinge begraben, russische Tiefflieger hatten unseren Treck zusammengeschossen. Bretter für Särge gab es nicht. Ich habe meiner Mutter die Federbetten mit ins Grab gegeben, die hatte sie bis Laudeck mitgeschleppt. Und dann weiter, weiter ... zu Fuß über endlose Landstraßen, Kopf gegen den Wind gestemmt. Ab und an mal ein Blick zurück und die Hand hinters Ohr gehalten. Sind uns die Russen schon auf den Fersen?

Und endlich das Ende des Trecks: Gardow auf der Heide, das behäbige Herrenhaus, einstöckig, mit gewaltigem Gaubendach.

Auf der Freitreppe der Patron, Doktor Lucius. Stell dir einen bejahrten, schweren Mann vor, Filzhut, dunkler Wintermantel, daneben die Gemahlin, Kopftuch und Pelz, eine majestätische Erscheinung, ihr zur Seite ein junger Offizier, Jürgen Lucius. Damals habe ich ihn zum ersten Mal gesehen. In Gardow scheint die Welt in Ordnung. Vielleicht kommen die Russen niemals hierher auf die Heide. Die Leute berichten ohnehin, Mecklenburg würde an die Engländer gehen im Falle, es klappt mit dem deutschen Endsieg nicht.

Da stehen wir, die Leute aus dem Treck, hinter unsern Bündeln. Der alte Lucius hebt die Hand: Willkommen auf Gardow. Hier werden Sie vorläufig Heimat finden.

Dann die herrische Weisung an einen Mann, der sich auf einen Krückstock stützen muß, wahrscheinlich der Inspektor: Herr Neupeter, diese Familie nimmt da Quartier und die andere dort. Besorgen Sie das. Die Flüchtlinge heben ihre Bündel auf und folgen dem Inspektor.

Ich bleibe übrig, und mit einemmal ist mir zum Heulen.

Bist du allein?

Ja, Herr. Meine Mutter ist während des Trecks umgekommen, mein Vater in Stalingrad geblieben.

Da ruft der Leutnant: Er kann in Achims Zimmer schlafen! Er springt die Stufen abwärts und drückt mir die Hand. Ich bin Jürgen Lucius. Wer bist du?

Martin Dobinka.

Komm, Junge.

Ein riesiges Haus, beinahe ein Schloß, viele, viele Räume. Martin Dobinka suchte nach den Bildern der Vergangenheit. Manches blieb dunkel, aber dann sah er die Dinge, als wäre er gerade in die Halle eingetreten. Sie war weitläufig wie ein Festsaal und offen bis unter das Dach. Eine Treppe schwang sich hinauf zur Galerie, dahinter weißlackierte Türen, die eine Reihe von Zimmern verschlossen, und zu ebener Erde, in der Halle, brannte ein Kaminfeuer, die hohen Fensterläden wurden geschlossen, draußen dunkelte es bereits. Auch nur halbes Licht im Saal und diese fremden Menschen mit ihren merkwürdigen Gesichtern.

In der Mitte des Raumes zog sich eine schön gedeckte Tafel hin, flackernde Kerzen zwischen den Kuchenplatten. Nach und nach nahm die Familie Platz.

Leutnant Jürgen schubste den Jungen zu einem der hohen Stühle. Kaum hatte er sich auf der Kante niedergelassen, trat ein Mädchen mit weißer Schürze neben ihn und schenkte Schokolade ein. Man zählte den Vierzehnjährigen zu den Kindern, zwei Jungen, zwei Mädchen, jünger als er, saßen, der Größe nach aufgereiht, ihm gegenüber. Die Erwachsenen tranken Kaffee.

Wie viele Personen hatten sich an diesem langen Tisch die Stühle zurechtgerückt? Der Junge versuchte zu zählen. An der Stirnseite entfaltete der Schloßherr die Serviette, seine Frau thronte weit entfernt auf der Gegenseite, dann waren noch zwei Damen, die eine jung und sehr hübsch, nur wenige Jahre älter als der kleine Dobinka, die andere, vielleicht um die dreißig, mit bleichem, strengem Gesicht, das aschblonde Haar zu einem Knoten geschlungen. Der Stuhl zwischen den beiden Frauen blieb unbesetzt, auch der neben dem Leutnant war leer. Ohne Martin saßen neun Personen an der Tafel. Die Erwachsenen waren, bis auf den Leutnant, schwarz gekleidet, Jürgen Lucius trug am linken Ärmel der Uniformjacke einen Trauerflor. Die Gesellschaft schwieg, bis der Patron den Jungen fragte: Von wo ist euer Treck aufgebrochen?

Von Mitlow, das ist ein kleiner Ort im Warthegau. Dann hat es uns nach Pommern verschlagen. In Laudeck haben wir meine Mutter begraben.

Er fühlte sich verloren unter diesen Leuten, die ihn anstarrten, und mußte mit den Tränen kämpfen.

Armer Junge, sagte die Gemahlin des Schloßherrn, dann winkte sie dem Hausmädchen, daß es nachschenken sollte.

Der alte Lucius wandte sich an seinen Sohn. Was Neues im Wehrmachtsbericht?

Hundertfünfzig russische Divisionen sollen aus den Brükkenköpfen an der Weichsel zum Großangriff angetreten sein. Das kann den Anfang vom gräßlichen Ende bedeuten, Vater.

Und die bleiche Frau mit dem aschblonden Haarknoten, die Schwester des Leutnants, eine Frau von der Weitbrink, wie der Junge bald erfuhr, fragte: Wohin mit den Flüchtlingen? Jetzt haben wir die Einquartierung schon im eigenen Haus. Sie streifte den Jungen mit kühlem Blick und wandte sich dann ihrem Vater zu. Aber keine Behörde wagt es, einen Treck weiterzuschicken nach Abtey auf der Heide.

Damals hatte Dobinka den Namen zum ersten Mal gehört, Abtey auf der Heide. Das hatte romantisch geklungen, man konnte sich ein mittelalterliches Klostergemäuer vorstellen, versteckt hinter hohem Wacholdergesträuch, schwach erleuchtete Bleiglasfenster mit Darstellungen aus der biblischen Geschichte, der bejubelten Geburt des Knaben und seiner gnadenlosen Kreuzigung nach Jahren, Kyrie eleison, Herr, erbarme dich. Er und seine Mutter waren in der Kirche von Mitlow der Liturgie gefolgt, als die Russen näher und näher kamen und mit ihnen das Grauen. Gebete halfen nicht mehr. Sie hatten auf den Treck gemußt.

Der Junge sah, daß die Kinder ungeduldig auf ihren Stühlen hin und her rutschten. Dürfen wir aufstehen und zum Spielen hinauf?

Frau von der Weitbrink erlaubte es nicht. Heute ist der Geburtstag eures Vaters, ich würde euch allen gern noch einmal seinen Abschiedsbrief vorlesen. Den fremden Jungen wird es nicht interessieren. Das sagte die schwarzgekleidete Frau so, als hätte der kleine Dobinka einen Fehler gemacht.

Martin räkelte sich vom Stuhl auf und suchte nach einem Winkel, in dem er sich verkriechen könnte.

Der Leutnant kam ihm zu Hilfe. Warte, ich werde dir Achims Zimmer zeigen. Ich darf doch?

Er fragte seine Mutter. Die hielt die Hände über dem Magen verschränkt und blickte den Leutnant gar nicht an, als sie nickte.

Jürgen sprang die Treppe voran, Martin mußte noch nach seinem Rucksack suchen, ehe er folgen konnte. Einen Augenblick schaute er von der Galerie auf die Gesellschaft hinunter. Laura von der Weitbrink hatte sich einen Leuchter herangezogen und verlas einen Brief, als hielte sie Andacht.

Moment noch. Leutnant Jürgen schloß die Verdunklungsrollos, ehe er das Licht anknipste.

Martin schaute sich um. Großes Zimmer, altmodisches Mobiliar, ein gewaltiger Schrank an der Wand, ein Bett mit gedrechselten Pfosten, ein Schreibtisch, zwei Sessel.

Sie ließen sich nieder und sahen einander an.

Martin fragte: Warum tun Sie das für mich?

Sag ruhig du. Ich heiße Jürgen.

Warum tust du das?

Du gefällst mir, sagte der Leutnant, du bist allein. Ich bin es eigentlich auch. Die Eltern sind uralt, die Neffen und Nichten sehr klein. Das Haus wird von den Weibern dominiert, von meiner Mutter und den Schwestern. Wir haben keine Freunde mehr, und vielleicht erzähl ich dir, warum das so ist.

Verrate mir erst, weshalb ihr alle schwarz gekleidet seid.

Wir trauern um zwei Tote.

Jürgen deutete auf ein vergrößertes Foto an der Wand, es zeigte einen lachenden Soldaten. Über dem oberen rechten Winkel des Rahmens spannte sich ein schwarzes Band. Das ist Achim Lucius, mein Bruder. Er war sechs Jahre älter als ich, Hauptmann in einer Eliteeinheit. Er ist an der Ostfront gefallen.

Tut mir leid, sagte der Junge und wollte wissen, ob es die Kinder des Hauptmanns wären, die unten in der Halle saßen.

Nein, sie gehören Laura und Albrecht von der Weitbrink, meiner Schwester und meinem Schwager also.

Der ist auch tot?

Der Leutnant nickte.

Gefallen?

Nein. Jürgen zögerte ein Weilchen, ehe er sagte: Du wirst eines Tages von den Gutsleuten erfahren, was passiert ist, also kann ich es dir auch schon heute verraten. Albrecht ist hingerichtet worden, auch Laura war eine Zeitlang in Haft.

Mein Gott, warum?

Albrecht gehörte zum Kreis um Stauffenberg, er war mit der Kriegsführung nicht mehr einverstanden. Seit seiner Hinrichtung wird unser Haus gemieden, sagte Jürgen. Die einen verachten uns, andere haben Angst. Aber vielleicht könnten wir beide Freunde werden.

Er winkte dem Martin und öffnete die Tür des Barockschrankes. Der Junge erblickte ein halbes Dutzend Jagdgewehre, die in den Halterungen standen, eines schöner und kostbarer als das andere. Das sind die Waffen meines Schwagers, erklärte der Leutnant. Jetzt gehören sie mir. Interessierst du dich für die Jägerei?

Ich bin ja erst vierzehn, antwortete der Junge grinsend, ich würde aber gerne mal einen Rehbock schießen.

Gut, sagte der Leutnant, du darfst mich morgen begleiten.

Handschlag darauf.

So war er der Schildknappe von Jürgen Lucius geworden.

Alle Schulen blieben seit Anfang des Jahres geschlossen, Wehrausbildung war statt dessen angesagt. Jürgen Lucius, der arbeitslose Fliegerleutnant, sollte die Hitlerjungen von Gardow drillen, erteilte aber lieber dem kleinen Dobinka Unterricht anderer Art.

Martin, wir sind auf der Pirsch. Das Wort kommt aus dem Mittellateinischen von *bersare* und meint, mit Pfeil und Bogen schießen, vor allem treffen, die Beute durchbohren. Der technische Entwicklungsstand des Bogens war niedrig, der Pfeil flog ja nicht weit, deshalb mußten sich die Jäger anschleichen, das versuchen wir beide auch. Leck deinen Zeigefinger und halte ihn gegen den Wind, das Wild darf uns nicht wittern. Wir pirschen uns am frühen Morgen an – wie heute, wenn die Sterne verblassen und nur noch Venus funkelt, weil um diese Stunde das Wild langsam, langsam zu Holze zieht und ein Weilchen am Feldrand steht, ehe es seine Schlupfwinkel im Dickicht sucht. Kannst du es erkennen?

Sieben Stück.

Zähl ich auch.

Jetzt vorsichtig, kein Ästchen darf unter deinem Stiefel brechen. Reich mir die Büchse.

Dann peitschte der Schuß und hallte laut vom Waldessaum wider, das Rudel stob davon, ein Damhirsch blieb auf der Strecke.

Ein sauberer Blattschuß, stellte Jürgen Lucius fest, nachdem sie sich genähert hatten, und redete von einem erhebenden Gefühl, das ihn überkomme, sobald ihm gelungen war, ein kapitales Wild auf die Decke zu strecken. Dann gerate er in Wallung beinahe wie beim Vögeln und kriege eine Gänsehaut, es müsse der Urtrieb sein.

Martin empfand anfangs nichts außer einem gewissen Widerwillen, wenn er dem Freund helfen mußte, ein erlegtes Wild zu versorgen. Gar keine leichte Arbeit. Aber er erlernte rasch die waidmännischen Gebräuche, wie dem Jäger der Bruch überreicht werden mußte, ein Zweiglein, mit frischem Blut genetzt.

Waidmannsheil, Jürgen!

Waidmannsdank mit kräftigem Händedruck.

Bald wußte Martin, wie ein Hirschfänger zu gebrauchen war beim Abfangen oder Aufbrechen eines erlegten Stückes.

Du darfst niemals die Ärmel hochkrempeln, du willst ein Jäger werden und kein Metzger. Und red mir nicht wieder von Blut, ein Wild blutet nicht, es schweißt. Schieb ihm den letzten Bissen ins Geäse. Wir wollen Totenwache halten.

Manchmal waren sie tief in der Nacht aufgebrochen und morgens so müde von der Pirsch, daß sie die nahe gelegene Jagdhütte der Familie Lucius aufsuchten. Dann warfen sie sich nebeneinander auf den Strohsack, krochen unter eine Decke und schliefen ein paar Stunden, Rücken an Rücken, wie im Mittelalter Ritter und Knappe nach überstandenem Gefecht.

Einmal waren sie während der Jagd bis an die Einzäunung von Abtey gekommen und hatten hinter Bäumen das Schloß am See liegen sehen.

Mit einiger Phantasie konnte man in den Fundamenten des Bauwerks, grob behauenem Findlings- oder Feldgestein, die Reste des Refektoriums erkennen, da und dort ragten noch umrankte Gemäuerreste.

Jürgen kannte sich aus.

Das hat alles mal uns gehört. Auch das Vorwerk Birkentin, mit ein paar Landarbeiterbehausungen, Ställen und Remisen, kaum noch genutzt und alles schon ein wenig heruntergekommen.

Seinem Vater hatte es genügt, das Herrenhaus Gardow zum prächtigen Familiensitz herauszuputzen. Da waren vor wenigen Jahren, es muß neunzehnhundertzweiundvierzig gewesen sein, drei Herren in schneidigem schwarzen Wichs auf Gardow erschienen, hohe Chargen der SS, Vertreter des Siedlungshauptamtes, und hatten den alten Herrn gedrängt, sich von Abtey und von Birkentin, den wirtschaftlich schwächsten seiner Besitzungen, zu trennen.

Warum sollte er das tun? Lucius lächelt, und die Schwarzuniformierten fahren grobes Geschütz auf: Im Interesse der deutschen Kriegswirtschaft. Wer kann es wagen, dagegen zu verstoßen?

Doktor Lucius erfährt, daß eine deutsche Versuchsanstalt für Ernährung und Verpflegung gegründet worden ist. Sie untersteht dem Hochmeister und unternimmt wissenschaftliche Versuche auf dem Felde einer biologisch-dynamischen Wirtschaftsweise. Man kann den Bauern im dritten Jahre der Kriegswirtschaft Kunstdünger nicht in ausreichendem Maß zur Verfügung stellen und muß sich an alte bäuerlich völkische Erfahrungen erinnern und in solchem Sinne experimentieren. Es hat weniger mit Mystik als mit Mist zu tun.

Brüllendes Gelächter.

Aber jetzt mal im Ernst. Der Führer hat das stolze Wort geprägt: Das Dritte Reich wird ein Bauernreich sein, oder es wird nicht sein. Es handelt sich also um die deutsche Schicksalsfrage schlechthin. Sie muß auch auf Abtey und Birkentin entschieden werden.

Dabei spielt die Anlage riesiger Gewürzpflanzenplantagen eine Rolle. Der Hochmeister wisse genau, daß ein Grundbesitzer wie Doktor Lucius, der seine Landarbeiter nach üblichem Tarif entlohnen muß, beim Großanbau keinen Gewinn erzielen könne, sondern nur derjenige, der über billige Arbeitskräfte verfüge. Die SS hat sie in unbegrenzter Zahl, Häftlinge aus den Konzentrationslagern. Darum geht es also.

Jürgens Vater kann sich nicht widersetzen. Er unterschreibt.

Auf solch widerwärtige Weise sind die Lucius um einen Teil ihrer Besitzungen gebracht worden. Das Gerede von biologisch-dynamischer Wirtschaftsweise, von Mist und Mystik, alles Schwindel. Zur Tarnung sind ein paar Kräutergärten angelegt worden, die von Frauen aus Ravenstein bewirtschaftet wurden.

In Wahrheit ging es um einen feudalen Landsitz für die Geliebte des Hochmeisters. Eile war geboten, und die KZ-Häftlinge hatten schuften müssen, rascher als die Heinzelmännchen von Köln, damit das Schlößchen in Windeseile wachsen konnte, ausgestattet mit unvorstellbarem Luxus.

Jürgen weiß Bescheid: Bäder, bis unter die Decke gekachelt, vergoldete Armaturen, eingelassene Wannen, Mosaikböden wie in römischen Villen, der riesige Garderobenraum mit gepunztem Leder ausgeschlagen, Fensterbänke aus Marmor, Wand- und Deckenverkleidungen aus Edelholz und Stilmöbel, angefertigt von den begabtesten Schreinern, die man in den Konzentrationslagern finden konnte. Manche haben in Sechsunddreißigstundenschichten arbeiten müssen. Und wehe, ein verschwitzter Häftling hatte es gewagt, in den See zu springen. Er kam auf den Bock.

Der kleine Dobinka staunt.

Jürgen beschreibt die Pracht des Heideschlosses, als habe er sie mit eigenen Augen gesehen.

Ja, er ist dort gewesen. Aber das berührt ein Tabu.

Sein Vater hatte die Herrin von Abtey zu einem der sommerlichen Teenachmittage nach Gardow einladen wollen. Bei solcher Gelegenheit sitzen sie plaudernd im Schatten der Bäume in weißen, weiten Gewändern auf weißlackierten Stühlen, die Damen von den benachbarten Gütern.

Seine Mutter und die Schwestern weigerten sich aber, die Geliebte des Hochmeisters zu empfangen, sie sei nicht gesellschaftsfähig.

Jürgen weiß, daß sie schön ist wie ein Kinostar.

Er senkt verschwörerisch die Stimme. Ich bin ihr vom Kommandeur des Fliegerhorsts vorgestellt worden, ganz offiziell. Ich soll den Fieseler Storch steuern, um das Mädchen bei Gefahr auszufliegen. Wir mochten uns auf den ersten Blick. Nach und nach ist mehr daraus geworden. Es ging ganz leicht. Sie langweilt sich.

Wenn der Hochmeister Wind bekommt, wird er dich hängen lassen.

Wer sollte mich verraten?

Einer der Aufpasser.

Unsinn. Jürgen lächelt, er kennt sich aus in Abtey. Er weiß, wie man Zäune und Wachmannschaften umgehen kann oder sogar zu einem Passierschein kommt. Er fährt übern See, übern See mit einer hölzern Wurzel ... Das Mädchen war im Badeanzug, und er kriegte einen Steifen, als er ihr in der Dämmerung gegenüberstand. Er mußte die Fäuste in die Hosentaschen schieben, um seine Erektion zu verstecken. Später konnte sie das Ding nicht schnell genug in die Hand bekommen. Er hat sie kreuz und quer gefickt.

Frage an Martin Dobinka, der mit roten Ohren zuhört: Weißt du schon, wie man es den Weibern macht?

Du erzählst es ja gerade.

Zotiges Gelächter.

Die Geliebte des Hochmeisters läßt es sich also von Jürgen Lucius besorgen, und sie klammert sich um so fester an den Fliegerleutnant, je näher die Russen rücken. Er soll sie in Sicherheit bringen, sobald sie das Zeichen gibt. Nein, nicht nach Bayern, wo sie wieder in die Fänge der SS geraten könnte. Der Hochmeister hat ihr schon einmal die Zyankalikapseln vorgezeigt. Wenn schon nach Süden, dann in die Schweiz. Der Leutnant könnte sein Glück machen. Das Mädchen hat vorgesorgt.

Die Lucius hielten auf Etikette, selbst am letzten Abend, festlich gedeckter Tisch, Kerzenschein wie immer, das beste Geschirr, silbernes Besteck, erlesene Weine und ein Braten, aber kein Gegenstand mehr für ein schönes Gespräch. Mein Gott, was hatte man während der letzten Stunden vernommen, Gerüchte, verworrene Nachricht aus dem Radio, Drohungen. Betriebsleiter, die ihre Fabriken oder Güter in der Stunde der Gefahr verließen, würden aufgehängt,

Warnung vor Russengreueln, selbst Frauen, Kinder oder Greise hätten ihre Dörfer oder Gehöfte vor den heranrückenden Mörderbanden zu verteidigen.

Auch die Familie Lucius hatte gelernt, hinter den Phrasen des Wehrmachtsberichtes die Wahrheit zu erkennen, und so war eines sicher: Die Russen standen vor der Tür.

Morgen früh, so bestimmte der alte Lucius, werde man mit Pferd und Wagen, mit Sack und Pack in die Wälder ziehen. Wer von den Dorfleuten folgen wolle, dürfe sich anschließen.

Moment, Vater, unterbrach ihn seine älteste Tochter, die blasse Frau von der Weitbrink, wir, der engere Kreis, die Familie, sollten für uns bleiben. Wir nehmen Wertsachen mit, das Silber, denke ich, Schmuck, wichtige Papiere, die wir dort im Wald vergraben müssen, strenger Blick auf den kleinen Dobinka, ohne daß wir Zeugen haben.

Einverstanden, wir ziehen getrennt. Der Inspektor mag die Führerschaft der Leute übernehmen.

Es wäre gut, wenn Jürgen bei uns bleiben könnte.

Der wischte sich den Mund und knüllte dann die Serviette neben seinen Teller. Ich muß zurück zum Horst.

Gut, sagte der alte Lucius, aber tu mir vorher noch einen Gefallen. Rudere mit dem Jungen bis in die Mitte des Sees und versenke dort sämtliche Waffen, die sich im Hause befinden.

Auch Achims Drillinge?

Fort mit dem Zeug.

Und räumt mir den Weinkeller, rief Frau Lucius vom Ende der Tafel. Die Flaschen am besten auch in den See. Die Eroberer sollen sich nicht auf unsere Kosten betrinken.

Jürgen Lucius stand auf und zog Martin mit sich in die Höhe. Wir wollen uns um die Waffen kümmern, Mutter.

Die alte Gnädige entließ die beiden mit einer schönen Neigung des Hauptes.

Die beiden Freunde sprangen treppauf bis zur Galerie und verschwanden im Zimmer von Achim Lucius. Sie öffneten die Flügel des Barockschrankes und betrachteten die Büchsen und Drillinge mit den feinziselierten Läufen, die aus einer berühmten Waffenschmiede des Thüringer Waldes stammten, einige Kartons mit Munition aller Art, ein Nachtglas.

Das alles in den See?

Jürgen sagte: Wir wissen beide, was es wert ist, wenn zwei Kerle wie wir für einen gut gedeckten Tisch sorgen können. Außerdem, die Waffen sind kostbar und ließen sich notfalls zu Geld machen, später einmal. Wir müssen sie vor den Russen verbergen.

Wo?

Jedenfalls nicht dort, wo Laura den Familienschmuck verscharren will. Vielleicht in der Gruft, unter den Gebeinen der Heldenahnen, oder auf dem Friedhof. Wir finden schon ein Versteck.

Plötzlich wechselte Jürgen das Thema und sprach von seinem Schwager: Albrecht war Beamter des Außenministeriums, ein gut informierter Mann. Er wußte von den Scheußlichkeiten, die in deutschem Namen begangen wurden. Neunzehnhundertdreiundvierzig wurden beispielsweise in der Nähe von Belgrad drei deutsche Soldaten von Partisanen überfallen. Zur Vergeltung sind tausend Männer und zweihundertvierzig Frauen erschossen worden, unschuldige Menschen. So geschah das in allen besetzten Ländern. Mein Schwager gehörte zu den Verschwörern, die dem Morden ein Ende machen wollten. Selbstverständlich hatte Albrecht aus dem Radio erfahren, daß das Attentat auf Hitler fehlgeschlagen war. Er hat noch die Nacht vom zwanzigsten auf den einundzwanzigsten Juli hier auf Gardow verbracht, sich am nächsten Morgen das Fahrrad geschnappt, wie immer nach einem Ferientag, und ist zum Bahnhof nach Hohenzedlitz geradelt, um nach Berlin zu reisen. Er fuhr seinen Henkern entgegen, ein Preuße. Mich hatte er vorher beschworen: Jürgen, halt dich zurück, halte dich raus! Ich denke gar nicht daran, in Uniform, mit einer Waffe in der Hand, den Russen entgegenzugehen, wie das mein Vater von mir erwartet.

Du willst dich verpissen.

Richtig, Kleiner.

Nimm mich mit, Jürgen.

Erst müssen wir ein Versteck für die Waffen gefunden haben.

Sie fetteten die Gewehre sorgsam ein, wickelten sie in Fetzen von Segeltuch und verbargen ihren Schatz schließlich hinter dem Dachgebälk des reetgedeckten Bootshauses am Gardowsee.

Diesem Ort würde man sich später einmal vom Wasser aus nähern können, ohne den Schloßplatz oder den Gutshof überqueren zu müssen und neugierige Blicke auf sich zu ziehen. Gut gemacht!

Sie schlugen übermütig die Handflächen gegeneinander und hockten noch eine Weile auf dem Geländer des Steges, rauchend und plaudernd, und sahen, wie hinter den Bäumen am jenseitigen Ufer des Sees die Sterne heraufzogen.

Martin sagte: Deine Schwester will mich nicht dabeihaben, morgen, wenn es in die Wälder geht.

Dann zieh doch mit dem Inspektor.

Am liebsten zög ich mit dir.

Das geht nicht, Martin.

Was hast du vor?

Ich muß heute nacht noch einmal nach Abtey auf der Heide. Wenn der Russensturm vorüber ist, treffen wir uns um diese Stunde, oben im Haus oder hier unten am See.

In der Nacht kam das Herrenhaus von Gardow nicht zur Ruhe. Die Leute gingen bis zu später Stunde hin und her,

Türen klappten, Treppen knarrten, Kinder greinten, und die Hofhunde heulten im Zwinger, als ahnten sie, daß sie zurückbleiben müßten, wenn die Gutsleute am nächsten Morgen in die Wälder ziehen würden, um sich vor den Russen zu verstecken.

Der Junge fuhr immer wieder aus dem Schlaf und lauschte, konnte ja sein, daß Jürgen in Abtey aufs leere Nest gestoßen war, daß er umkehren mußte und nun die Treppe emporsprang, um leise anzuklopfen und ihn abzuholen. Aber der Freund kam nicht. Der war zu einem Weib gerannt, der hatte nur noch das Vögeln im Sinn und konnte von nichts anderem reden. Oder sollte wirklich die große Liebe im Spiel sein und Jürgen versuchen, die Schöne im letzten Augenblick aus den Fängen des Hochmeisters zu befreien? Vielleicht hatte er sich mit dem Fieseler Storch längst in die Lüfte erhoben, um das Mädchen in die Schweiz zu fliegen. Der Junge fühlte sich im Stich gelassen.

Als er erwachte, war es morgenhell. Er sprang aus dem Bett, wusch sich flüchtig und stopfte seine Siebensachen in einen Rucksack, den er gebuckelt hatte, als er nach Gardow gekommen war. Viel mußte er nicht verstauen, ein wenig Wäsche, ein paar Kleidungsstücke, die er geerbt hatte, weil Jürgen Lucius aus ihnen herausgewachsen war, ein Brot, ein Stück harte Wurst, Wegzehrung, die ihm die Köchin zugesteckt hatte. Der Junge wußte nicht, wohin. Die Familie Lucius wollte unter sich bleiben, die Leute aus der schlesischen Heimat, die ihn bis Gardow in ihrem Treck geduldet hatten, waren längst weitergezogen, und unter die Fuchtel des Inspektors wollte sich der Junge nicht begeben. Er war Zeuge gewesen, wie Neupeter die wenigen Ostarbeiter, die auf Gardow dienen mußten, schikanierte, ein ehemaliger SS-Offizier, erzählten die Leute, der nicht verwinden konnte, daß er im Krieg ein Bein verloren hatte.

Durchs Fenster sah er, daß die ersten Gespanne den Hof verließen, Frauen, Kinder, Alte folgten mit Bündeln oder Taschen, ängstlich und getrieben von kalter Russenangst. Vielleicht erinnerten sich manche in den Stunden vor dem Aufbruch an Fotografien, die von den Söhnen während des Fronturlaubes stolz am Familientisch herumgereicht worden waren, Bilder von Gehenkten, die an provisorischen Galgen baumelten, und unter ihnen hatten der Sohn oder der Enkel grätschbeinig in schmucker Uniform gestanden, mit einem Siegerlächeln im Gesicht. Die Russen kamen gewiß nicht nur, um mit ihren Dreckstiefeln das Kriegsfeuer auszutreten, wo es vor Jahren gelegt worden war. Sie wollten Rache.

Auch der Junge fürchtete sich. Am liebsten hätte er sich im Dachgebälk des Herrenhauses von Gardow versteckt und abgewartet, was geschehen würde. Auf jeden Fall hatte er sich kurze Hosen angezogen, um kindlich auszusehen. Er überlegte noch, wie er auf den Dachboden käme, als die ernste Laura von der Weitbrink ins Zimmer trat und sich umschaute, gerade so, als wolle sie sich vergewissern, daß alle Dinge noch am Platze waren und nicht etwa im Rucksack des Gastes verschwunden. Sie sagte: Es ist Zeit, Martin Dobinka. Ich will das Haus verschließen. Sie scheuchte den Jungen mit einer Handbewegung hinaus.

Er sprang treppab und verließ das Schloß durch den Dienstboteneingang, als er sah, daß sich die Herrschaften, umringt von den Enkeln, am Fuß der Freitreppe versammelt hatten, um auf die Kutschen und Gepäckwagen zu warten. Er wollte Abschieds- oder Dankesworte sparen.

Zuerst schloß sich der Junge den Gutsleuten an, die ihre Gespanne, eines hinter dem andern, über die Landstraße führten. Da hörte er jene Geräusche, die ihm seit dem Treck zuwider waren, Hufschlag der Gäule, Rumpeln der Räder und jammernder Menschenlaut: Ach Gott, ach

Gott! Deshalb schlug er sich bald in die Büsche und wanderte auf Pfaden, die ihm von seinen Pirschgängen vertraut waren. So gelangte er schließlich vom Gardower Forst bis in den Belower Wald. Die hohen Buchen standen schon im Laub, ihr Blattwerk leuchtete unter der Sonne in jenem zarten, durchscheinenden Grün, das ihm nur für eine kurze Spanne vergönnt ist, und auf dem Waldesboden breitete sich ein Teppich aus Buschwindröschen.

Der Junge war bereits eine Weile unterwegs, er hatte in der Nacht kaum ein Auge zugetan und stolperte vor Müdigkeit, bis er sich an einer schattigen Stelle ins Moos warf, um ein wenig auszuruhen. Die Sonne stand längst nicht mehr im Mittag, als er erwachte und nach dem Rucksack griff, der ihm als Nackenstütze gedient hatte. Dann folgte er einem Wildwechsel, der hinauf zu einer Böschung führte, die von Gesträuch überwuchert war. Dort warf er sich nieder, weil ihm in der Stille des Waldes plötzlich Laute entgegenschlugen, die er nicht deuten konnte, ein Schlurren und Schleifen wie von tausend müden Füßen, ein Klappern und Stöhnen, darüber Hundegebell, schrilles Weibergeschrei: Weiter! Weiter! Weiter!

Er schob das Gezweig vorsichtig beiseite und sah, wie sich unter ihm auf der Forststraße gebeugte Gestalten vorüberschleppten, gekleidet in schmutzige, graublau gestreifte Kittel, Häftlingsfrauen in Fünferreihen, es mußten Hunderte sein, die ein paar Habseligkeiten mit sich trugen oder mit Stricken gegürtet waren, an denen Blechbüchsen baumelten, primitives Eßgeschirr. Wahrscheinlich kamen die Frauen von weither, denn mancher fiel es schwer, einen Fuß vor den anderen zu setzen. Sie schwankten und hätten sich wohl am liebsten fallen lassen, aber an der Seite des Zuges schritten die Bewacher, schwarzuniformierte Männer, Maschinenpistole im Anschlag, Aufseherinnen in dunklem Zeug, das Käppi auf dem ondulierten Haar, in der einen Faust die

Hundeleine, in der anderen die Pistole, und sie schrien nicht nur, um die Menschenherde wie Vieh zu treiben: Weiter, weiter! Wer zurückbleibt, wird umgelegt! Sie schossen von Zeit zu Zeit, und der Junge, immer noch im Gebüsch, dachte zuerst, das geschähe, um die Häftlinge weiterzujagen, erst später erblickte er die Toten am Wegesrand.

Er kletterte abwärts und lief ein Weilchen neben der Kolonne her, wie er das als kleiner Junge getan hatte, wenn der Schützenverein von Mitlow in Reih und Glied zum Festplatz marschierte, bis er bemerkte, daß ihn eine der Frauen aus großen Angstaugen anblickte. Er sah, daß sie taumelte, und sprang ihr bei, damit sie sich an ihn hängen konnte. Nun bewegte er sich zwischen den Häftlingsfrauen. Die einen wollten ihn aus der Reihe stoßen, andere hinderten sie und lächelten. Er fragte: Von wo kommt ihr? Und mußte immer wieder fragen, bis eine sagte: Ravenstein, KZ.

Und wohin geht es?

Achselzucken.

Vor ihm ging eine Frau, die hatte es schwer, eine Schubkarre voranzustoßen, auf der drei Kinder hockten. Sie dauerten ihn. Was konnten so kleine Wesen verbrochen haben, daß man sie in Ravenstein einsperren mußte? Er drängte sich nach vorn, griff nach den Holmen und schob die Karre anstelle der Frau, die ihm dankbar eine Hand auf die Schulter legte.

Eine der Aufseherinnen war wunderlich gewandet, sie hatte sich einen Seidenteppich um die Schultern gelegt, ein kostbares Beutestück wahrscheinlich. Forschen Schrittes überholte sie die Kolonne und bemerkte nicht, daß die Frauen einen Helfer hatten. Er lief ohne Furcht mit den Häftlingen, weil er sicher war, daß man die Menschenherde nicht den Russen entgegentreiben würde. So kamen sie bis in die Nähe eines Transformatorenhäuschens, als das Entsetzliche geschah.

Eine Feuerwand stieg plötzlich in den Himmel auf und versperrte alle Wege. Die Erde wankte und brüllte, als sollte sie zerspalten werden. Eine gewaltige Druckwelle fauchte heran, sie knickte Bäume und warf die Menschen zur Seite, es donnerte und schrillte, der Junge verspürte einen Schlag, dann wurde ihm schwarz vor den Augen.

Als Dobinka später einmal dem Pastor Winblatt das furchtbare Erlebnis zu schildern versuchte, hatte der Alte die Bibel geholt und dem Martin aus der Offenbarung des Johannes vorgelesen, dort werden im sechsten Kapitel jene apokalyptischen Schrecknisse beschrieben, die sich begeben hatten, als das sechste Siegel geöffnet worden war. Martin kannte die unheimliche Geschichte inzwischen beinahe Wort für Wort: Die Erde bebte, und die Sonne ward schwarz wie ein Sack, und der Mond ward wie Blut … und die Sterne des Himmels fielen auf die Erde, gleich einem Feigenbaum, der seine Früchte abwirft, wenn er von großem Sturm geschüttelt wird, und der Himmel entwich fauchend, und alle Berge und alle Inseln wurden an ihrem Ort bewegt.

Ganz ähnlich hat es sich zugetragen, als die Munitionsfabrik im Belower Wald von der SS in die Luft gejagt worden ist.

Der Junge wußte nicht, wie lange er besinnungslos gelegen hatte, aber als er zu sich kam, schienen die Wolken am Himmel immer noch in rotem Feuer zu brennen. Er verspürte einen scharfen Schmerz im rechten Bein, versuchte, sich auf die Ellenbogen zu stützen und den Kopf zu heben, und ließ sich entsetzt wieder fallen. Er war allein, um ihn herum lagen nur Tote. Der Junge biß die Zähne zusammen und versuchte, sich so weit aufzurichten, daß er den Rücken an eine Schubkarre lehnen konnte, die umgestürzt neben ihm lag.

Jetzt sah er die Frau im Häftlingskittel. Sie kniete neben einer toten Kameradin und machte sich an deren Kleidern zu schaffen, fand offenbar nicht, was sie suchte, und richtete sich schluchzend auf. Dann tappte sie über ein Gewirr von trockenen Ästen bis zum Wegesrand.

Der Junge rief: Frau! Hör mich doch, Frau!

Sie blieb stehen, von ihm abgekehrt, mit hängenden Armen und eingezogenem Kopf, als habe man sie bei etwas Unerlaubtem ertappt, und antwortete nicht.

Martin stöhnte: Ich hab was abbekommen, einen Splitter. Mein rechtes Bein ist kaputt. Ich kann nicht laufen.

Die Frau blieb ungerührt, oder sie verstand seine Sprache nicht. Sie wollte davon.

Jetzt schrie der Junge verzweifelt: Du kannst mich doch nicht liegenlassen unter all diesen Toten. Hilf mir, ich habe euch doch auch geholfen.

Endlich schaute die Frau zu ihm her, aber sie schien immer noch wie gelähmt oder betäubt. Es dauerte eine Weile, bis sie Schritt für Schritt näher kam und ihm aufhalf. Ihr Gesicht war bleich, schmutzig und kalt, aber dem Jungen schien, daß sie noch bei Kräften war. Sie hievte ihn mühelos auf den Schiebebock, er stützte sich mit den Händen ab und hockte so, daß er seiner Retterin ins Gesicht blicken konnte. Kein Lächeln, keine Bewegung der Seele in den Augen, kein Zeichen von Freude, daß sie davongekommen waren, und kein einziges Wort. Sie kam ihm verstört vor. Kein Wunder, dachte der Junge, sie ist, wie ich selber auch, knapp dem Weltuntergang entronnen. Er wußte, daß es hinter dem Transformatorenhaus nach Kromberg hinunterging, und zeigte ihr den Weg. Sie schlug ihn ein.

Unterwegs trafen sie auf zwei junge Frauen, ebenfalls in gestreiften Kitteln, die hatten unter einem Busch gekauert, um sich auszuruhen, und sprangen auf, als sie sahen, daß es eine der Ihren war, die jemanden in der Karre vor sich herschob, und traten heran. Es waren Russinnen, wie sich herausstellte. Sie sprachen ein unbeholfenes Deutsch, erzählten vom Todesmarsch und seinem gräßlichen Ende und wunderten sich über den Jungen, der am Unterschenkel blutete.

Endlich vernahm der kleine Dobinka, daß seine Retterin eine Stimme hatte. Auch sie sei in der Kolonne gewesen bis zu den Detonationen, dann habe sie den Jungen gefunden. Er sei verletzt und brauche ärztliche Hilfe. Ob sie ihn hinunterbringen könnten in den Ort?

Eine der jungen Frauen sprang zu, hob die Karre an und begann zu schieben. Die andere ging an der Seite, bis der Junge: Halt! rief und auch die Mädchen bemerkten, daß ihre Kameradin den entgegengesetzten Weg eingeschlagen hatte, als wollte sie zurück zu den Toten. Nun schrien auch sie: Stoi! Allein bist du verloren!, ließen die Karre stehen und rannten davon. Der Junge sah, daß beide auf die verwirrte Frau einredeten, bis es ihnen gelang, sie zur Umkehr zu bewegen.

Noch grollte Geschützdonner in der Ferne, und hinter dem Belower Wald stand der Rauch. Die Russinnen scherten sich nicht darum. Sie wechselten sich beim Führen der Schubkarre ab und hatten wenig Mühe damit, der Weg neigte sich einer Ortschaft zu, deren Kirchturm schon zu erkennen war. Jetzt brauchten sie das Gefährt nur hügelabwärts rollen zu lassen. Sie scherzten: Dawai, dawai.

Die Mädchen konnten beide erst um die Zwanzig sein und freuten sich kindlich ihrer plötzlich gewonnenen Freiheit. Sie schwatzten mit dem Jungen und nannten ihre Namen. Die eine hieß Evgenia, die andere Vera, beide stammten aus Odessa und wollten so rasch wie möglich in die Heimat zurück.

Bald hatte die kleine Gruppe eine Gablung des Weges erreicht, dort warteten andere Frauen, die nicht wußten, welche Richtung sie einschlagen sollten. Auch sie waren am Morgen aus dem Lager Ravenstein getrieben worden und fragten, ob sie sich den Kameradinnen anschließen dürften.

Und so waren es schließlich sechs Frauen in Häftlingskitteln und ein Junge, den sie wechselweise auf einer Stoßkarre schoben, die das erste Haus von Kromberg erreichten, die alte Schmiede.

Keine Menschenseele in den Räumen. Zwei seiner Helferinnen zerrten den Jungen auf einen Stuhl, die anderen durchstöberten die Wohnung. Bescheidene Einrichtung, eine Schlafkammer mit vier Betten und einem Kleiderschrank, in der Wohnstube ein Sofa mit geschwungener Rückenlehne aus Großmutters Zeiten, Nähmaschine unterm Fenster, Klavier an der Wand. Das beste, fand der Junge, war die Schwengelpumpe in der Küche. Er hatte Durst.

Bitte, gebt mir zu trinken.

Gleich, mein Junge.

Seine Retterin füllte einen Becher und brachte ihn. Inzwischen machten sich die anderen, trotz ihrer Müdigkeit, an Schränken und Schüben zu schaffen. Vera sagte: Wir werden hier wohnen müssen, bis die Unseren kommen. Bitte, schlagt nicht alles kaputt.

Die Frauen hörten nicht auf sie, größer als ihre Erschöpfung war der Hunger, die Neugier vielleicht auch, sie deckten die Betten auf, hoben die Matratzen, sie klappten mit den Schranktüren, langten Kleider heraus und hielten sie vor ihre Kittel. Die eine entdeckte kreischend ein Marmeladenglas, die andere fand Zucker. Jede tat etwas anderes, als mit einemmal die Tür krachte und ein Mann ins Haus trat. Er ging durch alle Räume, und die Frauen blieben stehen, wo sie gerade standen, ließen fallen, was sie in den Händen hielten, oder stellten es wieder an seinen Platz und starrten angstvoll auf den Mann.

Der fragte: Was sucht ihr?

Vera sagte: Der Junge verletzt, man muß verbinden. Womit?

Der Mann beugte sich und schob die Nickelbrille auf die

Stirn, um die Wunde am Unterschenkel zu betrachten und an den Rändern abzutasten. Wo ist das passiert?

Im Belower Wald, als die Munitionsfabrik in die Luft geflogen ist.

Der Junge stöhnte.

Du hast Glück gehabt. Kein Steckschuß offenbar, eine Fleischwunde, soweit ich das beurteilen kann. Natürlich müßte sich das ein Arzt ansehen. Wir werden heute keinen finden. Aber warte mal, Jod muß im Haus sein. Er richtete sich auf und suchte im Küchenschrank, bis er die Flasche fand.

Ich bin ein Schlosser, weißt du, der verletzt sich öfter mal. Da, schau dir meine Proletenpranken an.

Der Junge sah, daß sie kräftig waren, von Schrunden gezeichnet, an den Innenflächen verhornt.

Der Mann schraubte die Flasche auf und schickte sich an, den Patienten eigenhändig zu verarzten. Er hatte sich schon auf ein Knie niedergelassen, da sah er, daß alle Frauen im Kreise standen und auf ihn blickten. Jetzt lächelte er zum ersten Mal, erhob sich wieder und sagte: Du bist in den besten Händen.

Er drückte Vera die Jodflasche in die Hand und winkte Evgenia zum Schrank hinüber. Dort zerrte er ein Bettlaken aus dem Stapel, griff nach der Schere, die neben der Nähmaschine lag, schnitt ein und riß das Tuch mit beiden Händen, ritsch, ratsch, in breite Streifen.

Da habt ihr Verbandszeug. Und macht Feuer im Herd, damit ihr Wasser wärmen könnt. Dort in der Kiste liegt Holz. Hier sind die Streichhölzer

Er hob eine Bodenluke in der Küche und deutete in den Keller.

Dort unten findet ihr Kartoffeln, auch eingewecktes Obst. Ihr wißt hoffentlich, daß ihr vorsichtig essen müßt.

Dann ging der Mann, wie er gekommen war.

Damals war Martin Dobinka zum ersten Mal dem Willi Pech begegnet und hatte nicht ahnen können, daß dieser Mann mit den verhornten Arbeiterpranken ihn bei der Hand nehmen und durch die Nachkriegswirren führen würde. Ein guter Mensch. Er hatte den Ravensteinerinnen und ihm sein Haus überlassen mit allen Schätzen, die es barg, den Lebensmitteln vor allem.

Die Frauen hielten sich an seinen Rat. Zwei von ihnen wuschen und verbanden den kleinen Dobinka und betteten ihn auf das Sofa. Er fühlte sich geborgen, und niemals hatte ihm ein Kartoffelbrei besser geschmeckt als jener, der auf dem Herd der Schmiede zubereitet worden war, mit Wasser gestampft und gewürzt mit Salz und Muskat.

Martin hatte sich satt gegessen und war auf dem Sofa eingeschlafen. Stunden später weckte ihn Klaviermusik. Er hörte eine liedhafte, traurige Melodie, wußte nicht, wo er sich befand, und hob verwundert den Kopf. Da sah er sie in der Dämmerung um den Tisch sitzen, Vera und die anderen, seine Retterin am Klavier. Eine der Frauen sagte: Schön, wie du spielst, aber du wirst den armen Jungen erschrecken.

Die Klavierspielerin klappte vorsichtig den Deckel des Instrumentes zu und setzte sich zu ihren Kameradinnen. Die redeten leise miteinander, während es dunkler und dunkler wurde, sie sprachen von ihrer Heimat, in die sie zurückkehren wollten, von zu Hause und was sie machen wollten, wenn alles vorüber wäre.

Martin glaubte, es sei die Klavierspielerin gewesen, die sagte: Ich hab keine Verwandten. Ich hab kein Zuhause. Ich weiß überhaupt nicht, wohin.

Und Vera antwortete mit einem kleinen Lachen: Du kommst mit mir nach Odessa, heiratest meinen Bruder und bleibst in meiner Nähe.

Die andere sagte: Nach Odessa – weit weg von Deutschland, das wäre schön.

Der Junge erwachte in aller Frühe, weil das Bein schmerzte und die Blase drückte. Er wollte nach draußen, um sein Wasser abzuschlagen, und mußte sich schwer auf Tischkanten oder Stuhllehnen stützen, so hinkte er durch die Stube. Als er bis zur offenen Schlafzimmertür getappt war, sah er zu seinem Erstaunen, daß die Frauen, bis auf eine, nicht in den Betten schliefen, sie lagen davor, nur die Klavierspielerin war in die Federn gekrochen. Übrigens ist sie nicht nach Odessa gereist, sondern als einzige in Kromberg geblieben.

Dobinka, Hände hinter dem Kopf verschränkt, hatte sich zu erinnern versucht und weit ausholen müssen. Nun war es längst nach Mitternacht. Die Müdigkeit überkam den Mann, und er war sich nicht sicher, ob er die Geschichte seiner merkwürdigen Freundschaft mit dem Herrensohn aus Gardow Wort für Wort erzählt oder manchmal nur gedacht hatte, und er hatte längst nicht nur über Jürgen Lucius, sondern über einen ganz anderen Menschen berichtet, dem er nahegekommen war. Er dachte, vielleicht hat es Kornelia nicht bemerkt, vielleicht hat sie mein Gemurmel nicht verstanden, vielleicht ist sie längst eingeschlafen.

Er drehte sich auf die Seite, um nach dem Schalter der Nachttischlampe zu suchen, und löschte das Licht.

Jetzt legte Kornelia eine Hand auf seine Schulter und sagte: Laß mich raten, wie sie hieß, die Klavierspielerin: Ira Thurau.

Ja, sagte Dobinka, so hat sie sich genannt.

4

Herr Lucius auf Gardow

Jürgen Lucius kam aus Richtung Hohenzedlitz, dort war er zur Schule gegangen. Die einstige Residenzstadt beherbergte viele Behörden, darunter solche, die für ihn von Bedeutung waren, wie das Kataster- und Grundbuchamt, das Kreisgericht oder das Amt für offene Vermögensfragen. Er fuhr an ihnen vorüber und hatte den Weg über die Dörfer genommen, weil es ihn nach Gardow auf der Heide zog.

Vierzig Jahre lang hatte er das Herrenhaus, in dem er aufgewachsen war, nicht zu Gesicht bekommen. Ein Katzensprung bis dorthin, keine fünfzehn Kilometer von Hohenzedlitz. Er hatte die Strecke tausendmal mit dem Fahrrad zurückgelegt, um ins Gymnasium zu gelangen, das Carolinum, gestiftet von einem der Mecklenburg-Hohenzedlitzer Herzöge als Zuchtanstalt für die Sprößlinge des Adels und der Hofbeamten und ein weitberühmtes Eliteinstitut bis neunzehnhundertfünfundvierzig. Es hatte ihm widerstrebt, sich während der Schulzeit im väterlichen Horch vorfahren zu lassen oder mit dem Landauer, er war ein Sportsmann, Sieger in einigen Disziplinen des Schulsports und im Hochsprung sogar Gaumeister der Hitlerjugend. Auch die tägliche Radtour zum Carolinum und zurück empfand er als eine Art von Training, jedenfalls hatte er die Zeiten nach der Armbanduhr gemessen und versucht, seine Bestzeit immer wieder zu unterbieten.

Jetzt glitt er im schweren Mercedes über die geschlängelte Chaussee, anmutige Landschaft, Wälder, blinkende Seen. Bald würde er daheim sein. Er drehte den Rückspiegel so, daß er sich für Augenblicke ins Gesicht schauen konnte, und durfte zufrieden sein: straffe Haut, blanke Augen hinter der Goldrandbrille, frische Farbe, etwas zu hohe Stirn mit markanten Querfalten, schon silbriges Haar. Trotzdem war ihm sein Alter nicht anzusehen, und er wußte nur zu gut, daß er noch auf Frauen wirkte. Das nützte ihm, sobald er körperlichen Austausch brauchte, allerdings war es seinem Alter geschuldet, daß er seit einiger Zeit Aufwand und Mühe der Werbung vermied und die Dienste eines Instituts in Anspruch nahm, das ihm bei Bedarf ein versiertes Mädchen vermittelte. Er war anspruchsvoll, auch in Dingen der Geschlechtlichkeit, und hatte sich seit je verwöhnen lassen, schon als sehr junger Mann. Gerlinde fiel ihm ein, die erste Frau, bei der er gelegen hatte, kaum älter als er und schon eine Hexenmeisterin der Liebe. Nicht weit von hier, in Abtey, hatte sie fürstlich residiert.

Jetzt fuhr er langsam an den vier Doppelhäusern vorüber, im nordischen Baustil errichtet, wie er während des Dritten Reiches geschätzt und gefördert wurde. Er erinnerte sich, daß sie erst seit neunzehnhundertzweiundvierzig die Landstraße säumten und von Häftlingen aus Ravenstein für die eignen Aufseher erbaut worden waren, gekreuzte Pferdeköpfe am Dachgiebel, frisch gestrichene Fensterläden, bemalt mit bäuerlichen Blumenornamenten. Gepflegte Vorgärten bis an den Straßenrand. Die Häuser sahen so schmuck und so deutsch aus wie eh und je.

Jürgen Lucius schwankte, ob er hinter der Häuserzeile abbiegen sollte, um nach Abtey hinunterzufahren. Er hatte gehört, das Heideschlößchen stünde, prächtig wie einst, am Klostersee, wollte aber zuerst sehen, was aus Gardow geworden war, dem Stammsitz seiner Familie. Schon nach wenigen Kilometern wurde die Abfahrt angezeigt. Sein Herz schlug höher, Kupplung, kleiner Gang, Blinker, Bremse. Er bediente Pedal und Hebel, ohne zu denken, und lächelte, als er dem Dorf entgegenfuhr. Das Kopfsteinpflaster war zerlöchert und holprig wie vor vierzig Jahren, der schwere Wagen erzitterte. Dann das Schild am Ortseingang, schwarz auf gelb: Gardow auf der Heide.

Vertrauter Name, aber kaum Häuser, die er wiedererkannte. Einige schienen unbewohnt, bröckliger Putz, Zeichen des Verfalls, und dieser merkwürdige Geruch nach minderwertiger Kohle, die schwelend verbrennt. Da und dort rauchten die Aschekübel vor den Türen.

Endlich erblickte Lucius das gewaltige Gaubendach des Gutshauses, glaubte aber hinter der Kehre, er hätte sich verfahren, und das Lächeln verging ihm, als er den Wagen verließ, um sich Schritt für Schritt dem Herrenhaus zu nähern. Er erkannte den Umriß seines Elternhauses, die Fensterreihen, dennoch erschien es ihm wie ein fremdes Gebäude. Es war unbewohnt und heruntergekommen, blinde Fenster, zerborstene Scheiben, Reste einer Inschrift an der Klinkerwand: Konsumverkaufsstelle. Mit einem Male schien ihm, als stünde das alte Haus nicht mehr an seiner ursprünglichen Stelle. Er blickte um sich, bis er begriff, daß die riesigen Scheunen und Stallungen des Wirtschaftshofes verschwunden waren. Wahrscheinlich hatte ihr Mauerwerk nach dem Krieg als Steinbruch für den Bau der erbärmlichen Neubauernhütten gedient. Das ramponierte Herrenhaus erhob sich auf einer Brache. Kaum zu erkennen, was die Vorder- oder Hinterfront gewesen war, verschwunden die breite Freitreppe, aber auch der hölzerne balkonartige Überbau am Gartensaal, auf dem Albrecht von der Weitbrink in der heißen Sommernacht vom 20. auf den 21. Juli neunzehnhundertvierundvierzig im Freien geschlafen hatte, ehe er am Morgen seinen Henkern entgegenfuhr.

Auch der kleine Park war nicht mehr zu finden, und dort, wo der Küchengarten gelegen, wo das Obstholz gestanden hatte zwischen dem Gutshof und dem See, sah er wunderliche, weißgestrichene Sommerhütten, etwa zwanzig an der Zahl, auf zwanzig von Hecken umgebenen Parzellen, eine genauso groß wie die andere. Vermutlich eine Feriensiedlung, schon zu DDR-Zeiten angelegt von privilegierten Bürgern aus Hohenzedlitz, Stasi und solche Leute. Mein Gott, welchen Weg hatte Sabine genommen, seine Schwester, damals Anfang Mai fünfundvierzig, als sie ins Wasser gegangen war, um ihrem Leben ein Ende zu setzen. Das hatten die Russen verschuldet. Sabine hatte Slawistik studiert, eifrig Russisch gelernt und gemeint, ihre Kenntnis würde hilfreich sein im Augenblick der Gefahr. Jürgens Vater ist dabeigewesen, als dort drüben im Walde hinter dem See die Russen auftauchten. Sabinchen ist ihnen entgegengetreten, um sie in ihrer Sprache willkommen zu heißen. Die Soldaten hatten aber auf deutsch geantwortet: Frau komm!, und sein Vater hatte nicht verhindern können, daß sie seine Lieblingstochter ins Gesträuch zerrten, ein paar wüste Kerle, um sie auf der Stelle zu schänden.

So hatte die Russenzeit in Gardow begonnen, mit Sabines Tod und mit ihrer Beerdigung, hier irgendwo im Gardower Park. Und als er ein paar Wochen später mit dem kleinen Dobinka nach Achims Waffen suchte, nach dem Drilling, nach den Büchsen, da hatte er nicht nur ans Waidwerk, da hatte er auch an Rache gedacht.

Er schlenderte zum Wagen zurück, warf sich auf den Fahrersitz, suchte im Handschuhfach nach Zigaretten und zündete sich eine an. Er inhalierte in tiefen Zügen, fuhr aber nicht davon, um diesen traurigen Ort, der ihm Heimat gewesen war, zu verlassen. Er ließ den Wagen stehen, wo er stand, am Rande der Brache, die von wilden Kräutern überwuchert war, von Nesseln und Disteln, und die nur durch eine grob gepflasterte Straße von seinem Elternhaus getrennt wurde. Er geriet ins Grübeln.

Die Familie hatte das Herrenhaus schon bald nach dem Einzug der Russen verlassen müssen. Das Gebäude wurde für den Stab einer größeren Einheit der Roten Armee beschlagnahmt. Offiziere zogen ein, Ordonnanzen mit dazugehörigem Troß. Die Familie des Gutsherrn wurde in das Inspektorhaus verwiesen, wo sie sich einschränken mußte. Immerhin brauchten acht Personen Unterkunft: die Eltern, Laura von der Weitbrink mit ihren Kindern und er, der sich bei Kriegsende zu seinen Leuten zurückgeschlichen hatte. Solange der Stab auf Gardow residierte, ging es auf dem Gut einigermaßen ordentlich zu. Einige der Offiziere zeigten sich kulant gegenüber den alten Eltern. Seine Mutter durfte das Schlafzimmer ins Inspektorhaus transportieren lassen und sogar weniges an Vorräten mitnehmen. Der Stab versorgte sich außerhalb von Gardow. Immer wieder hörte man von Plünderungen und Übergriffen, Schweine wurden kurzerhand in den Ställen erschossen und weggeschleppt. Im Juni erging der Befehl, sämtliche Kühe der Umgebung nach Osten zu treiben, auch die Simmentaler Herde aus Gardow wurde davongeführt. Sein Vater verzweifelte angesichts leerer Stallungen und beschwerte sich, aber die sowjetischen Stabsoffiziere im Herrenhaus reagierten mit Achselzucken: Befehl ist Befehl. War das nicht eine deutsche Redensart, die bedeutete, daß es überflüssig sei, nach dem Sinn einer Anordnung zu fragen? Wochen später, als der Hirt nach Gardow heimkehrte, erfuhr man, daß nur wenige Tiere die Oder erreicht hatten, alle übrigen waren vor der Grenze krepiert.

Jürgens Vater, ein promovierter Jurist, besaß neben Gardow eine geräumige Villa in Dahlem, die während der alliierten Luftangriffe Schaden genommen hatte, aber immer noch von erheblichem Wert war. Manchmal redete der Alte davon, sich unter den Schutz der Amerikaner zu begeben und wieder als Rechtsanwalt zu arbeiten. Warum hatte er bis zu seiner Vertreibung aus Gardow unter russischer Knute ausgeharrt? Warum war Laura von der Weitbrink, seine Schwester, geblieben? Warum hatte er selber, Jürgen, den Druck so lange ausgehalten und sich deshalb ins Unglück gebracht? Kein Zweifel, man konnte sich auf Gardow trotz aller Bedrückung besser ernähren, als das in Berlin möglich gewesen wäre. Viele Leute rechneten sich immer noch zur Ehre an, seiner Mutter, der alten Gnädigen, ein Huhn, ein paar Tauben oder ein Stück Speck zu schenken. Laura und ihre vier Kinder profitierten davon. Sein Vater war eine Zeitlang sogar von den neuen Machthabern umworben worden. Er sollte das Justizressort von Hohenzedlitz übernehmen, eine Ehrung, die er ausschlug. Er war Minister zur Weimarer Zeit gewesen, hatte sich den Nazis fügen müssen und wollte keineswegs unter sowjetischer Ägide dienen. Und er, Jürgen, mußte zunächst in Hohenzedlitz das Abitur nachholen, und dann, als er die Waffen aus dem Versteck holen konnte, hatte ihn die Jagdleidenschaft wieder im Griff. Er fürchtete die Russen nicht, er hatte sich zum Robin Hood von Gardow aufgeschwungen, und Martin Dobinka war sein Geselle. Jürgen hatte hungernde Leute mit Wildbret versorgt und sich nicht bloß mit klingender Münze löhnen lassen, er hatte sich damals im Sommer fünfundvierzig durch viele Betten gevögelt.

Im Herbst war es dann zu einer, man muß wohl sagen: schicksalhaften Begegnung mit Willi Pech gekommen. Nicht nur in den Gesindestuben, sondern auch am Familientisch wurde erstaunlich oft von diesem Menschen erzählt, den sein Vater von Herzen verabscheute. Er nannte ihn nur den Sparktakisten, und die älteren Kinder konnten den Mann auch nicht leiden, weil er ihnen Frida, ihr geliebtes Kindermädchen, fortgenommen und vom Fleck weg geheiratet hatte. Jetzt hatten die Russen den Willi Pech ins Amt des

Bürgermeisters von Kromberg gehievt, sein Wort, so hieß es, habe Gewicht im Zirkel der neuen Machthaber, vor denen man sich fürchtete. Man munkelte von einer radikalen Bodenreform und daß nicht mal sicher sei, ob die Betroffenen wenigstens ein Restgut behalten dürften. Der alte Lucius wollte Gewißheit und suchte das Gespräch mit einem gut informierten Mann des gegnerischen Lagers.

Willi Pech hatte eine Zeitlang als Gutsschmied von Gardow in Lohn und Brot der Familie Lucius gestanden, bis man ihn nach einem Treuebruch gegenüber seinem Patron davonjagen mußte. Die Geschichte wurde in den Küchengewölben von Gardow, aber auch auf der Beletage immer wieder kolportiert.

Aber Frida, seine Liebste, eine kleine, schmale Person mit prächtigem aschblondem Haar, hatte das Herz der älteren Herrenkinder gewonnen. Laura erzählte oft, daß besonders Achim sein Kindermädchen vergöttert habe, weil es ihm vieles ersparte, zum Beispiel die morgendliche Körperreinigung. Den Jungen schauderte beim Anblick der Waschschüssel wie den Teufel vor dem Weihwasser, er bekam eine Gänsehaut. Frida konnte mahnen, so laut sie wollte, seine Mama bestehe auf gründlichem Abseifen und anschließender Salbung mit Lanolin, ein Klecksel auf Hände und Knöchel, ein bißchen aufs Löchel. Achim sträubte sich und brachte Frida in Verlegenheit, bis diese auf den Gedanken kam, ein wenig Kaffee ins Waschwasser zu mischen, ehe sie die Schüssel der Hausfrau vorzeigte, um sie anschließend zu entleeren.

Ein Kleckschen aufs Löchel, so intim war ein Teil der Lucius-Familie mit Frida gewesen, bis das hübsche Mädchen eines Tages kündigte.

Warum denn, Frida, Gott behüte?

Ich will heiraten, gnädige Frau.

Ja, wen denn, Frida?

Den Willi Pech, den Schmied.

Um Gottes willen, Frida. Er ist ein Roter. Solch einen Mann heiratet man nicht.

Frida senkte verlegen die Lider und hob die Schultern, schließlich sagte sie mit strahlendem Blick: Er spielt so schön Klavier.

Der Spartakist?

Frida nickte, und die Gnädige sprach: Da muß ich dir wohl ein schönes Abschiedsgeschenk machen. Wir können, denke ich, ein paar Bettbezüge entbehren, die nur wenig vergilbt sind.

Das Mädchen sagte: Zu gütig, gnädige Frau, aber ich durfte ja, dank Ihrer Hilfe, den Schneiderkursus besuchen und hab mir die Aussteuer selbst genäht.

Du hast einen anderen Wunsch?

Frida nickte und nannte Frau Lucius, um ihr zu schmeicheln, sogar Euer Gnaden. Seit Jahren steht auf dem Speicher ein sehr altes, sehr kleines, zerkratztes Hammerklavier. Das könnte ich gebrauchen.

Ein Klavier?

Ja, Euer Gnaden.

Meinetwegen.

Willi Pech freute sich unbändig über das Hochzeitsgeschenk. Er war nicht nur zu grober Arbeit fähig, sondern verfügte über die Geschicklichkeit eines Feinmechanikers. Er reparierte das Instrument eigenhändig, so gut er das vermochte, ließ es vom Fachmann stimmen und wichste es schließlich mit Bohnerwachs spiegelblank. Pech kannte keine einzige Note, spielte aber jeden Schlager nach dem Gehör, und sobald ein Vergnügen angesagt war, ein Feuerwehrball oder ein Schützenfest, hob er das Klavierchen auf einen Handkarren und fuhr bis zum nächsten Tanzboden. Die Leute feierten ausgelassen, bis die Lampions in der Sommernacht glommen, die Windlichter auf den Biertischen flackerten, und sie gerieten in Begeisterung, wenn Willi drauflosämmerte und mit hellem Bariton sang:

O Donna Klara, ich hab Sie tanzen gesehn,
O Donna Klara, Sie sind wunderschön.
Bei jedem Schritte ... Akkord!
und Tritte ... Akkord!
biegt sich Ihr Körper,
genau in der Mitte.

Mit seiner Kunst verführte er die schwerfälligen Landleute zu gewagten Schrittkombinationen oder Verrenkungen auf dem Parkett, und es konnte geschehen, daß ein feuriger Viehtreiber seine Partnerin beim Tango so weit im Kreuz zurückbog, daß beide das Gleichgewicht verloren und zu Boden polterten, was das allgemeine Vergnügen nur noch erhöhte.

Riesiger Beifall. Noch mal! Noch mal!

Willi Pech war also ein Schmied, zugleich ein Mann der leichten Muse, galt aber auch als Spartakist und hatte sich während des Kapp-Putsches den Behörden verdächtig gemacht.

Damals, im Frühjahr neunzehnhundertzwanzig, war der Vertrag von Versailles in Kraft getreten, für jeden Deutschnationalen ein Schanddiktat, weil er bestimmte, daß die Heeresleitung nahezu eine halbe Million Soldaten entlassen mußte, vaterländisch gesinnte Männer, die sich von den Regierenden verraten fühlten und ihrer Demobilisierung widersetzten. Tausende von ihnen, Offiziere und Mannschaften der Schwarzen Reichswehr, darunter die gefürchteten Baltikumer, sammelten sich auf den Gütern der mecklenburgischen Ritterschaft und warteten auf das Signal zum Losschlagen. Zur gleichen Zeit wurden auf den Herrenhöfen Waffen zusammengetragen, um sie dem Zugriff von Kontrolleuren der Siegermächte zu entziehen. Auch der Speicher zu Gardow auf der Heide war ein Waffenlager geworden. Der alte Lucius, damals hochdekorierter Artillerieoffizier des Ersten Weltkrieges, war mit den Putschisten im Bunde und hatte vor dem Schloß sogar eine Kanone auffahren lassen oder eine Haubitze, ganz schweres Geschütz jedenfalls, um seine Gutsarbeiter in Schach zu halten. Willi Pech ließ sich nicht schrecken. Er beschaffte einen klapprigen Lastwagen, gewann ein paar Freunde, und dann fuhren sie am Herrenhaus von Gardow vor.

Doktor Lucius, in knappsitzender Uniform, geschmückt mit silbernen Litzen und den Rangabzeichen eines Hauptmanns, stand breitbeinig auf der Freitreppe und schnarrte: Was wollt ihr?

Die Männer latschten auf den uniformierten Gutsherren zu, bis sie vor der Treppe standen.

Und wieder Lucius, empört, weil sich die eigenen Leute gegen ihn stellten: Verschwindet vom Schloßhof! Zurück in die Schmiede, Pech!

Der Schmied sagte: Kleinen Moment noch, Herr. Zuerst wollen wir die Waffen kassieren. Sie gehören nach Kromberg ins Magazin.

Der Gutsherr schrie: Schert euch zum Teufel!

Da sollen die Spartakisten so lange mit der Pistole gefuchtelt haben, bis Lucius den Schlüssel herausgab. Hätte er die Strolche doch umgelegt, wie es anderentags mit vielen Aufrührern geschah. So aber gelang es diesem Pech, auf den Speicher zu steigen. Er stieß die Luke auf und reichte an die hundert Karabiner, einen nach dem anderen, seinen Freunden auf der Ladefläche des Lastwagens zu. Das geschah unter dem Beifall der Gutsleute, die auf dem Schloßhof zusammengelaufen waren, um dem Spektakel beizuwohnen.

Später wollte sich der Schmied herausreden, er hätte damals im Interesse der Reichsregierung gehandelt. Die hatte tatsächlich auf Plakaten zum Generalstreik aufgerufen. Starker Tobak, was da zu lesen war:

Wir paktieren nicht mit den Baltikumverbrechern.

Arbeiter! Genossen! Legt die Arbeit nieder!

Kämpft mit jedem Mittel um die Erhaltung der Republik!

Am Tag darauf hatte Wolfgang Kapp, der im Aufsichtsrat der Deutschen Bank saß, seinen Generalen das Signal zum Staatsstreich gegeben, und Lucius, Herr auf Gardow in Mecklenburg, feuerte zum Zeichen des Einverständnisses einen Kanonenschuß in Richtung Kromberg ab.

Der Putsch mißlang. Kapp ging mit hoher Abfindung und honoriger Pension in den Ruhestand. Vater Lucius auf Gardow kam mit einer Abmahnung davon, aber Willi Pech hatte seinen Namen mit der Tat. Er wurde fristlos entlassen und während der nächsten Jahre mehr als einmal in Haft genommen.

Und nun, im September fünfundvierzig, kommt es zu einer Begegnung zwischen dem Gutsschmied von einst und den Herrschaften auf Gardow. Willi Pech ist inzwischen jenseits der fünfzig, ein hohlwangiger Mann, der älter erscheint, als er wirklich ist, vielleicht hat er eine Krankheit am Leibe, die Schwindsucht geht um. Der Patron ist dem Schmied ein Lebensjahrzehnt voraus und immer noch ein rundlicher Mann mit rosiger Haut.

Vater Lucius hatte einen freundlichen Brief mit der Einladung überbringen lassen, Pech hat sie angenommen und ist tatsächlich auf Gardow erschienen. Man empfängt den Gast am Familientisch. Jürgen Lucius erinnert sich, daß er mit in der Runde saß. Sein Vater stellte die Familie vor: Meine Frau, meine Tochter Laura von der Weitbrink, vielleicht erinnern Sie sich, und das ist Jürgen, er wurde erst geboren, als Sie Gardow verlassen hatten. Begrüßung mit Handschlag natürlich, aber der Schmied scheint steifnackig, er deutet eine Verbeugung nicht einmal an.

Einen Tee, ich darf doch?

Gern.

Wie geht es Frida?

Sie näht für die Leute.

Frau Lucius lächelt angestrengt. Ach ja, ich hatte sie einen Nähkurs absolvieren lassen, sehr geschicktes Mädchen, nun profitiert sie davon. Wir erzählen manchmal von ihr, nicht wahr, Laura? Die Geschichte mit dem Kaffee im Waschwasser, zu niedlich. Grüßen Sie bitte.

So ähnlich das einleitende Gespräch.

Dann geht es zur Sache, kurz, knapp und kontrovers, soweit sich Jürgen Lucius nach so langer Zeit erinnern kann.

Sie sind tatsächlich der Bürgermeister von Kromberg, Herr Pech?

Seit vier Monaten, bestätigt der Mann.

Und Frau Lucius möchte wissen, ob er sich – nichts gegen seinen Stand – als Arbeiter solch einem Amt gewachsen fühle.

Pech hebt die Schultern und gesteht: Keine leichte Aufgabe in schwerer Zeit.

Mein Gott, was hat er nicht alles auf dem Buckel. Es mangelt an vielem, und sie ziehen immer noch zu Tausenden durchs Land, Vertriebene aus den Ostgebieten auf der Suche nach einem Dach über dem Kopf, nach einem Fleckchen Heimat.

Sind Sie denn Spartakist geblieben? So naiv kann nur Laura von der Weitbrink fragen.

Der Schmied lächelt. Ich bin gleich nach dem Krieg der KPD beigetreten, also ein Kommunist.

Obwohl Sie wissen, welche Scheußlichkeiten sich die Bolschewiken beim Einmarsch haben zuschulden kommen lassen? Jürgen spricht voller Verachtung, und der Schmied sagt: Ich will umkehren, was uns die Nazis hinterlassen haben.

Das will Jürgen auch. Er beruft sich auf seine humanistische Bildung, die er auf dem Carolinum erworben hat. Jawohl, auch während des Krieges hatte er noch Platon studiert, und preist die Werte einer liberalen Mehrparteiendemokratie ... freie, ungehinderte Entfaltung der Persönlichkeit statt eindimensionaler Ideologie, das wäre die Alternative für Ostdeutschland. Zurück nach Weimar. Übrigens war sein Vater Minister einer solchen Reichsregierung.

Sie hat Hitler nicht verhindert. Pech grinst unverschämt. Und was Sie, Herr Minister, betrifft, ich habe Sie als strammen Deutschnationalen erlebt, von Liberalität keine Spur. Sie protegierten die Baltikumer, die Vorreiter der Nazis. Darüber sind wir uns in die Haare geraten, das ist schon über zwanzig Jahre her. Natürlich habe ich den kürzeren gezogen, Knast und Arbeitslosigkeit. Das will ich niemals wieder riskieren.

Tempi passati. Vater Lucius wünscht keinen Streit, aber Jürgen provoziert noch einmal.

Ich weiß ja, daß Sie Platon nicht lesen konnten, dennoch müßte ein Mann wie Sie mit hohem Amt nach irgendwelchen Idealen streben.

Welche gelten denn für Sie?

Ich halte mich an die Grundtugenden der Antike: Tapferkeit, Weisheit, Gerechtigkeitsempfinden und Mäßigung.

Allgemeine Regeln der Sittlichkeit, sie gelten auch für mich, sagte der Schmied, bis auf die letzte. Ich verachte politische Genügsamkeit, ich geh aufs Ganze, Herr Gymnasiast. Ich stehe ein für den Umsturz der alten, verrotteten Ordnung. Geld darf nicht länger die Welt regieren. Die Arbeit soll nicht länger Ware sein, deshalb müssen Grund und Boden und die Fabriken endlich dem Volk gehören. Das entspricht meinem Gefühl für Gerechtigkeit.

So einfach wäre die Lösung?

So einfach!

Damit ist man beim Thema. Vater Lucius zeigt auf Pech.

Sie stellen sich tatsächlich hinter das Dekret einer grausamen und radikalen Landverteilung, wie sie uns von der sowjetischen Besatzung aufgezwungen werden soll?

Wohin denn sonst mit den Vertriebenen, Herr Doktor Lucius. Wie anders könnten wir mit dem Hunger fertig werden. Ich weiß, daß Sie auf der Liste stehen. Gardow auf der Heide wird enteignet. Die Äcker werden an landhungrige Bauern aufgeteilt, an Leute, die eine Siedlung bewirtschaften wollen. Tut mir leid. Auch Frida hat mich angejammert: Die Gnädige war nett. Kannst du nicht eine Ausnahme machen? Kann ich nicht, will ich nicht. Sie wissen nun Bescheid, Herr Doktor Lucius, und können sich einrichten.

Wohin mit uns? ruft Vater Lucius empört.

Sie haben es doch nicht weit bis nach Dahlem.

Die ganze Familie soll also vertrieben werden? Laura preßt eine Hand auf den Mund, als müßte sie aufschreien im Zorn.

Pech sagt: Ihr Gemahl gehörte zu den tapferen Männern, die uns Hitler vom Halse schaffen wollten, er hat meinen Respekt, und Sie haben mein Mitgefühl. Schlimm, daß Sie ins Gefängnis mußten. Ich weiß aus eigener Anschauung, wie es in den Gestapokellern zuging. Sie können in Gardow bleiben, das Inspektorhaus bleibt Ihnen, ebenso vierzig Morgen Land, ein Pferd, eine Kuh. Dafür verbürge ich mich. Die Kinder hätten zu essen, vorausgesetzt, Sie trauen sich die schwere Arbeit zu. Wenn Ihnen der kräftige junge Bruder zur Seite steht, müßte es zu schaffen sein. Wie wär's denn, Herr Gymnasiast, wenn Sie Hilfsbereitschaft gegenüber Ihrer Schwester zeigen würden, Solidarität? Das ist ein humanistischer Wert, den ich hochschätze.

Damit verabschiedete sich Pech.

Frau Lucius weinte. Vater Lucius verweigerte den Handschlag, Laura von der Weitbrink bat sich Bedenkzeit aus, und Jürgen betrachtete den Schmied mit finsterem Blick.

Pech sagte, und hatte schon eine Hand an der Klinke: Lassen Sie die Hände von den Gewehren, junger Mann, wenn ich raten darf, und verleiten Sie mir den kleinen Dobinka nicht zu gefährlichem Spiel, sonst kriegen Sie es mit mir zu tun.

Für eine ganze Weile mied Jürgen Lucius die Jagd. Während dieser Zeit lernte er, wie ein Knecht mit Pferd und Wagen umzugehen und sich auf dem Hofe nützlich zu machen. Das Abitur hatte er seit dem Sommer in der Tasche. Selbstverständlich spielte er schon damals mit dem Gedanken, Juristerei zu treiben, wie es der Alte praktiziert hatte, aber es war fraglich, ob die Bonzen ihm als dem Sohn eines Rittergutsbesitzers erlauben würden, sich in Greifswald oder Jena immatrikulieren zu lassen. Er bemühte sich gar nicht darum und wollte bei den Eltern auf Gardow sein, wenn ihnen die Schicksalsstunde schlug.

Als im Herbst neunzehnhundertfünfundvierzig der Enteignungsbescheid überbracht wurde, hatte Jürgen längst die kostbarsten Möbelstücke, Teppiche und Gemälde nach Dahlem in Sicherheit gebracht. Dennoch war der Abschied von den Enkeln tränenreich, auch Laura von der Weitbrink weinte bitterlich, als sie den Eltern nachwinkte, die Gardow in einer offenen Kutsche verließen. Auf dem Hof standen mehr als ein Dutzend Mägde und Gutsarbeiter, die schwenkten nasse Taschentücher im Wind.

Am nächsten Tag knotete Laura das Kopftuch auf rustikale Art und bewarb sich um eine Neubauernstelle. Sie zog ein gutes Los bei der Versiedlung der väterlichen Ländereien und übernahm an die zehn Hektar besten Ackerlandes zu Eigentum und ewiger Nutzung, wie die Urkunde versprach, dazu das Inspektorhaus und das Notwendigste an Viehzeug. Jürgen Lucius hat seiner Schwester geholfen, bis ihn eines Tages die Russen holten. Er wurde des Waffenbesitzes verdächtigt, das galt den Besatzern als todeswürdiges Delikt.

Jürgen Lucius saß immer noch bei offener Tür auf dem Fahrersitz des Mercedes am Rande der Brache, die sich vor dem verwahrlosten Herrenhaus von Gardow ausbreitete. Er rauchte und grübelte darüber nach, wie Bürgermeister Pech damals von den Jagdwaffen erfahren haben konnte. War Martin Dobinka der Verräter gewesen?

5
Alte Geschichten

Latomos, ein Chronist aus Niegenburg, berichtet zu Beginn des siebzehnten Jahrhunderts über Kromberg: Es ist ein ziemlich wohlgelegen Städtlein, reich an Wasser und Holz, aber der Ackerbau ist leider gering.

Das erklärt vielleicht, warum das Stadtsäckel selten gefüllt war. Zu einem stolzen Amtsgebäude hatte es nicht gereicht, und als das alte Rathaus, lange vor dem ersten Weltkrieg, wegen Baufälligkeit abgebrochen werden mußte, verzichtete die Stadt auf einen kostspieligen Neubau und erwarb ein Gebäude am Markt, das sich von den schmucklosen Bauern- und Bürgerhäusern der Nachbarschaft kaum unterschied. Es besaß an der rechten Seite des Erdgeschosses eine überbaute Toreinfahrt, breit genug und so hoch, daß ein Pferdegespann seine Fracht bis zu den Ställen oder Speichern des Wirtschaftshofes fahren konnte. Diese Toreinfahrt aus alten Tagen mußte jeder Besucher passieren, ehe er eine Treppe erreichte, die ins Rathaus führte.

Die Amtsräume des Bürgermeisters lagen im ersten Stock, ein kleines Zimmer für die Sekretärin und ein größeres, in dem der Schreibtisch des Stadtoberhauptes stand. Zwei Fenster zeigten auf den gepflasterten Marktplatz der Stadt, dessen einzige Zierde eine Baumgruppe war, die sich in der Nähe des Kriegerdenkmals erhob. Im Flur der übliche Schaukasten, Mitteilungen über die Erhöhung der Abwassergebühren, ein Plakat mit den finsteren Konterfeis gesuchter Terroristen und das Aufgebot des Standesamtes.

Die Tür am Ende des Flures öffnete sich zum Ratssaal,

der bescheiden in den Ausmaßen war, aber gerade so geräumig, daß er Platz bot für zwei Dutzend hochlehniger Stühle und einen ovalen Kabinettstisch, um den sich die Abgeordneten von Zeit zu Zeit versammelten. Das Mobiliar stammte aus den Werkstätten eingesessener Handwerker und hatte die Zeitenwende ebenso überdauert wie die Paneele und die wabenartig gestaltete Decke des Saales, die aus fein lackierten Sperrholzplatten gefügt war, ein Geschenk der Mecklenburgischen Holzwerke. Dagegen hatten die Tapeten an den Wänden so oft abgerissen oder überstrichen werden müssen, wie es notwendig gewesen war, den Blickfang an der Stirnseite wegen eines Machtwechsels oder todeshalber auszutauschen. Dort hatte schon ein Adolf-Hitler-Bild gehangen, eines des spitzbärtigen Walter Ulbricht, aber auch ein Honecker-Foto, an dessen Stelle jetzt das Porträt des Bundespräsidenten Richard von Weizsäcker prangte, endlich wieder mal das eines Herrn von Distinktion und Adel.

Bürgermeister Dobinka wollte darauf hinweisen, daß Kromberger Historie tiefer hinabreichte als in die absehbare deutsche Zeit, und hatte von Malermeister Rührmus zwei heraldische Darstellungen schaffen lassen, die das Bildnis des gerade amtierenden Bundespräsidenten flankierten. Die eine symbolisierte mit Ochsenkopf und wendischer Krone das ewige Mecklenburg, die andere zeigte das Stadtwappen, auf der einen Seite des Schildes zinnenbewehrte Türme, auf der anderen einen ringgeschmückten Damenarm, der darauf hindeutete, daß Kromberg einst zum Heiratsgut der steinreichen Erbtochter des Markgrafen von Brandenburg gehört hatte. Als diese Beatrix aber ohne Erben starb, fiel der letzte Askanier mit siebentausend Helmen in die Stargarder Lande ein und forderte die Mitgift zurück. Er nahm den fürstlichen Hagen bei Gardow ein und bestürmte Woldegk, bis er in der Schicksalsschlacht von Gransee vernichtend auf das Haupt geschlagen wurde, und seit damals dürfen sich die Kromberger gut mecklenburgisch nennen.

Von Latomos wußte man auch, daß vor den marodierenden Soldaten, den Kaiserlichen, den Böhmen und Krabaten, wie damals die Kroaten hießen, der schwarze Tod in Kromberg eingezogen war. Krieg und Pest hatten so viele Opfer verlangt, daß am Ende zwei Drittel der Herdstellen unbehaust blieben. Mancher Kromberger, auf solches Elend hingewiesen, würde eigene Schlüsse ziehen, so hoffte Dobinka, und alte Pestangst mit der neuen Furcht vor Arbeitslosigkeit in ein Verhältnis setzen können.

Im Augenblick drang lebhaftes Geplauder und Gelächter aus dem Rathaussaal, obgleich sich nur drei Personen dort versammelt hatten, nämlich Martin Dobinka und Frau Breitenwischer, die hauptamtlich in der Kämmerei arbeitete, aber während der Sprechzeiten des Bürgermeisters Vorzimmerdienste versah. Zu ihnen hatte sich Klaus Reiter gesellt, Sportlehrer und Heimatforscher aus Passion, ein Mann von jünglingshaftem Habitus, wie ihn nur trainierte Radsportler bewahren können. Er saß für die SPD im Stadtparlament und sollte dem Bürgermeister beim Verfassen der Festschrift und bei der Aufstellung des Festzuges zur Seite stehen.

Die Breitenwischer war eine auffallende Erscheinung von etwa vierzig Jahren mit prächtig wallendem Haar, schwerer Brust und starker Hüfte, die sich klugerweise in schlabbrige Gewänder hüllte. Sie hieß Gabi mit Vornamen und wirkte erdrückend neben dem knabenhaften Klaus Reiter mit seiner Strubbelfrisur und den weit aufgerissenen fröhlichen Augen. Er war aber auch schon fünfzig und galt als eine Kapazität der Bodendenkmalpflege, seit ihm vor Jahren auf den Wiesen von Kromberg ein sensationeller Fund gelungen war. Er war beim Krötenzählen zufällig an einen frisch ausgehobenen Meliorationsgraben geraten und hatte einen merkwürdigen Gegenstand bemerkt, der seitlich aus der Torfwand ragte, ein Stein, ein verformtes Eisenstück vielleicht. Reiter rüttelte daran und hielt ein Wikingerschwert ohne Knauf in der Hand, die meisterliche Arbeit eines Waffenschmiedes aus der Zeit Karls des Großen. Das Prunkstück wurde längst in einem Berliner Museum verwahrt, vielleicht würde man es für die Siebenhundertfünfzigjahrfeier ausleihen und im Festzug mitführen können, meinte Dobinka. Erstes Bild: Der Sieger von Gransee.

Ich schreite den Edlen im Kostüm des Heinrich von Mecklenburg voran und geleite an schwebender Hand die schöne Beatrix von Brandenburg, und vor dem erlauchten Paar marschierst du, Klaus, und trägst auf blausamtenem Kissen das Schwert von Kromberg als Zeichen meiner Macht.

Gar kein übler Einfall, meinte Reiter.

Auf dem Kabinettstisch lagen schon einige der prächtigen Kostüme ausgebreitet, die Dobinkas Sekretärin aus dem Fundus des Landestheaters entliehen hatte, daneben auch glänzendes Beiwerk: Kronen, Kappen, Wehrgehänge. Frau Breitenwischer wühlte in den Sachen, bis sie eine Strumpfhose gefunden hatte, knapp genug für einen Pagen, die warf sie dem Klaus Reiter zu: Probier doch schon mal!

Aber der Heimatforscher weigerte sich, vor aller Augen die Hosen zu wechseln.

Schade, meinte Frau Breitenwischer, ich hätte gern gewußt, was an dir dran ist.

Sie lachten und redeten noch eine Weile. Klaus Reiter erzählte, daß Kromberg keine dreißig Jahre nach dem Westfälischen Frieden schon wieder von den Schweden bekriegt worden war. Als sich die Marodeure näherten, vergruben die Leute in aller Eile das Geld und die wenigen Habseligkeiten, die sie noch besaßen, flohen in panischer Angst aus der Stadt und verkrochen sich tief in das Buschwerk auf dem Havelwerder. Nicht anders war es, als fünfundvierzig die Russen kamen. Mancher Hort wurde nicht wiedergefunden. So könnte auch die Sage von der goldenen Wiege entstanden sein.

Erzähle, rief Dobinka. Meine Kneipe heißt ja bis heute so.

Ich vermute mal, sagte Klaus Reiter, die goldene Wiege hat zum Brautschatz der Beatrix gehört. Vielleicht wurde sie auf dem Fürstenhagen bei Grabow verwahrt, denn dort in der Flur heißt ein wertvolles Feldstück bis heute: Die goldene Wiege, und am Rande des Feldes erhebt sich ein geheimnisumwittertes Hünengrab. Als die Brandenburger mit siebentausend Helmen gezogen kamen, erging es dem Fürsten nicht anders als dem Ackerbürger von Kromberg, er mußte den Schatz vergraben und konnte ihn nicht wiederfinden.

Die Sage, rief Frau Breitenwischer, erzähl doch endlich!

Hört zu. Ein Wanderer hat sich zu später Stunde auf den Weg von Gardow nach Abtey gemacht. So dunkel wie die Nacht war auch der Zweck seiner Wanderung, vermutlich plante er Raub oder Mord. Der Mann ist den Weg oft am hellen Tag gegangen und hätte sich an den Spruch erinnern sollen: Die Nacht ist niemandes Freund. Obendrein war es die Geisterstunde der Johannisnacht, als der Wanderer in die Nähe des Hünengrabes kam. Da hat er fast nicht von der Stelle gekonnt, so bleiern wurden ihm die Füße, und der kalte Schweiß trat ihm auf die Stirn, denn plötzlich stand er wie festgewurzelt. Ihm schwindelte, und er faßte sich mit beiden Händen an den Kopf, ließ sie aber augenblicklich sinken und hielt sich die Augen zu. Durch die Finsternis der Nacht leuchtet plötzlich ein Licht, so unerträglich blendend wie von einem Blitz, der nicht verlöschen will. Der Wanderer zittert an allen Gliedern, erholt sich aber von dem Schreck, er blickt durch die Finger, und dann weiß er auch, woher das Leuchten kommt, er sieht die goldene Wiege, bis über den Rand gefüllt mit blinkendem Geschmeide. Eine Weile steht der Wanderer noch an der Stelle, dann wagt er sich näher heran und kann sich nicht satt sehen an der unbeschreiblichen Pracht. Hätte er doch nur ein einziges Stück davon! Bald ist sein Verlangen mächtiger als seine Furcht, und endlich wagt er, die Hand auszustrecken, aber in demselben Augenblick ist dem Mann, als fahre ihm eine Totenhand ins Gesicht, er fühlt ihre Eiseskälte auch in seinem Rücken. Alsbald war der wunderbare Glanz erloschen, die Wiege wieder hinabgesunken in die Tiefen unter dem Hünengrab.

Da kriegt man ja eine Gänsehaut, sagte Frau Gabi und faßte mit beiden Händen die Knopfleisten ihrer Strickjacke, um sie über der Brust zu schließen, was freilich nicht gelang, und Dobinka meinte, man müßte mal in den Kellern seines uralten Hauses graben, schließlich habe es die Stadtbrände überdauert, aber Klaus Reiter erinnerte ihn an die eiskalte Totenhand. Die Kneipe sei doch ohnehin eine Goldgrube.

Aber dann rief er: Oha! und patschte in die Hände wie auch Gabi Breitenwischer. Dobinka war nämlich während Reiters Erzählung ins Kostüm geschlüpft, nun trat er mit ausgebreiteten Armen vor sein Gefolge hin: Schaut her, ich bin es. Heinrich von Mecklenburg, Fürst zu Werle, Graf Schwerin, der Lande Rostock und Stargard Herr. Da stand er, majestätisch von Erscheinung, im weißseidenen Kasack, auf der Brust die Applikation des Ochsenkopfes, dem eine rote Zunge aus dem Maul hing. Der blaue Fürstenmantel wurde von einer Agraffe gehalten, und auf dem Haupt trug die Hoheit, vielleicht nicht stilgerecht, dafür aber kleidsam, eine russische Bojarenmütze.

Es geht nicht um mein Auskommen, sagte Dobinka, aber ich könnte einen Schatz gebrauchen, um die Stadt Kromberg zu erretten.

Jetzt sah er den Mann am Eingang des Rathaussaales, der lachend die Hände rührte. Auch Gabi Breitenwischer und

Klaus Reiter blickten auf den Herrn im besten Zwirn. Es war Lucius, der langsam näher kam. Er sagte: Bravo, Dobinka. Ich wußte gar nicht, daß du Komödie spielen kannst.

Dobinka nahm die Bojarenmütze vom Kopf, er löste die Agraffe und warf den Fürstenmantel über einen Stuhl. Dann deutete er auf Doktor Jürgen Lucius, nannte dessen Namen und stellte seine Mitarbeiter vor. Keine Höflichkeitsfloskeln, anstatt des Händedrucks nur eine angedeutete Verneigung. Dann entließ er den Klaus Reiter. Bis bald, mein Lieber. Zur Breitenwischer sagte er: Bitte, geleite unseren Gast. Ich will nur meinen Anzug richten.

Zum Glück war Gabi Breitenwischer von Dobinka auf den Besuch aus Hamburg vorbereitet worden. Der Mann gefiel ihr. Sie sah auf einen Blick, daß es sich um einen Herrn mit Knete handelte, denn er trug einen jener Anzüge mit Weste und knalliger Krawatte, wie sie von einigen Ministern des amtierenden Kabinetts bevorzugt wurden. Aus dem Fernsehen und aus bunten Blättern kannte sie sogar die Namen der Nobelmarken: Armani, Brioni oder so ähnlich.

Frau Breitenwischer entblößte lächelnd das Gebiß und führte den Gast in das Amtszimmer des Bürgermeisters, wo sie ihm Platz anbot. Dann plapperte sie drauflos: Herr Doktor, ich weiß, daß Sie aus Hamburg kommen, aber aus Gardow auf der Heide stammen. Man konnte nämlich im Heimatkalender über Ihre Familie lesen, lauter Minister, Generäle undsoweiter. War es eigentlich der Herr Großvater oder der Herr Vater, der eine Kanonenkugel auf Kromberg abgeschossen hatte?

Sie bemerkte am bösen Blick, daß der Herr Doktor auf eine scherzhafte Ansprache nicht gefaßt war, und versuchte ihren Fehler gutzumachen, indem sie abwinkte. Macht nichts, hat ja nicht getroffen. War wohl bloß ein Schreckschuß.

Lucius hatte Lust auf eine scharfe Antwort, unterließ sie aber, als der Bürgermeister das Zimmer betrat und seine Sekretärin mit einer Geste entließ. Er frozzelte: War nichts Besseres zu finden, um das Vorzimmer des Bürgermeisters zu schmücken?

Sie ist tüchtig, meinte Dobinka, computerfest, eine Fachkraft.

Zu massig, meinte der andere.

Aber immer gutgelaunt, sagte Dobinka.

Sie hat Quatsch erzählt. Mein Vater oder Großvater soll Kromberg beschossen haben, das wäre in euerm Heimatkalender zu lesen. Ihr steht wohl immer noch in der Tradition des Klassenkampfes und könnt es nicht lassen, die Gutsbesitzer von einst zu verteufeln?

Dobinka sagte: Du wirst doch nicht leugnen, daß dein Vater beim Kapp-Putsch mit den Galgenvögeln von der Schwarzen Reichswehr gemeinsame Sache gemacht hatte.

Das ist lange her, meinte Lucius, und ich weiß tatsächlich wenig über diese Jahre, dafür um so mehr über die Nazizeit. Meine Familie zählt zu den Opfern. Dennoch ist Gardow kaltschnäuzig enteignet worden. Meine Leute wurden aus dem Schloß gejagt.

Das Gesetz über eine radikale Bodenreform ist von der sowjetischen Besatzung erlassen worden. Keine der Siegermächte hat widersprochen, entgegnete Dobinka.

Und die Roten haben eifrig mitgespielt, sagte Lucius. Einer der schlimmsten war Willi Pech, dein Ziehvater. Ihm warst du hörig.

Du weißt ja eine Menge über mich.

Genug, um dich aus dem Amt jagen zu lassen.

Hör mal, so laß ich nicht mit mir reden. Martin Dobinka neigte bei Gelegenheit zum Jähzorn, jetzt sprang er vom Stuhl, durchmaß den Raum mit großen Schritten und riß die Tür auf, als wolle er dem Gast zeigen, wo der Zimmermann das Loch gelassen hatte. Aber er bezwang sich im letzten Augenblick und rief nach Gabi.

Sie erschien lächelnd und wogend.

Wir haben unserem Gast nichts angeboten.

Frau Breitenwischer fragte, ob es Kaffee sein solle, Tasse oder Kännchen, schwarz oder weiß, mit Zucker oder ohne.

Lucius wünschte Tee.

Pfefferminz?

Um Gottes willen.

Gabi bot ersatzweise Hagebutte an.

Dann besser Kaffee.

Geht klar, sagte Frau Breitenwischer und blickte zum Bürgermeister.

Ich verzichte, sagte Dobinka. Jetzt nahm er hinter seinem Schreibtisch Platz und hielt sich mit beiden Händen an der Kante fest. Was willst du von mir?

Ich will der Wahrheit auf den Grund kommen.

Wir erfahren gerade, daß man sie unterschiedlich interpretieren kann, sagte Dobinka. Für dich ist wahr, was dir nützlich oder erfolgversprechend erscheint, und deshalb sprichst du von der Opferrolle deiner Familie. Dein Vater hat Geschäfte mit der SS gemacht.

Er konnte nicht anders, er wurde unter Druck gesetzt.

Dobinka zögerte ein Weilchen, ehe er antwortete. Vor dem Russensturm haben mich deine Leute aus dem Haus gewiesen. In dieser Nacht warst du mit der Geliebten des Hochmeisters verabredet und hast mich im Stich gelassen. Wie hieß das Mädchen eigentlich?

Gerlinde, Gerlinde Pottel, sagte Lucius. Sie hatte Angst, sie wollte weg von dem Kerl. Ich hätte ihr gern geholfen. Überleg mal, der Hochmeister wartete mit den Zyankalikapseln, sie aber wollte auf keinen Fall in den Tod. Sie wollte sich aus der Verstrickung mit der SS lösen, am liebsten eine neue Identität gewinnen. Wir haben oft darüber geredet. Sie privilegierte zwei Optionen für die Flucht und war auf beide vorbereitet. Die eine war der Fieseler Storch, mit mir als Piloten …

… der niemals aufgestiegen ist.

Lucius nickte. Auf höchsten Befehl. Ein anderer ist an meiner Stelle geflogen. Als es hart auf hart ging, schien es wichtiger, einen ranghohen Bonzen auszufliegen statt die Bettgefährtin des Hochmeisters. Blieb Option Nummer zwei. Sie wollte in die Rolle einer skandinavischen Gefangenen schlüpfen und mit den Bussen vom schwedischen Roten Kreuz ausreisen. Dazu brauchte sie gefälschte Papiere, die hatte sie längst. Ich schätze, Gerlinde ist verraten worden, oder einer hat sie erkannt und ihr die Bustür vor der Nase zugeschlagen. Was dann? Überall lauerte der Tod. Ich sag dir, sie lebt nicht mehr, sonst hätte sie ja Ansprüche gestellt.

Worauf? fragte Dobinka.

Auf Abtey, das Schloß und die Ländereien. Eine Immobilie von immensem Wert.

Abtey ist ein Kinderheim, im Besitz der Stadt Kromberg, schon seit vierzig Jahren.

Das muß nicht so bleiben, sagte Lucius und lächelte, als Frau Breitenwischer das Kaffeegeschirr hereintrug und vor ihm zurechtstellte. Er bedankte sich und fragte tatsächlich, ob ihm Frau Gabi jenen Heimatkalender beschaffen könne, in welchem der Schreckschuß auf Kromberg beschrieben sei, er wolle sich kundig machen. Sie versprach zu helfen, und er lächelte noch, als sie sich zurückzog, denn die alte Dielung schwankte und ächzte unter Frau Breitenwischers kräftigem Tritt.

Der Bürgermeister rief ihr nach, soweit er sich erinnere, sei Mike Fiebrich der nächste Besucher. Sie möge einen neuen Termin aushandeln, das Gespräch mit Doktor Lucius habe Priorität.

Nett von dir, sagte Lucius. Er trank den Kaffee mit Genuß.

Dobinka dachte, Lucius will Abtey zurück, es hat auch einmal Ira Thurau gehört, bis sie es vor Jahrzehnten der Stadt Kromberg als Schenkung überließ. Damals, in den wilden Jahren, hat niemand gefragt, wie sie in den Besitz des Schlößchens gekommen ist.

Lucius scheuchte den Bürgermeister aus seiner Gedankenwanderung. Du bist abwesend, Martin. Er nannte ihn beim Vornamen, wie in vergangenen Tagen. Das gefiel dem Dobinka besser als die heftige Attacke zu Beginn ihrer Begegnung. Man würde sachlich miteinander reden können.

Er sagte: Entschuldige. Mir geht manches durch den Kopf, seit ich dich reden höre. Weißt du überhaupt, was in den Grundbüchern steht?

Lucius verneinte. Das hat Zeit. Zum Glück sind die Besitzunterlagen meines Vaters lückenlos erhalten. Ich habe sie in Sicherheit gebracht in der Nacht, als Gerlinde vergeblich auf mich wartete. Du hattest dich schon in dein Zimmer zurückgezogen am letzten Abend, da haben mich meine Eltern und meine Geschwister bei allen Heiligen beschworen, an die Familie zu denken und mich selber nicht zu gefährden, indem ich mein Leben an eine schwer belastete SS-Braut hänge. Soll ihr der Hochmeister helfen, er vermag das allemal besser als du, so Laura, du kennst ja ihre Art. Kann sein, ich war damals dabei, mich um den Verstand zu vögeln. In dieser Nacht hab ich Einsicht gelobt.

Du hast das Mädchen verraten.

Ich habe mich von einem SS-Flittchen losgesagt. Das müßte mir heute jeder als eine gute Tat anrechnen, und ich besitze schwarz auf weiß, daß Abtey der Familie Lucius gehörte, bis sich neunzehnhundertzweiundvierzig das Siedlungshauptamt der SS eingeschaltet hatte, im Auftrag des Hochmeisters. Ich habe Urkunden und könnte die Rückgabe auch ohne deine Hilfe erkämpfen.

Dann versuch's doch. Dobinka hob die Schultern.

Da erzählte Jürgen Lucius von der verfallenden Jugendstilvilla im Herzen von Kromberg. Damals, neunzehnhundertzweiundvierzig, als sich sein Vater dem Druck der SS hatte beugen müssen, ist er den Herren vom Siedlungshauptamt begegnet. Nach Unterzeichnung des Vertrages wurde nämlich, was sein muß, muß sein, im kleinen Familienkreis auf das miese Geschäft angestoßen. Jürgen war Zeuge, als der Standartenführer Ohlendorf berichtete, die SS habe der Familie als Ersatz für Abtey ein Gut mit Park und herrlichem Barockschloß in den eroberten polnischen Gebieten angeboten, aber der Herr Doktor Lucius in seiner bescheidenen Art wollte sich mit einem Anteil an den Mecklenburgischen Holzwerken begnügen. Seine Mutter hätte gestammelt: Was sollen wir mit einem Sägewerk? und irritiert auf ihr Sektglas gestarrt, bis ihr Ohlendorf erklärte, zum Werk gehöre eine reizende Jugendstilvilla in Kromberg. Nach dem Krieg hat sie als Sowjetkommandantur gedient. Wir beide kennen die Keller des Hauses.

Dobinka nickte

Heute ist die Villa ein Schandfleck für die Stadt, sagte Lucius. Ich würde sie großzügig restaurieren lassen. Aber die Geschichte hat einen Haken, das Gräberfeld macht die Immobilie nahezu nutz- und wertlos. Ich verstehe schon, die Sieger im Osten wollten ein makabres Zeichen setzen: Wo unsere toten Soldaten liegen, behaupten wir die Macht, in jedem Dorf, in jeder Stadt. Nun hat sich aber gezeigt, in einem hatten die Nazis recht, die Sowjetunion war tatsächlich nur ein Koloß auf tönernen Füßen. Nach dem kalten Krieg ist er zusammengekracht. Die Machthaber haben sich zurückziehen müssen. Jetzt setze du ein Zeichen. Laß das Gräberfeld neben der Straße räumen, bestattet die Gebeine am Rande eines Friedhofs, wie es abendländischer Sitte entspricht. Es soll dein Schade nicht sein.

Das werde ich nicht tun, sagte Dobinka und erhob sich

hinter seinem Schreibtisch, zum Zeichen, daß er die Unterredung für beendet hielt.

Auch Lucius mußte aufstehen. Er ging ohne Handschlag und sagte, ehe sich die Tür hinter ihm schloß: Übrigens bin ich der Regierungsbeauftragte für die Liquidierung der Mecklenburgischen Holzwerke in Kromberg. Du wirst mich bald wiedersehen.

6
Das unverkäufliche Gräberfeld

Ira Thurau bewohnte das sogenannte Pfarrwitwenhaus, einen unscheinbaren, kleinfenstrigen Fachwerkbau, der dem Gasthaus Zur goldenen Wiege in der Ringstraße schräg gegenüber lag, aber mit seinem Garten an die Rückseite des weitläufigen Pfarrhofes von Kromberg stieß. Eine Zauntür ermöglichte den Durchlaß, die Organistin konnte durch die Gärten gehen und brauchte am Ende nur noch die Kirchgasse zu überqueren, wenn sie die Turmstiege erreichen wollte, die hinauf zur Orgel von Sankt Marien führte. Sie vermied es, an Sonn- und Feiertagen das Spalier der wartenden und schwatzenden Kirchgänger zu durchschreiten, und man sah sie selten im Gespräch mit anderen Leuten.

Ihre Wohnung war bescheiden, zwei Zimmerchen, eine Küche im Erdgeschoß, ausgestattet mit dem altertümlichen Mobiliar, das verstorbene Pfarrwitwen hinterlassen hatten. Die Thurau lebte in nonnenhafter Kargheit, sie hatte kein einziges Möbelstück dazugekauft, und von Wert war nur ein kleines Hammerklavier, das ihr Willi Pech vor langer Zeit ins Haus hatte tragen lassen. Es wurde regelmäßig gewartet und gestimmt. Zu den Zimmern im Erdgeschoß kam eine Mansardenkammer, die seit langem niemanden mehr behauste.

Schön anzusehen war der Hof des Hauses, zur Rechten wie zur Linken begrenzt vom Gemäuer benachbarter Ställe oder Scheunen, das überwuchert wurde von wildem Wein und dem Gerank der Kletterrosen. In der Mitte des Hofes erhob sich ein breitkroniger Apfelbaum, der eine Gartenbank und einen Tisch beschirmte. Hier saß die Thurau sommers gerne im Schatten, um ein Buch zu lesen. Sie zählte zu den eifrigsten Kundinnen der Stadtbibliothek und lieh dort nicht nur Romane der Weltliteratur aus, sondern auch modische Bestseller und verschlang beinahe alles, was ihr als lesbar vor die Brille kam, mit Ausnahme von Tageszeitungen. Sie verachtete die Politik und wollte nichts davon wissen.

Manchmal saß sie abends am Klavier und musizierte. Kaum einer, der auf der Straße vorüberging, konnte es hören, denn die Fenster ihres Wohn- und Musikzimmers öffneten sich zum Hof und zeigten zum Pfarrhaus. Einmal war es passiert, daß Jochen Petters, der junge Pastor von Sankt Marien, von ihrem Spiel angelockt wurde. Jedenfalls hatte er im Hof gestanden und so lange applaudiert, bis sie ans Fenster getreten war.

Das war wunderschön, Frau Thurau. Was haben Sie gespielt?

Die Lieder ohne Worte von Fanny Hensel. Sie ist die Schwester des berühmten Felix Mendelssohn Bartholdy, eine Komponistin von Rang, heute nahezu vergessen.

Darf ich einen Augenblick reinkommen?

Vielleicht ein andermal, ich bin müde, hatte sie gesagt und das Fenster verriegelt. Sie verschloß sich vor den Menschen, an ihrer Haustür suchte man vergeblich nach der Klingel, und die Kromberger hatten sich längst mit ihrem Gebaren abgefunden. Aber seit einiger Zeit schien es der Frau, als wollte der eine oder andere ihre selbstgewählte Isolierung nicht länger respektieren. Mike Fiebrich zum Beispiel – der von sich reden gemacht hatte, als er das großelterliche Anwesen am Markt mit beträchtlichem Aufwand restaurieren ließ – strich auffällig oft um das Pfarrwitwenhaus, als gäbe es etwas auszuspähen. Vertreter dubioser Firmen belästigten sie, um ihr Haustürgeschäfte aufzuschwatzen, und im Augenblick ärgerte sie sich über Sophie Dobinka, die so lange geklopft und laut nach ihr gerufen hatte, bis sich die alte Frau entschloß, ihr zu öffnen.

Was gibt es?

Ich habe Angst.

Wovor?

Vor der Vergangenheit, sagte Sophie. Mein Vater muß nach dem Krieg in eine schlimme Geschichte verwickelt worden sein. Er will mir nichts verraten.

Und warum kommst du damit ausgerechnet zu mir?

Die beiden Frauen standen sich im winzigen Flur des Pfarrwitwenhauses gegenüber, und Sophie blickte auf die Stufen der steilen Treppe, die zur Mansardenkammer führte. Sie kennen meinen Vater länger, als ihn meine Mutter kennt. Hat er damals nicht bei Ihnen gewohnt? fragte sie.

Endlich öffnete Ira Thurau die Zimmertür.

Komm ich ungelegen?

Die Alte nickte. Was nutzt es, wenn ich dich heute nicht einlasse, morgen klopfst du wieder an.

Sie wies auf einen Stuhl und verschwand in der Küche, um ein Glas Saft zu holen. Wenn der Gast auch nicht willkommen war, er sollte bewirtet werden.

Sophie blickte sich inzwischen in der Stube um und mußte sich wundern. Die Einrichtung kam ihr merkwürdig vor, behelfsmäßig, als sei die Bewohnerin nicht sicher, daß sie auf Dauer bleiben wollte. Die unbequemen Stühle stammten wahrscheinlich aus einem vergangenen Jahrhundert, und die Gemälde an den Wänden, gewiß aus dem Besitz der Pfarre, waren so stark nachgedunkelt, daß man die Motive kaum erkennen konnte, schattenhafte Gesichter, dämmrige Landschaften. Ira Thurau hauste in alten, abgebrauchten Möbeln und galt doch als eine wohlhabende Frau.

Jetzt stellte sie für ihren Gast ein gefülltes Saftglas auf den Tisch.

Sophie bedankte sich und nippte. Die Alte schaute ihr zu und war angerührt von der Klarheit dieses Menschengesichtes. Es ähnelte einem anderen, das ihr vertraut gewesen war. Diese Augen, diese makellos durchscheinende Haut, dieser rötliche Schimmer im Haar, sie hatte ein solch zartgesichtiges Mädchen gekannt, vielleicht ist sie es selber gewesen.

Sophie sagte: Es ist eigenartig, daß Sie meinem Vater begegnet sind, damals, am Ende des Krieges.

Es gibt dafür ein großes Wort, meinte die Thurau achselzuckend: schicksalhaft, und ein kleines: dummer Zufall. Was trieb den Jungen, von der Böschung zu springen, sich in die Kolonne einzureihen und mit uns dem Weltuntergang entgegenzustolpern, dieser infernalischen Explosion, von der man dir gewiß erzählt hat.

Dein Vater wurde durch Splitter am Bein verwundet. Ich hörte ihn schreien und half ihm hoch. Hinter dem Wald stieg der Rauch auf wie von einem gewaltigen Feuerofen. Dann trafen wir noch ein paar Frauen aus Ravenstein und haben den Jungen mit einer Stoßkarre bis zum ersten Haus von Kromberg geschoben. Dort konnten wir deinen Vater versorgen, so gut es ging, und dort sind wir dem Willi Pech begegnet.

Den Namen habe ich von meinem Vater gehört, sagte Sophie. War das nicht ein Mann, der sich mit den Russen eingelassen hat?

Er mußte mit ihnen zusammenarbeiten. Mit wem sonst hätte er das tun sollen? Die Thurau wurde plötzlich lebhaft. Ich werde dir von diesem Mann erzählen.

Was hat er mit meinem Vater zu tun?

Eine Zeitlang war er sein Ziehvater, meinte die alte Frau und dachte, solange ich von Willi Pech berichten kann, wird mich dieses neugierige Mädchen nicht mit Fragen bedrängen, die ich am allerwenigsten beantworten möchte.

Sie sagte: Als ich aus Ravenstein nach Kromberg gekommen bin, war ich in deinem Alter. Du wirst du dir vorstellen können, wie schwer es mir gefallen ist, mich wie jeder andere unter den Leuten zu bewegen. Pech hat mir damals geholfen, mich im Leben zurechtzufinden.

Er soll ein Roter gewesen sein.

Er war ein guter Mensch, meinte die alte Frau. Aber er hatte verrückte Ideen. Thurau, hat er oft gesagt, nach all dem blutigen Unrecht müssen wir die Angst aus der Welt schaffen und in Kromberg damit beginnen. Weil ich das allein nicht bewältigen kann, wirst du mir dabei helfen.

Und wahrhaftig, er hat mich dazu gebracht, Dinge zu tun, auf die ich nicht einmal im Traum gekommen wäre. Aber zuerst habe ich mich gegen ihn gewehrt. Um Gottes willen, habe ich gerufen, warum denn ausgerechnet ich?

Du hast das KZ überlebt, du bist ein ausgewiesener Nazigegner und trägst die Wundmale noch. Zeig sie den Leuten vor, damit ihnen endlich die Augen aufgehen.

Hören Sie auf, habe ich geschrien, ich komme nicht aus dem Widerstand, ich bin nicht politisch.

Egal, wer du bist, hat Willi Pech gesagt. Du kommst aus Ravenstein, für mich trägst du einen Heiligenschein, und wir brauchen in dieser finsteren Zeit etwas, das uns leuchtet.

Das erzählt sie der Sophie, manchmal stockt sie während ihres Berichtes, manchmal verläuft sie sich in der Erinnerung und spricht so leise, als sollte das Mädchen nicht alles verstehen. Sie kann ihn vor sich sehen, als hätte sie ihn gestern getroffen, diesen hageren Mann mit flottem Oberlippenbart und verschmitzten braunen Augen.

Ruhige Nacht gehabt?

Danke, ich hatte ein gutes Bett.

Wo sind die anderen Frauen aus Ravenstein?

Die haben sich davongemacht, als sie das Klirren der Panzerketten hörten. Sie wollten hinunter in die Stadt, den russischen Soldaten entgegengehen. Sie hat bei dem verletzten Jungen bleiben müssen.

Da liegt er auf dem Sofa mit verbundenem Bein, der kleine Dobinka, und starrt auf den Offizier, den Willi Pech an diesem Vormittag mitgebracht hat. Auch die Frau fühlt sich beklommen. In der Stube steht der erste Russe, der ihnen unter die Augen kommt. Er sieht anders aus als jener schlitzäugige, helmbedeckte Untermensch, der von den Kriegsplakaten heruntergIotzte und ein blankes Messer in den Zähnen hielt. Dieser Mann ist beinahe hübsch und jagt ihnen dennoch Schrecken ein, Pech stellt ihn nämlich als den Kommandanten von Kromberg vor, von heute an Herr über Leben und Tod in der Stadt. Er heißt Semjon Apt und kann kaum älter sein als die Frau, Anfang Zwanzig vielleicht, Offizier einer Schützen- und Panzerdivision, die sich, von Norden kommend, nach Kromberg vorgekämpft hat, um den letzten deutschen Widerstand zu brechen. Nun weht die rote Fahne vom Burgturm, und die Glocke von Sankt Marien kann endlich Frieden läuten.

Semjon Apt spricht Deutsch. Er ist jüdisch, wie er ihr erklärt, und hat von Pech erfahren, das sei Ira Thurau auch.

Schalom.

Sie antwortet lächelnd mit demselben Wort. Es bedeutet Frieden, soviel weiß sie wenigstens. Schalom. Als ihr der Offizier aber mit ein paar Sätzen auf jiddisch erklären will, daß es seine Familie nach Abchasien verschlagen hat, in den Kaukasus, und daß er vom Ende der Welt bis nach Kromberg marschieren mußte, schüttelt sie errötend den Kopf. Sie kann ihn nicht verstehen und stammelt, jiddisch habe man bei ihr zu Hause nicht gesprochen.

Der Kommandant blickt sie aus den Augenwinkeln an. Woher kommst du?

Aus Hamburg. Mein Vater ..., sie zögert ein Weilchen, ehe sie weiterspricht, ... mein Vater war Pianist, die Familie längst assimiliert. Trotzdem hat er ins Gas gemußt. Ich bin allein zurückgeblieben.

Halt dich an diesen Mann, sagt der Kommandant und legt dem Willi Pech eine Hand auf die Schulter. Wir haben ihn so lange ins Verhör genommen, bis wir sicher waren, daß man ihm vertrauen kann. Dann ist er zum neuen Bürgermeister von Kromberg ernannt worden. Du darfst ihm gratulieren.

Glückwunsch, sagt die Frau, aber es schlägt ihr beinahe die Füße weg, als sie erfährt, was der Russe von ihr verlangt. Er braucht sie bei der Bestattung der Opfer des Todesmarsches. Sie werden ein ehrenvolles Grab im Garten der Fabrikantenvilla, mitten in der Stadt, erhalten. Zur Mahnung für die lebenden Kromberger, die später jeden Tag an diesem Friedhof vorübergehen müssen.

Er, Semjon Apt, hat von seinen Soldaten alle Männer zusammentreiben lassen, die in der Stadt zu finden waren, die einen schaufeln schon als Totengräber an den Gruben, die anderen sind mit Pferdegespannen unterwegs, um die toten Frauen aus dem Belower Wald heranzufahren. Leider mangelt es an Särgen, aus diesem Grunde befiehlt der Stadtkommandant, Ira Thurau und der Bürgermeister sollen unverzüglich aufbrechen, um bei den Bürgern der Stadt weiße Laken zu beschlagnahmen.

Das kann ich nicht, stammelt die Frau.

Semjon Apt erwidert: Das mußt du für deine toten Kameradinnen tun, und ich wünsche, daß du dabei deinen Häftlingskittel trägst.

Sie nickt, und dann macht sie sich mit dem Willi Pech auf den Weg, der ihr schwerer und schwerer wird, je länger er dauert. Ein Sowjetsoldat mit aufgepflanztem Bajonett begleitet sie von Tür zu Tür. Er schlägt mit dem Gewehrkolben gegen die Pforten, bis sie geöffnet werden. Angstaugen im Türspalt, Fingerspitzen schreckstarr am Mund und manchmal ein Schrei, als stünden Plünderer auf der Schwelle und wollten ins Haus.

Der Bürgermeister fordert Leichentuch. Meistens wird es herbeigebracht, und die Frau trägt es auf ausgestreckten Armen bis zur Kirche hin. Dort bleibt ihre Eskorte am Portal zurück, die Männer wollen eine rauchen. Der Soldat lehnt das Gewehr ans Gemäuer. Er braucht beide Hände, um für den Bürgermeister und sich eine Zigarette zu drehen.

Pech stößt für Ira die Pforte auf. Geh mal schon vor.

Sie tritt in die dämmrige Kirche ein, die Leichentücher auf den Armen, hört ihre Schritte hallen, sieht die hohen rötlichen Bilderfenster des Chores glimmen und fühlt sich wie von einer Last befreit. Sie legt die Totenlaken auf eine Bank und schiebt sich zwischen das Kirchengestühl. Dort steht sie gesenkten Hauptes und mit gefalteten Händen, wie in ihren Kindertagen.

Ich weiß die Worte noch ...Vater unser, der du bist im Himmel, so begann das Gebet. ... Hilf mir in meiner Erdennot, erlöse mich aus der schrecklichen Falle, in der ich gefangen bin. Ich war ein halbes Kind und allein auf der Welt, als Vater und Mutter zu Tode gekommen sind und dieser Mann mich zu sich nahm und bald auch in das Bett. Jetzt ist er auf der Flucht mit seinen Zyankalikapseln. Ich wollte leben, versteh doch, daß ich ihn verlassen mußte. Herr, vergib mir, dir bekenne ich Schuld und versuche, davon abzutragen. Du siehst doch, daß ich Demut übe. Ich erbettle Leichentücher und mußte Todesängste leiden, als mich der Bürgermeister dem Haus am Markt entgegenführte, poliertes Messingschild neben der Tür: Doktor Fiebrich, Rechtsanwalt und Notar. Was geschieht, wenn er die Türe öffnet, wenn er mit ausgestrecktem Finger auf mich weist: Diese Frau trägt den Häftlingskittel zur Tarnung, kürzlich trug sie einen Pelz. Zum Glück kamen fremde Leute ans Tor. Vielleicht hast du es so geschickt, Herr, ich danke dir, denn dein ist die Kraft und die Herrlichkeit in Ewigkeit. Amen.

Die Frau löst ihre verschränkten Hände, umklammert das Pult der Kirchenbank und sucht, aufblickend, nach dem Bild des Gekreuzigten. Da sieht sie, wie der Pfarrer von Sankt Marien, ein alter Mann im schwingenden Talar, vom Chor heraufschreitet, so als habe sie der Herr erhört und schicke tatsächlich einen Priester, um sie freizusprechen. Sie läuft ihm entgegen und klammert sich wie ein verzweifeltes Kind an den Mann.

Herr Pfarrer, helfen Sie mir!

Der Geistliche kann das wilde Pochen ihres Herzens spüren, wie heftig sie von Angst geschüttelt wird, und tröstet sie: Es ist vorbei, mein Kind. Du bist gerettet, und schiebt sie endlich von sich, damit sie ihre Tränen mit dem Ärmel des Häftlingskittels trocknen kann. Dann fragt er: Wer bist du?

Die Frau wird erst später begreifen, daß sie über die Richtung ihres Lebensweges entscheiden mußte, über Jahrzehnte in der Zukunft, als der Pfarrer wissen wollte, wer sie war. Sie hätte es nur zu bekennen brauchen. Dieser Pastor Winblatt ist ein ehrlicher Gottesknecht, er mag die Russen sowenig wie die Roten, und er hat sie seiner Gemeinde hundertmal ausgelegt, die Geschichte der großen Sünderin.

Die trat an Jesus heran, als er zu Tisch saß im Hause des Pharisäers, netzte seine Füße mit ihren Tränen, trocknete sie mit den Haaren ihres Hauptes, und Jesus gefiel ihre Demut. Der Pharisäer fragte aufgebracht: Weißt du nicht, welch ein Weib es ist? Und Jesus antwortete: Ihr sind viele Sünden vergeben, denn sie hat viel geliebt.

Also wird auch dem Mädchen vergeben sein, das wegen einer Liebesgeschichte ins Unglück gekommen ist.

Wer bist du?

Die Frau will sich zu erkennen geben und wendet sich vergewissernd zum Portal hin, da bemerkt sie, daß der Bürgermeister Willi Pech die Kirche betritt, nach ihm der Sowjetsoldat mit dem aufgepflanzten Bajonett. Der schaut sich um, als gäbe es in Sankt Marien die Merkwürdigkeiten eines Museums zu bestaunen.

Sie lauscht den Schritten, die näher und näher kommen, bis sie verhallen. Ihre Wache ist zur Stelle. Sie schaut den Bürgermeister an und dann den Pfarrer und sagt schließlich: Ich bin Ira Thurau.

Ja, sagt Pech und reicht dem Geistlichen die Hand. Sie ist mit tausend anderen auf dem Todesmarsch gewesen. Die SS hat ums Verrecken nicht gewünscht, daß die Gefangenen von Ravenstein von den Russen befreit werden. Gerade ihnen wollten die Banditen ihre Schande nicht eingestehen und haben die armen Frauen wie Geiseln den Amerikanern und Engländern entgegengetrieben. Dieser Irrsinn hat Unzählige das Leben gekostet. Ira ist davongekommen. Sie hat vorübergehend bei mir in der Schmiede Quartier gefunden, aber erstens ist es bei uns beengt, und zweitens meine ich, das Mädchen paßt besser in Ihre als in meine Nähe. Möglicherweise haben Sie eine Bleibe im Pfarrwitwenhaus. Vielleicht haben Sie sogar Arbeit für eine ausgezeichnete Pianistin. Ich hab gehört, wie gut sie mit meinem alten Hammerklavier zurechtkommt. Warum sollte sie nicht Ihre Röder-Orgel spielen können? Ira, versuch es doch mal.

Das Mädchen lächelt seit Tagen zum ersten Mal, dann läßt es sich vom Pfarrer Winblatt hinauf zur Orgelbank geleiten, setzt sich, spreizt und bewegt die Finger und zieht die Register, ehe es zögernd einen alten Choral versucht, die Melodie zu einem Lied, das Paul Gerhardt während des Dreißigjährigen Krieges geschrieben hatte.

O Haupt voll Blut und Wunden ... O Haupt, zum Spott gebunden mit einer Dornenkron.

Die Orgelspielerin wird erst nach und nach sicherer und atmet auf, als das Instrument am Ende sieghaft rauscht.

Wir werden es miteinander versuchen, sagt Pastor Winblatt, und Ira Thurau weiß nun, daß sie in Kromberg eine Zeitlang geborgen ist. Sie dankt dem Pfarrer, dann erhebt sie sich und tritt an die Brüstung der Empore. Unter ihr steht Willi Pech und hebt ihr die Arme entgegen zum Zeichen der Bewunderung. Der Soldat schiebt seine Kalaschnikow auf eine der Kirchenbänke, weil er beide Hände braucht, um stürmisch zu applaudieren.

Und dann kommt die Beisetzung der Opfer aus dem Belower Wald. Das volkreichste, denkwürdigste und ergreifendste Begängnis, das jemals in Kromberg stattgefunden hat.

Achtundzwanzig tote Frauen waren auf dem Parkett des leergeräumten Festsaales der Fabrikantenvilla, in schneeweiße Tücher gehüllt, aufgebahrt worden, in drei Reihen gestaffelt, und der Zug der Trauernden, der an ihnen vorüberdefilierte, wollte nicht abreißen. Einige hatten sogar Frühlingsblumen mitgebracht, die ersten Osterglocken oder Narzissen, um sie zu Füßen der Toten niederzulegen, und manche konnten ihre Tränen nicht zurückhalten.

Semjon Apt hatte Ira Thurau gestattet, vor der Feierstunde mit ihren toten Kameradinnen allein zu bleiben, um Abschied zu nehmen. Für eine Weile stand sie starr, ihr schauderte beim Anblick der verhüllten Leichen, aber sie mußte Gewißheit haben, zwang sich, durch die Reihen zu gehen und immer wieder die Leinentücher zu Häupten der Toten zu heben, bis sie endlich das wächserne Antlitz des Mädchens erkannte, das bereit gewesen war, ihr auf den Weg in die Freiheit zu helfen, und dafür den Tod erlitten hatte. Sie fiel an der Bahre der Freundin in die Knie und bat weinend um Vergebung. Dann erhob sie sich, verneigte sich tief und verließ den Raum. Draußen sammelten sich schon die ersten Trauergäste.

Dutzende von Männern und Frauen aus Kromberg hatten Hand anlegen müssen bei der Bergung der Leichen und bei deren Überführung mit Leiterwagen in die Stadt. Andere mußten beim Ausschachten der Gräber helfen, nun waren zu Ehren der toten Frauen aus Ravenstein alle übrigen aufgeboten und auch erschienen, freilich nicht ohne Zwang. Der Stadtkommandant hatte am Portal von Sankt Marien und an den Türen öffentlicher Gebäude einen Befehl anschlagen lassen: Wer sich der Teilnahme an der feierlichen Beisetzung der Opfer des Todesmarsches verweigere, werde mit dem Entzug der Lebensmittelkarten bestraft, und der Bürgermeister Willi Pech war mit dem Ukas einverstanden, zu viele seiner Mitbürger hatten die Lider gesenkt während der Nazizeit und gar nicht sehen oder wissen wollen, was im nahe gelegenen Ravenstein geschah. Nun sollten jedermann die Augen geöffnet werden. Soldaten der Kommandantur übernahmen es, den Fahrzeugverkehr durch die Stadt lahmzulegen, Schlagbaum vor jeder Mündung einer Chaussee, davor ein behelmter Muschkote, beide Fäuste an der Kalaschnikow. Stoi!

Die hohen, weißlackierten Zäune vor dem Garten der Fabrikantenvilla waren niedergerissen, der Blick auf die Begräbnisstätte war frei, und bald drängte sich schweigend eine fast tausendköpfige Menge auf der Straße, um der Grablegung beizuwohnen.

Der jammernde Klang der Sterbeglocke tönt von Sankt Marien herüber, als eine Kompanie von Sowjetsoldaten vor der Villa aufzieht, an ihrer Spitze Semjon Apt, der die Truppe siegreich nach Kromberg geführt hatte. Erst knallender Gleichschritt, stampfendes Auf-der-Stelle-Treten, dann Halt nach gebrülltem Befehl und die geräuschvollen Hantierungen mit den Gewehren, das martialische Griffekloppen. Die Menge sieht es ungerührt, und mancher mag denken, die deutschen Jungs hätten das militärische Zeremoniell zackiger besorgt, inzwischen treibt man sie in die Gefangenenlager, viele sind unterwegs nach Sibirien.

Und immer noch die Totenglocke.

Nun werden die verhüllten Leichen aus dem Haus getragen und behutsam in die Gruben gebettet. Alle Männer ziehen die Mütze, und einige Frauen suchen nach dem Taschentuch.

Endlich schweigt die Glocke. Es ist so still, daß man das Flüstern des Windes hört, der die frisch belaubten Birkenzweige bewegt. Pastor Winblatt hat ein schwarzverhülltes Podium erklommen. Da steht er, im wehenden Talar, und für Augenblicke verschlägt es ihm die Sprache angesichts der großen Zahl der Schäflein, die sich vor ihm drängen, Kopf an Kopf, der Hirte kann manches starre oder verbissene Gesicht erkennen. Er möchte die Seelen der verstockten Kromberger bewegen, an ihr Gefühl rühren und verfällt unversehens ins Plattdeutsche. Er ruft: Mi grugt!

Bewegung in der Menge.

Ihn graut. Er weist auf die toten Frauen in den Gräbern und zitiert wenige Zeilen eines Gedichtes in niederdeutscher Mundart:

> Du, Herrgott, büst min einzig Trost,
> up di hew' kümmer bugt,
> kumm mit, kumm mit, mi grugt!

Da liegen sie vor uns, steif und starr, Opfer der Willkür, umgebracht vor den Toren unserer Stadt Kromberg.

Min Gott, worüm hefft wi taulaten, daß der deutsche Name mit so viel Blut besudelt wurde, mit so viel Schande bedeckt? Beklagen kann een dat in jedwede Sprak, plattdütsch is dat mit twei Würd seggt: Uns grugt! Denn wir haben die Mordbuben und ihre Häscher bis zum letzten Tag gewähren lassen, und was uns heut am Halse würgt, das ist die bittere Reue.

Wie nun heraus aus dem selbstverschuldeten Unglück? Ich sag euch, wir werden die Karre nicht aus dem Dreck ziehen können, wenn wir nicht jedermann zurufen: Kumm mit, kumm mit! Und wir werden das nicht bewältigen, wenn wir Gott nicht mitkommen und mit anfassen lassen. Aber jetzt müssen wir der armen Frauen aus Ravenstein gedenken, die vergeblich auf Erlösung und Befreiung gehofft hatten. Unser Herz ist doppelt schwer, und der Trost ist doppelt teuer, denn da sind keine lebensmüden Seelen entschlafen, da hat keine schlimme Krankheit getötet, da hat die Bosheit gemordet, da haben unschuldige Menschen, Kinder sogar, leiden müssen in Satans Hölle, und die Feuer brannten, die Schlote qualmten nicht weit von uns in Ravenstein.

An den Gräbern der toten Frauen müssen wir geloben, ick sülwst – er schlug sich an die Brust –, ja, jedereen, ok du dor, Minsch, duck di nich wech, un du dor ook nich! Er reckte den Arm so heftig, daß der Talarärmel bis zum Ellenbogen rutschte, und zeigte in die Menge, daß sich mancher bezichtigt fühlte und erschrocken auf den Prediger starrte. Wir alle müssen in dieser Stunde geloben un denn ok instahn dörför, dat sik son erbärmlich Grugen as de Nazitied nie un nimmer wedderholen deit. Macht euch frei von der Angst. Kummt mit, kummt mit in eine gerechtere Welt. Dann wird es auch Gott der Herr zufrieden sein. Amen.

Dann läuteten wieder die Glocken.

Der alte Winblatt breitete die Arme in den weitgeschnittenen Ärmeln seines Talars zu großer Geste, um die toten Frauen auszusegnen.

Ira Thurau stand totenbleich zwischen Semjon Apt und dem Bürgermeister nahe an den Gräbern. Der Stadtkommandant schien ein wenig verstimmt, weil ihm manches vom Sinn der plattdeutschen Wörter entgangen war, aber Willi Pech versicherte ihm: Der Alte hat das besser gemacht, als wir es mit unseren Sprüchen vermocht hätten. Er hat die Leute gepackt.

Dann griff er zur Trompete und spielte zum Abschluß der Trauerfeier, nicht gänzlich fehlerfrei, aber mit viel Gefühl, das Lied vom kleinen Trompeter. Mancher hörte es zum ersten Mal, und vielen rührte die Melodie ans Herz.

Das erzählte Ira Thurau der Sophie Dobinka, die so lange an das Tor des Pfarrwitwenhauses gepocht hatte, bis ihr die Alte widerwillig öffnete.

Jetzt sagte das Mädchen: Wirklich eine gruselige Geschichte, diese Beerdigung. Ist mein Vater dabeigewesen?

Die alte Frau war erschöpft vom vielen Reden, sie wußte nicht mehr genau, was sie in der letzten Stunde tatsächlich preisgegeben hatte und was ihr nur durch den Kopf gegangen war, als sie sich jener schlimmen Tage erinnern mußte, die sie gern verdrängt und vergessen hätte. Sie wollte das Mädchen verabschieden und antwortete mürrisch: Hab ich dir nicht erzählt, daß Martin verletzt war und nicht laufen konnte? Warum hätten wir ihn zur Trauerfeier schleppen sollen? Er lag in der Schmiede, um sich auszukurieren. Übrigens, es dunkelt schon. Es ist spät geworden, Sophie.

Aber das Mädchen wollte nicht gehen, sondern die Kerzen anzünden, und fragte nach Streichhölzern.

Ira Thurau schob ihr seufzend das Schächtelchen zu, und Sophie brannte die Lichter an, eines nach dem anderen, bis alle im Leuchter flackerten und die Gesichter der beiden Frauen aus der Dämmerung hoben.

Das Mädchen sagte: Wegen dieses bröckligen Obelisken mit dem roten Stern hab ich mir immer eingebildet, ein Russenfriedhof läge vor der Villa.

Ira Thurau wußte, daß dort an einem späteren Tag auch

ein paar gefallene Sowjetsoldaten beigesetzt worden waren, die man in der Nähe von Kromberg gefunden hatte. Der Kommandant Semjon Apt war ein unkonventioneller Mann, es hatte ihm nichts ausgemacht, daß sie nebeneinander ruhten, die namenlosen Frauen und die Soldaten, die zu ihrer Befreiung aufgebrochen waren.

Keine der Frauen hatte Papiere?

Nicht eine.

Sophie wunderte sich. Wie haben Sie denn nachweisen können, daß Sie Ira Thurau sind?

Die alte Frau schwieg ein Weilchen und starrte vor sich nieder, als sei ihr tatsächlich entfallen, auf welche Weise sie damals ihre Identität hatte belegen können. Schließlich sagte sie: Ein paar Frauen aus der Kolonne haben für mich gebürgt, Evgenia und Vera, zwei russische Mädchen, die mich sogar bis Odessa mitnehmen wollten. Der Bürgermeister Pech hat mir vertraut und mir Ausweispapiere ausstellen lassen.

Sophie sagte: Mein Vater hat Ärger wegen dieses Friedhofs. Die Fabrikantenvilla ist wertlos wegen des Gräberfeldes, deshalb wird die Räumung verlangt. Ein Makler aus Westdeutschland hat meinem Vater erklärt, der Krieg im Osten hätte nicht verloren werden müssen, so viel wisse man heute, also brauchten wir keine Mahnmale, die beweisen, wie weit wir damals die Russen ins Land gelassen haben.

Ira Thurau wollte nicht glauben, was Sophie erzählte. Die Gebeine sollen fortgeschafft werden?

Ja.

Dein Vater wird's nicht zulassen, sagte die Alte.

Ich glaube, es geht nicht nur um das Gräberfeld, Frau Thurau.

Worum denn sonst?

Er soll jemanden verraten haben, damals, als er im Keller der Kommandantur eingesperrt war.

Das ist Unsinn, sagte die Alte.

Aber es stimmt doch, daß ihn die Russen abgeholt haben?

Das ist wahr, sagte Ira Thurau. Irgendein Wichtigtuer, ein Dreckskerl, hatte den Jungen denunziert.

Und wie ist er gerettet worden?

Das erzähl ich dir ein andermal.

Sie blies die Kerzen bis auf eine aus, und das letzte Licht nahm sie in die Hand, um ihrem Gast bis zur Tür zu leuchten.

7
Demontiert und liquidiert

Trotz des Erscheinens von Jürgen Lucius und mancher Hindernisse, die sich ihm entgegenstellten, versuchte Martin Dobinka, die Geschicke von Kromberg weiterhin mit ruhiger Hand zu lenken, und ebenso führte er die Geschäfte der Goldenen Wiege. Ob im Amtsgebäude am Markt oder in der Schankwirtschaft, er war der Herr im Hause, deshalb verstimmte es ihn, daß seine Frau auf das Angebot eines Vertreters eingegangen war und Zündholzpäckchen in Auftrag gegeben hatte, mit denen Werbung für das Gasthaus betrieben werden sollte. Auf der Vorderseite der Schachtel war eine stilisierte Pergamentrolle abgebildet mit der Aufschrift: Zur goldenen Wiege, Inhaberin Kornelia Dobinka, und auf der Rückseite stand: Gutbürgerliche Küche, Spezialität Sauerfleisch mit Bratkartoffeln. Sonntag Ruhetag.

Du hättest mich fragen können, sagte Dobinka und warf das Schächtelchen auf den Biertisch zurück.

Kornelia ließ die Ohrgehänge klirren. Dir gefällt wohl nicht, daß ich als Besitzerin genannt bin?

Das bestritt er, beanstandete aber den Verweis auf Sauerfleisch. Werbewirksamer hätte es geheißen: Hier können Sie zuhören, wie Ihr Kotelett zurechtgeklopft wird.

Aber mit Sonntag Ruhetag bist du hoffentlich einverstanden?

Selbstverständlich, sagte er grinsend. Ab und zu müssen wir unseren Spaß haben.

Beide hatten im Laufe ihrer Ehe- und Kneipenjahre ein Ritual entwickelt, das sie »den Feiertag heiligen« nannten und mit schöner Regelmäßigkeit zelebrierten. Während er vorsichtig aus den Federn kroch, lag sie noch auf der Seite, halb von der Bettdecke verhüllt, und gab vor, tief und fest zu schlummern, aber es dauerte nicht lange, bis sie sich seufzend streckte, weil ihr der Duft von frisch gebrühtem Kaffee in die Nase stieg. Bald hörte sie, daß die Stiege unter Martins Tritten ächzte, sah, wie sich die Klinke senkte, weil er sie vorsichtig mit dem Ellenbogen niederdrückte, dann ein Fußtritt, die Tür flog auf, und schon stand der Mann vor ihr, barfüßig im kurzen Hemd, ein Tablett in den Händen, auf dem die beiden Pötte standen, beinahe bis zum Rand gefüllt mit Kaffee, heiß wie die Hölle, schwarz wie die Nacht und süß wie die Sünde.

Guten Morgen, Körnchen.

Guten Morgen, Martin.

Er lächelte, sie lächelte und war längst zum Sitzen aufgerichtet, ließ sich das Kopfkissen hinter den Rücken stopfen, nahm mit beiden Händen das Getränk entgegen, um vorsichtig zu nippen, ehe sie es auf dem Nachttisch abstellte.

Inzwischen war auch er wieder ins Bett gekrochen, saß neben ihr, ans Kopfende des Bettes gelehnt, und schlürfte seinen Kaffee.

Stark genug, Körnchen?

Vorzüglich.

Während des langen Trecks von Schlesien her hatte Martin nicht vermißt, daß Schulunterricht zwangsläufig ausfallen mußte, auch auf Gardow blieb die Schule bis nach Kriegsende geschlossen, so hatte er Zeit, unter der Führerschaft von Jürgen Lucius den Gebrauch von Jagdwaffen und die Regeln des Waidwerks zu erlernen. Später begann er eine Ausbildung bei den Mecklenburgischen Holzwerken in Kromberg und beendete sie mit einem Zeugnis, auf das er stolz sein konnte. Seiner Bildungslücken wurde sich Dobinka erst bewußt, nachdem er ins Bürgermeisteramt gewählt worden war.

Er klagte sich bei Körnchen aus: Wegen des verdammten Krieges und der Flucht habe ich nicht mal den Abschluß der achten Klasse gemacht, ich kam nicht dazu. Niemand weiß es außer dir.

Sie versprach, das Geheimnis zu hüten, und tröstete ihn: Du bist trotzdem ein schlaues Kerlchen.

Eines Tages schleppte sie ein Konversationslexikon heran, das sie antiquarisch erworben hatte, nämlich das von Meyer, zwölfbändig, mit goldbedruckten Lederrücken. Vielleicht hilft dir das.

Er bedankte sich überschwenglich, und sie merkte erst später, was sie angerichtet hatte, denn seitdem bestanden ihre sonntäglichen Vergnügungen vorwiegend im geistigen Verkehr, und Körnchen war es schließlich zufrieden, sie ging ja auch schon auf die Fünfzig zu.

Heute lag die Geschichte Mecklenburgs auf Martins Nachttisch. Er nahm das Buch zur Hand. Ich wollte dich mal über Heinrich Borwin I. und seine Sippschaft unterrichten.

Warum denn ausgerechnet über den?

Wegen des Jubiläums. Wenigstens der Bürgermeister von Kromberg und seine Frau sollten über die Historie im Bilde sein.

Wenn du meinst. Sie nahm noch einen Schluck.

Und er erzählte, daß Heinrich Borwin große Teile des heutigen Mecklenburg unter seiner Herrschaft vereinigt hatte. Unglücklicherweise starb ihm der einzige Sohn, und als der alte Herzog zwölfhundertsiebenundzwanzig das Zeitliche segnete, machten sich vier gierige Enkel über das Erbe her und zerstückelten es unter sich. Nikolaus von Werle riß sich unser heimatliches Gebiet unter den Nagel.

Verstehe, sagte Kornelia, deshalb feiern wir den Mann als unseren Städtegründer. Die Fürsten sind in. Wir sollten die

Goldene Wiege umbenennen in Werleklause, Werlestuben oder in Guter Nikolaus.

Einspruch. Ich mag diesen Zweig der Familie nicht. Der gieperige Nikolaus von Werle hat an der Teilung Mecklenburgs mitgewirkt, und seine Enkel waren Kriminelle. Als ihre Mutter starb, stand Vater Heinrich noch im Saft, deshalb verschworen sich die Söhne: Wenn sich der Alte wieder vermählt, sind wir am Erbe geschmälert, und schlugen ihn während einer Jagd in Damgarten vorsichtshalber tot.

Das ist ja schlimmer als der Meuchelmord im Teutoburger Wald.

Versteh nicht, Körnchen.

Auch Siegfried starb von Mörderhand.

Aber nicht im Teutoburger Wald. Die Königinnen stritten auf den Stufen des Münsters zu Worms, aber bestimmt nicht in Bielefeld.

Das habe ich auch nicht behauptet, sagte sie gekränkt. Wie kommst du denn auf Bielefeld?

Der Teutoburger Wald endet in der Nähe. Ich schlage vor, wir kehren nach Mecklenburg zurück.

Sie schwieg.

Er redete drauflos: Jetzt wird es spannend, Körnchen, jetzt kommt ein Vetter der fürstlichen Mörderbande ins Spiel, er heißt Heinrich vom Mecklenburg-Wismar und vermählte sich mit der schönen Beatrix von Brandenburg. Gute Partie, reiches Heiratsgut. Der Mecklenburger zahlt noch was drauf und gewinnt das Stargarder Land, allerdings ohne Kromberg.

Wo bleiben wir?

Immer noch bei Brandenburg, aber nur noch bis zum Tod der reichen Beatrix. Stell dir vor, kaum ist sie unter der Erde, bricht der Markgraf von Brandenburg Streit vom Zaun, er behauptet, der Mecklenburger schulde die Kaufsumme, und will die Stargarder Mitgift wiederhaben.

Er stellt einen Rückführungsantrag.

Er macht Krieg, Körnchen. Es kommt zur Schicksalsschlacht von Gransee im Jahre dreizehnhundertsechzehn. Der Markgraf hat gepanzerte Reiter aufgeboten, dahinter gefährliches Fußvolk, das scharf auf Beute ist. Eine gewaltige Übermacht – auf einen Kämpen aus Mecklenburg kommen vier von der Gegenseite –, und schon passiert es. Kaum ist zum Sturm geblasen, wird unserem Heinrich von einer feindlichen Streitaxt beinahe das Haupt gespalten. Er muß aus dem Treffen getragen werden. Triumphgeschrei im Brandenburger Lager. Die Kerle wissen nicht, was ein mecklenburgischer Dickschädel ist. Heinrich kommt wieder auf die Beine, er schüttelt sich, ruft nach einem neuen Helm und kehrt wütend ins Gemetzel zurück. Jetzt fällt der Markgraf von Brandenburg vom Pferd, Heinrich von Mecklenburg gewinnt, und seit damals, mein Schatz, rechnet man uns mit vollem Recht unter die Fischköppe.

Frau Dobinka bedankte sich mit einem Kuß für die Lektion, dann reckte sie sich und seufzte. Wollen wir weiterreden? Zur Abwechslung mal über den bösen Jürgen Lucius?

Er hatte einen anderen Vorschlag und deckte sich auf.

Kornelia sagte: Wir sind nicht mehr allein im Hause. Sophie muß uns nicht hören.

An diesem schönen Feiertag waren sie erst gegen Mittag aus dem Bett gekommen, es geschah also aus gutem Grund, daß die Goldene Wiege sonntags geschlossen blieb.

Auch an den Wochentagen blieb Dobinka seinen Gewohnheiten treu, er trat Viertel nach elf vor die Goldene Wiege, schaute nach dem Wetter und wartete auf Ira Thurau, um sie schließlich an ihren Stammplatz zu geleiten, ehe der Ansturm der Mittagsgäste begann. Falls er amtlich verhindert war, trat Sophie an seine Stelle.

Die Orgelspielerin war es, die eines Tages gegen diese Gepflogenheiten verstieß und zur Stunde der Biertrinker in die Schankstube trat. Viele Männer lümmelten auf den Bänken, so, wie sie die Arbeitsstelle verlassen hatten, in angeschmuddelten Jeans oder Overalls, und besprachen die Ereignisse des Tages so eindringlich, als stritten sie miteinander. Der Zigarettenrauch wölkte sich unter der niedrigen Balkendecke, nun aber verstummten die Gespräche für ein Weilchen, alle Gäste blickten auf die alte Frau, die suchend über die Dielen schritt.

Auf ihrem Stammplatz saß ein Mann mit vollem weißblondem Haar und einem roten, aufgedunsenen Gesicht, in dem die hellen Augen glitzerten, als wollten sie von Tränen überlaufen. Dieser Mann war Gerd Fricke, er nannte sich Bildhauer, und jeder Kromberger kannte ihn. Jetzt bemerkte er, daß Ira Thurau vor ihm stand. Sie sah mißbilligend auf ihn herab, bis er sich poltrig erhob, um ihren Stuhl zu räumen.

Bitte sehr. Dann schaute er sich nach einer anderen Sitzgelegenheit in der Kneipe um, aber die Thurau deutete auf den Stuhl ihr gegenüber. Setz dich dorthin.

Beide nahmen Platz, schon kam Sophie herbeigeeilt, groß, schlank, blond und schwarz gewandet. Ich hab Sie zu spät bemerkt, Frau Thurau, und servier Ihnen gern was nebenan im Büro.

Nicht nötig, Sophie. Du weißt ja, am liebsten sitz ich hier. Von ihrem Fensterplatz aus konnte sie die Straße überschauen und Leute beobachten, die vorübergingen.

Fricke starrte verzückt auf das Mädchen. Das schönste Gesicht Mecklenburgs, sagte er. Sophie, wann stehst du mir Modell für ein letztes, ganz großes Werk, die Venus von Kromberg? Ich will dich unsterblich machen und würde es mit Linde versuchen. Den Stamm kann ich preiswert erwerben, sobald die Holzwerke endgültig pleite sind.

Das Mädchen lachte. Bleiben Sie mal hübsch bei Ihren Katzen. Sie deutete auf die Wandborde: Dort saßen, auf die

Vorderpfoten gestützt oder auf dem Bauche liegend, Katzen, aus Holz gefertigt, mit greller Farbe bemalt, und allen ragten Besenborsten aus den Nasenlöchern. Es schien, als hätte der Bildhauer die Goldene Wiege zum Ort einer Ausstellung gemacht, in Wahrheit hatte Dobinka die skurrilen Arbeiten in Zahlung genommen, wenn der Meister die Zeche nicht bezahlen konnte, und das war oft der Fall.

Fricke stammelte: Ich komm noch mal ganz groß raus, wenn du mir hilfst, Sophie.

Ich überleg es mir, Herr Fricke. Sophie wandte sich der Thurau zu. Die bestellte ein Bier, aber auch der Künstler hob sein leeres Glas mit vorwurfsvollem Blick, und Ira verbesserte sich: Zwei Bier. Sophie notierte und verschwand.

Ira Thurau lebte so lange in der Stadt, daß sie alle Männer, die ins Großvateralter gekommen waren, noch in Knabenhosen hatte herumlaufen sehen. Eine Reihe von Jahren hatte sie in der Grundschule Musikunterricht gegeben und duzte die Schüler von damals bis heute. Warum trinkst du so viel?

Was geht Sie das an?

Ich bin auch von der Kunst, sagte sie. Es gibt Arbeiten von dir, die mich beeindrucken. Du hast Talent, und du hast kein Recht, es mutwillig zu zerstören.

Ja, sagte er nach einer Weile, ich war gar nicht schlecht, ich war sogar gut. Heute weiß ich, daß ich immer nur einer unter vielen war.

Die Thurau winkte ab. Ich bin die Orgelspielerin von Sankt Marien gewesen und über Kromberg kaum hinausgekommen, Konzerte da und dort, ich kann sie zählen. Es hat mir genügt, Gott zu dienen und die Menschen zu trösten mit meiner Kunst, und ich war glücklich, wenn ich mit Schülern musizieren konnte, wenn ich ihnen bewußt machen konnte, wie schön eine Liedzeile klingt, wenn es mir gelang, ihre Seelen zu bewegen.

Sophie servierte die Getränke, und Ira hob das Glas gegen den Bildhauer. Er tat ihr Bescheid, wischte sich den Mund mit den Handrücken und grinste. Sie sind fromm und anspruchslos, Sie leben wie eine Nonne. Vielleicht hatten Sie Grund, sich zu bescheiden. Ich bin ein Mann!

Keine Frau hat es bei dir ausgehalten.

Stimmt, sagte er. Ich bin ein unleidlicher Mensch, immer im Zwiespalt. Einmal wollte ich hoch hinaus, es ist mir nicht gelungen. Ich hab mich in vielen Berufen versucht, keiner hat mir mehr bedeutet, als damit ein wenig Geld machen zu können. Ich war Tischler, Tierpfleger, Friedhofsgärtner und Totengräber, ich war ein Aussteiger, ein Verweigerer. In der DDR hatte ich nicht mal die Möglichkeit, vor die Hunde zu gehen, wie ich es wollte. Zuletzt bin ich Forstarbeiter gewesen, und dort, in den Wäldern, habe ich zum ersten Mal gespürt, daß ich mehr kann, als einen Baum zu zerhacken. Ich hab mir Windbruch gesucht, Hölzer, die von Natur merkwürdig geformt waren, bizarre Wurzelstöcke, und daraus mit Axt und Meißel phantastische Skulpturen gezaubert, die sich manche Leute in die Vorgärten stellten. Ja, ich konnte zaubern. Eine Zeitlang hieß ich der Hexer. Als ich endlich wußte, wozu meine Hände taugten, war es zu spät für die Kunstschule, und die Berühmtheiten haben mich nicht ernstgenommen. Ich war nicht so prominent, daß ich hätte reisen dürfen. Ich hab niemals den Louvre besucht oder den Prado, ich bin niemals nach Griechenland gekommen, um Kunstwerke anzustaunen und mir Anregung zu verschaffen. Mensch, war ich begeistert, als das verrottete System zusammenkrachte. Ich war unter den Leuten, die sich in Sankt Marien drängten, um Kerzen zu entzünden und ihren Unmut herauszuschreien. Ich fühlte mich endlich frei, und wenn ich hörte, wie Sie Orgel spielten, sind mir die Tränen übers Gesicht gelaufen.

Säufer, sagte die Thurau kalt, sind leicht zu rühren.

Hauen Sie ab, rief er wütend. Lassen Sie mich alleine.

Aber die Thurau meinte: Ein Bier bezahl ich noch, wenn du verrätst, warum du entlassen worden bist.

Meinetwegen, brummte Fricke. Noch ein Bier. Aber kommen Sie mir bloß nicht mit Entziehung, ich hab mich im Griff.

Die Thurau wußte, daß sich vor Jahren eine resolute Mitarbeiterin der Gewerkschaft Kunst des schwierigen Menschen angenommen hatte, um ihn vor dem Absturz zu bewahren. Vielleicht hatte sie seine Kunst geschätzt oder den Mann sogar geliebt, jedenfalls war es ihr gelungen, ihm eine Anstellung bei den Mecklenburgischen Holzwerken zu beschaffen. Der Betrieb mußte ohnehin vom Staat gestützt werden, auf eine Arbeitskraft mehr oder weniger kam es nicht an.

Auf dem Areal der Fabrikanlage erhob sich sogar ein Kulturhaus, das nicht ausreichend frequentiert wurde, jetzt belebte es sich, und die Räumlichkeiten unter dem Dach verwandelten sich in ein riesiges Atelier. Fricke zeigte sich dankbar, er schuf phantastische Geschöpfe, Fabeltiere oder merkwürdiges Gerät zur Ausstattung von Spielplätzen, um das sich die Kommunen rissen. Er konnte wieder zaubern, kam auf solche Weise zu Brot und bescheidenem Lohn, und die Holzwerke verbuchten wenigstens auf einem Seitenzweig ihrer Produktion leichten Gewinn. Fricke erzählte davon, hatte allerdings längst gewisse Mühe, deutlich zu artikulieren.

Pekuniär ist kaum mehr als ein Stipendium herausgesprungen, und ich mußte mich einer pingeligen Ordnung unterwerfen, aber ich hatte was davon, billiges Kantinenessen und ein herrliches Atelier. Neulich hat mich Grollmann kommen lassen, der zweite Direktor. Er beugte sich näher zur Thurau hin und senkte die Stimme: Ein Stasizuträger, wenn Sie mich fragen, ein Charakterschwein, schleimig genug, um an der Abwicklung des Betriebes mitzuwirken. Ein Sachse! Die Holzwerke seien dem Konkurrenzdruck nicht gewachsen. Alle Arbeiter würden entlassen, einer müsse den Anfang machen, nämlich ich, von der brotlosen Kunst. Für einen Mann wie mich sei das Sozialamt zuständig. Ich liege auf der Straße, viele werden auf der Straße liegen. Dafür kommt Kromberg ins Guinnessbuch der Rekorde. Wo sich das Werk ausgebreitet hat, zwischen Boblitzsee und Eisenbahn, soll die größte Industriebrache Mecklenburgs entstehen.

Nun standen ihm wirklich die Tränen in den Glitzeraugen, und sein Gesicht war tiefer gerötet als sonst. Er drehte das leere Glas in der Hand.

Die Thurau sagte: Tut mir leid.

Ach, wirklich?

Sie nickte.

Dann spendieren Sie mir noch ein Bier.

Sie dachte, Geschichte wiederholt sich nicht, aber es ähnelt sich, wie die Sieger mit den Niedergeworfenen umspringen. Ihr ging durch den Kopf, daß sie schon einmal mit der Schließung der Mecklenburgischen Holzwerke zu schaffen hatte, freilich vor langer Zeit, als es sie nach Kromberg verschlagen hatte in den schlimmsten Stunden ihres Lebens. Dort war sie auf Willi Pech getroffen. Thurau, hatte er gesagt, wir müssen die Angst aus der Welt schaffen, und weil ich das alleine nicht bewältigen kann, mußt du mir dabei helfen.

Ein paar Wochen nach Kriegsende klopfte er an die Tür des Pfarrwitwenhauses, das sie seit einiger Zeit bewohnte. Sie öffnete widerwillig. Was wollte er schon wieder, dieser Mann? Er stand vor dem Haustritt, Hände in den Hosentaschen, Schirmmütze aus der Stirn geschoben, und lächelte.

Mach dich hübsch, Thurau, und vergiß nicht den Heiligenschein. Wir gehen auf die Kommandantur.

Muß das sein?

Sonst wäre ich nicht hier.

Augenblick. Sie kramte ratlos im Schrank. Er enthielt Sachen, die von einer Kleiderspende des Winterhilfswerkes im Pfarrhaus zurückgeblieben waren, muffiges Altweiberzeug. Aber dann fand sie einen hellen Rock, der beinahe bis zum Knöchel reichte, und auch eine Bluse dazu.

Als sie vor das Haus trat, kam sie dem Willi Pech wie eine Erscheinung aus längst vergangenen Tagen vor, aber das Haar trug sie kurz geschnitten wie ein Junge, es schimmerte rotgolden in der Sonne. Das Mädchen gefiel dem Willi Pech, er nickte anerkennend. Komm! Am liebsten hätte er Ira den Arm geboten, aber er war nicht zum Flanieren unterwegs, sondern aus ernstem Anlaß, und versagte sich jede Annäherung.

An der Straßenkreuzung hätten sie sich links halten müssen, um zur Fabrikantenvilla zu gelangen, aber nun hörten sie mit einemmal Lärm aus der entgegengesetzten Richtung, Kindergeschrei, gellende Rufe, sogar einzelne Schüsse, und liefen, so schnell sie konnten, zum Markt.

Auf dem freien Platz zwischen der Bauminsel und dem Kriegerdenkmal waren von einem Sonderkommando der Besatzungsmacht zwei Dutzend Frauen zusammengetrieben worden. Sie standen dicht bei dicht, hatten die Arme um ihre ängstlichen Sprößlinge gelegt und waren umzingelt von Soldaten, die ihre Knarren schußbereit in den Fäusten hielten. Zwei, drei Mütter wiegten Säuglinge auf den Armen, um sie einzulullen, größere Kinder trösteten die kleinen, viele wimmerten, weil sie sich vor den Soldaten fürchteten, oder riefen nach den Vätern, die nicht hören oder helfen konnten, weil sie im Krieg gefallen waren oder in einem Lager auf ihre Heimkehr warteten.

Als Willi Pech und Ira näher kamen, wurde eine Frau mit aufgelöstem Zopf vorübergeführt. Sie wehrte sich gegen ihre Eskorte, und ihre Kinder schrien, es half ihnen nichts. Dawai, dawai! Der Ring der Soldaten öffnete sich, die Frau mit ihren Bälgern wurde hineingestoßen.

Die kenn ich, meinte Pech, das war die Frau des Ortsbauernführers, eine schlimme Nazisse.

Trotzdem, sagte Ira, ich will das nicht sehen. Sie wendete den Kopf und bemerkte viele Neugierige, die sich in angemessener Entfernung hielten, schweigend, mit verschränkten Armen. Manche wohnten beengt, möglicherweise hofften sie auf eine frei werdende Wohnung.

Komm mit, sagte Pech und nahm Ira beim Arm.

Auf den Stufen des Kriegerdenkmals stand der Kommandant von Kromberg wie ein Herrscher auf der Estrade, blickte mürrisch auf Pech und seine Begleiterin, die näher schritten, und gebot seiner Wache, die Gewehre zu senken. Da verstummten das Kindergeschrei und das Jammern der Frauen im Pferch. Einige hielten die Hand hinter das Ohr, damit ihnen kein Wort entginge, das auf dem Markt geredet wurde.

Pech fragte den Stadtkommandanten: Was geschieht hier?

Das geht dich nichts an.

Irrtum, Genosse Semjon Apt. Sie selber haben mich bestellt und bestätigt, die Stadt zu regieren, also frage ich, was soll meinen Leuten dort geschehen?

Der Kommandant rief: Alle sind Ehefrauen von Aktivisten der Nazipartei, von Ortsgruppenführern, Blockwarten, Beamten, höheren Chargen. Ich habe den Befehl, sie aus der Stadt zu weisen. Sie mögen sich dort eine Bleibe suchen, wo niemand sie kennt.

Darauf Pech: Ich steh für die Umkehr der alten, verrotteten Ordnung ein, für eine gerechtere Welt, und ich sag Ihnen: Wir werden scheitern, wenn wir uns an Regeln halten, die bei den Nazis gebräuchlich waren. Er zeigte auf die Frauen und Kinder hinter dem Kordon bewaffneter Soldaten. So hat man sich in der Nazizeit gegenüber den Sippenhäftlingen verhalten, so hat es ausgesehen, wenn man die Juden zusammentrieb, ehe sie nach Auschwitz kamen. Die Frau neben mir kann es bezeugen.

Ira bedeckte das Gesicht mit den Händen.

Pech legte einen Arm um sie, und der Kommandant sprang endlich vom Podest herunter. Befehl ist Befehl.

Wenn du ihn durchsetzt, bist du mich als Bürgermeister los, dann verlaß ich mit diesen Frauen die ungerechte Stadt, und das Mädchen Ira nehm ich mit.

Sie starrten einander erbittert in die Augen, der junge Offizier und Willi Pech, und es dauerte eine Weile, bis der Kommandant den widersetzlichen Bürgermeister beiseite schob, um seine Befehle zu brüllen. Die Soldaten gehorchten aufs Wort, standen stramm, schulterten ihre Karabiner und machten auf dem Absatz kehrt, um sich geräuschvoll vor der Apotheke neu zu formieren. Der Haufe der Frauen und Kinder stand starr, als sei er immer noch umzingelt, bis Semjon Apt schrie: Verschwindet! Macht, daß ihr nach Hause kommt, ehe es mich gereut.

Jetzt erst stoben die Gefangenen kreischend davon, und viele der Neugierigen, die aus sicherer Entfernung zugesehen hatten, rührten die Hände, um Beifall zu spenden. Der Kommandant hob die Hand, ein Jeep preschte heran und hielt am Kriegerdenkmal. Semjon Apt öffnete eigenhändig den Schlag. Bitte! Er winkte Ira, und Willi Pech nahm an ihrer Seite auf dem Rücksitz Platz. Er fragte: Sind wir verhaftet?

Ihr seid eingeladen.

Schön, meinte Willi Pech, wir wollten ohnehin mit dem Kommandanten sprechen.

Neue Beschwerden?

Fragen, sagte Pech, wir haben Fragen.

Da waren sie schon vor der Fabrikantenvilla mit dem Gräberfeld angekommen. Die Stiefmütterchen blühten verschwenderisch. Ira verharrte an den Gräbern, bis Pech sie an der Hand nahm.

Der Kommandant geleitet seine Gäste ins Haus, das die neuen Besitzer nach ihrem Geschmack hergerichtet hatten. Die zarten Jugendstiltapeten waren mit einer Farbe von stumpfem Blau übertüncht, und vor diesem Hintergrund prangte in der Halle ein Porträt des Generalissimus Stalin in ordensgeschmückter Uniform, gemalt von ungelenker Hand, aber golden gerahmt und flankiert von roten Fahnen. Ira bemerkte, daß von dieser Weihehalle eine Tür zum Keller hinunterführte, die mit einer Stahlschiene gesichert war. Der Kommandant bat sie in einen Salon, der mit den Möbeln des Vorbesitzers ausgestattet war und nach Rosenparfüm und Machorka roch. Die Gäste versanken in bequemen Sesseln.

Ira schrie überrascht auf, als Evgenia ins Zimmer trat. Beide umarmten sich. Offenbar arbeitete das Mädchen als Dolmetscherin auf der Kommandantur, jetzt servierte es einen Imbiß, grobes Brot, Zwiebeln, fetten Schweinespeck. Semjon Apt lachte Ira an. Koscheres kann ich nicht bieten. Zum Glück sind wir beide keine orthodoxen Juden, und jetzt trinken wir erst einmal einen Wodka, um uns auszusöhnen. Machen wir Frieden. Schalom. Vergessen wir die Konfrontation. Streit soll der Wahrheitsfindung nützen, aber das alles ist Philosophie und Theorie, mein Freund. Wir beide achten einander und dürfen uns trauen, du könntest aber an Landsleute von mir geraten, die nicht dulden, daß ihnen ein Deutscher widerspricht. Laß dich warnen, Willi Pech.

Der Bürgermeister nickte, und dann tranken sie ein Glas.

Du hattest Fragen?

Willi Pech sagte zögernd: Wir Deutsche müssen Reparationen leisten, das versteh ich, aber mir will nicht in den Kopf, daß die Mecklenburgischen Holzwerke in Kromberg demontiert werden sollen.

Vollständig, meinte Semjon Apt, alles muß weg, bis auf die letzte Schiene.

Semjon, wandte der Bürgermeister ein, die Fabrikanlage ist die Lebensader unserer Stadt, Hunderte haben dort ihren Arbeitsplatz. Vom Werk aus wird unser Nest mit Strom versorgt, aber die Kessel, die Dampfmaschinen, die Aggregate und Krananlagen sind alt. Ich habe lange genug als Reparaturschlosser gearbeitet und versichere dir, einige der Maschinen stammen noch aus dem neunzehnten Jahrhundert, zigmal geflickt. Es macht keinen Sinn, den Schrott auf eine lange Reise zu schicken, aber in der Stadt Kromberg würde das Licht ausgehen. Die langen Winternächte kommen, wir müßten im Dunkeln sitzen und frieren.

Der Kommandant antwortete erst nach einer Weile: Die Mecklenburgischen Holzwerke haben für die Rüstung gearbeitet, sie werden demontiert. Wie heißt denn dieser Spruch auf deutsch? Da beißt die Maus keinen Faden ab. Holz bleibt in Fülle zurück, damit könnt ihr eure Öfen heizen. Und stellt euch vor, wie die Menschen in meinem Lande leben nach diesem gräßlichen Krieg. Unsere Abwehr hat im letzten Jahr einen Funkspruch des Hochmeisters der SS abgefangen, einen Sonderbefehl an die Generalität, vielleicht ist er aus dieser Gegend gesendet worden, in Mecklenburg hatten er und seine Kreaturen ihre Herrensitze. Die Nachricht lautete: Beim Rückzug darf in der Ukraine kein Mensch zurückbleiben, kein Vieh, kein Zentner Getreide, kein Haus darf stehenbleiben, kein Bergwerk, das nicht auf Jahre zerstört, kein Brunnen fließen, der nicht vergiftet ist. Der Hochmeister befahl seinen Gefolgsleuten, das Menschenmögliche zu tun, um die Unmenschlichkeit ins Grausige zu steigern. Sie haben es getan!

Semjon Apt schaute Ira an, sie war leichenblaß geworden. Was ist dir, Mädchen?

Ich hab das nicht gewußt.

Und du?

Willi Pech sagte: Ich glaub dir unbesehen.

Dann rede nicht länger gegen mich. Auch geflickte Kessel werden gebraucht, wenn wir auf verbrannter Erde eine Fabrik erbauen, in der man Tische und Stühle fertigen kann, Bettgestelle, hölzerne Rechen, Axtstiele, einfachstes Gerät. Erklär das deinen Leuten.

Ira Thurau erinnert sich, daß Willi Pech der erste war, der mit der Demontage der Holzwerke begann. Er erklomm, während sich die Belegschaft versammelte, Sprosse für Sprosse einen der Türme des Kabelkrans. Hunderte sahen zu, als Pech wie ein Artist am Hochseil turnte. Er hakte sich auf der tischgroßen Plattform fest und schlug den Bolzen des zweihundertzwanzig Meter langen Stahlseils mit einem Vorschlaghammer aus der Verankerung. Das Kabel rauschte donnernd zu Boden, und die Türme schwankten gefährlich. Pech wartete, bis sie zur Ruhe gekommen waren, dann schrie er von oben: Je rascher wir das alte Zeug auf die Schiene nach Rußland bringen, um so früher können wir ein neues Werk erbauen.

Damit hatte er aber später seine liebe Not.

Sie saßen sich schon eine Weile in der Goldenen Wiege gegenüber, Ira Thurau und der angetrunkene Holzbildhauer, als sie bemerkten, daß ein junger Mann in ihrer Nähe Platz genommen hatte. Er grüßte und nickte ihnen zu, aber die Orgelspielerin blickte immer wieder an ihm vorbei, sie mochte diesen Menschen nicht. Er hieß Mike Fiebrich und war nach der Wende aus dem Westen nach Kromberg gekommen, um sich hier als Bauunternehmer niederzulassen. Er haue die Leute beim Ankauf alter Häuser übers Ohr, so erzählte man, modernisiere die Gebäude nach neuestem Standard, um sie dann mit erheblichem Zugewinn zu verkaufen, jedenfalls war er gut im Geschäft.

Den Krombergern gefiel aber nicht, daß Mike Fiebrich ein altes Fachwerkhaus erworben und hatte niederreißen lassen, um an seiner Stelle mitten in der Stadt ein überdimensioniertes Bestattungshaus mit eigener Floristikwerkstatt zu errichten, das im Rohbau schon fertiggestellt war und die eingesessenen Gärtner vom Markt verdrängen sollte. Fiebrich hatte gegrüßt und genickt, jetzt wechselte er den Stuhl und wendete den Kopf, als wollte er erlauschen, worüber die Thurau und der Künstler sprachen.

Fricke sagte: Sie wollten mir ein Bier spendieren, waren aber mit Ihren Gedanken woanders.

Ira lächelte. Pardon, sie hob die Hand, um Sophie heranzurufen, und bestellte. Dann fragte sie: Bedeutet dir der Name Willi Pech etwas? Er war der erste Nachkriegsbürgermeister, die Stadt Kromberg verdankt ihm viel.

Fricke schüttelte den Kopf.

Die Thurau sagte: Der Mann hat ein Denkmal verdient.

Wollen Sie mir einen Auftrag geben?

Das könnte sein, aber zuerst will ich dir einen Vorschlag machen. Zwischen meinem Haus und dem Pfarrhof stehen Stallungen und Remisen, die nicht mehr genutzt werden, sogar ein altes Waschhaus mit mächtigem Rauchfang über der Feuerstelle. Manches ist brüchig, aber du bist ja ein Mann und in vielen Sätteln gerecht, du könntest das Mauerwerk ausflicken. Besuch mich bald, dann will ich Dir eine Kammer zeigen, die dich behausen könnte.

Und was sagt der Pastor dazu?

Er ist einverstanden.

Plötzlich stand Mike Fiebrich am Tisch. Ich höre, sagte er und lächelte, es geht um alte Gebäude. Darf ich Platz nehmen?

Tut mir leid, antwortete Ira Thurau, wir sind im Aufbruch.

8
Die wilden Jäger

Jürgen Lucius brachte Blumen mit, als er sich zum zweiten Mal im Vorzimmer des Bürgermeisters einstellte. Er überreichte der Sekretärin den auffälligsten Strauß aus dem Angebot der Tankstelle, lachsfarbene Rosen mit blauen Freesien gebunden, und als er mit knapper Verbeugung eine Schachtel Pralinen aus bestem Schweizer Hause nachschob, entblößte Gabi Breitenwischer lächelnd das Gebiß bis ans Zahnfleisch und bedankte sich, indem sie: Wahnsinn! sagte. Sie wies mit beiden Händen auf den Besucherstuhl.

Ein Käffchen, Herr Doktor? Der Bürgermeister ist leider außer Haus.

Lucius lehnte dankend ab, er sei wegen der Heimathefte gekommen, der Kromberg-Geschichten von anno dunnemals.

Sie hatte, wie versprochen, die Broschüre längst herbeigeschafft und zierte sich, als der Mann nach dem Preis fragte. Machen Sie das bitte mit Herrn Dobinka aus.

Gern, Frau Gabi, wenn Sie mir einen Termin verschaffen.

Selbstverständlich. Sie schlug den Kalender auf. Wann würde es passen?

Je früher, desto besser. Und bei den Heimatgeschichten will ich mich auf der Stelle ehrlich machen. Er schob einen Zwanzigmarkschein auf den Computertisch. Der Rest ist für die Kaffeekasse.

Gabi Breitenwischer war nun ganz sicher, daß es sich bei dem Herrn Doktor Lucius, früher auf Gardow, heute in

Hamburg wohnhaft, nicht nur um einen gutaussehenden Mann, sondern auch um einen mit Knete handelte, wie sie schon bei seinem Antrittsbesuch vermutet hatte. Vielleicht war er ein Multimillionär und willens, als Stifter oder Sponsor Wesentliches beizusteuern zum Vorteil der Stadt Kromberg, die nicht mal ein repräsentatives Rathaus vorzuweisen hatte und Gefahr lief, in Armut zu versinken, falls die Holzwerke Pleite machten. Auch Gabi Breitenwischer hatte für die Wählergemeinschaft »Bürger für Kromberg« votiert, sie teilte die politischen Überzeugungen ihres Vorgesetzten, vielleicht ergab sich die Möglichkeit, in seinem Sinne zu handeln.

Aber erst mal der Termin. Sie blätterte. Wie wäre es mit heute nachmittag, Herr Doktor? Sechzehn Uhr? Wieder ein breites Lächeln.

Großartig. Ich werde pünktlich auf dem Parkplatz stehen, schwarzer Mercedes mit Hamburger Kennzeichen. Grüßen Sie meinen Freund. Er ist zu einer kleinen Reise in die Vergangenheit eingeladen.

Ach, seufzte Frau Breitenwischer, die alten Geschichten. Auf meinem Tisch liegt das Material für das nächste Heimatheft mit Aufsätzen Kromberger Schulkinder aus dem Jahre neunzehnhundertachtunddreißig zum Thema: Die Mecklenburgischen Holzwerke und Hermann Göring. Das wird Sie interessieren. Ich kopiere Ihnen spaßeshalber ein paar Seiten.

Meinetwegen.

Nachmittags, als er auf Dobinka wartete, warf Lucius, im Wagen sitzend, einen Blick auf die merkwürdigen Blätter und hatte anfangs Mühe, die steilen Schriftzeichen zu entziffern. Er hatte in der Dorfschule von Gardow noch Sütterlin üben müssen, bis am Gymnasium Carolinum gefordert wurde, mit lateinischen Buchstaben zu schreiben. Er las sich, einigermaßen amüsiert, durch einen Aufsatz von Ernst Fiebrich, vierzehn Jahre alt:

Die Holzwerke und der Vierjahresplan

Die Holzwerke sind die größten von Mecklenburg. Früher sah Kromberg wie ein Dorf aus, wenig Leute. Jetzt hat es sich vergrößert. Durch die Fabrik sind eine Menge Arbeiter hinzugekommen und verdienen hier ihr Brot. Die Stadt hat 2357 Einwohner, viel mehr als im Mittelalter, wo es nur zwei Wassermühlen an der Havel gab. Außerdem ist Kromberg schöner geworden. Die Holzwerke mußten Steuern zahlen, die Stadt kriegte Geld und konnte an der Adolf-Hitler-Straße einen kleinen Park anlegen und das Kriegerdenkmal schöner machen.

Früher mußten wir das Holz aus Rußland einführen, aber dort kaufen wir nicht mehr. Dafür nutzen wir unser deutsches Holz besser aus und verwerten es ziemlich hundertprozentig im Sägewerk. Jetzt ist eine Sperrholzfabrik dazugekommen, die das Holz noch mehr verwertet und mit Leim verklebt. Der Abfall ist nichts als Sägemehl. Dieses kann man zur Heizung der Maschinen verwenden, damit überhaupt nichts übrigbleibt. Das Sperrholz ist für Möbel gut, weil es der Holzwurm vermeidet. Er ekelt sich vor Leim. Es wird zum Flugzeugbau gebraucht, auch zu Kabinen für Schiffe und Zeppeline. Damit beschäftigen sich ungefähr 300 Arbeiter. So wird Kromberg immer schöner und hilft Hermann Göring bei seinem Vierjahresplan.

Aufblickend bemerkte Lucius, daß Dobinka am Auto stand, Kragen der Windjacke hochgeschlagen, Baskenmütze schief auf dem Kopf. Es nieselte ein wenig.

Steig ein.

Dobinka warf sich auf den Beifahrersitz. Wohin bei dem Wetter?

Du weißt doch, sagte Lucius, Verbrecher zieht es an den Ort ihrer Untaten zurück. Ich möchte wissen, ob wir die Pirschpfade von damals wiederfinden. Du erinnerst dich hoffentlich.

Dobinka nickte. Jugendtorheiten.

Passionen, sagte der andere.

Sie hätten uns das Leben kosten können.

Wir sind noch da, meinte Lucius und schob das gefaltete Papier mit dem Aufsatz ins Handschuhfach. Frau Gabi hat mir das Material für das nächste Heimatheft überlassen.

Sie mag dich.

Gottes willen.

Niemals sei ihr ein Mann deines Formats begegnet. Sie schwärmt vom Verhaltenen deines Charmes, was das auch immer heißen soll. Du hast eine Eroberung gemacht.

Lucius grinste. Aber du kennst doch meinen Geschmack. Ich hab dir von meiner ersten Beziehung erzählt. Übrigens sieht deine Tochter der schönen Herrin auf Abtey sehr ähnlich, der gleiche gotische Typ. Sie gefällt mir.

Ich warne dich.

Keine Sorge, ich bin kaum noch nach Weibern auf der Jagd.

Aber immer noch Waidmann?

Bei Gelegenheit. Und du?

Dobinka sagte: Ich bin niemals wieder auf der Jagd gewesen, der Schreck saß mir zu tief in den Knochen. Aber als Sportschütze hab ich mich geübt.

Sie hatten die Stadt längst hinter sich gelassen, der schwere Wagen wiegte sich über kurvenreiche Nebenstraßen den Heidedörfern entgegen.

Lucius redete über den merkwürdigen Schulaufsatz von neunzehnhundertachtunddreißig. Ernst Fiebrich heißt der Verfasser, er muß jetzt in meinem Alter sein, eingesessener Kromberger. Kennst du den Mann?

Dobinka verneinte. Aber ich weiß, daß sein Vater Ortsgruppenleiter der Nazipartei war. Die Familie ist nach dem Westen abgehauen, als die Russen kamen, aber sein Enkel ist nach der Wende auf einem Landrover in Kromberg eingeritten, Mike Fiebrich, um hier das Erbe seines Großvaters anzutreten, ein Haus am Ring. Und diesen Fiebrich kenne ich, er ist ein Großmaul, ein Geschäftsmann von nicht solidem Zuschnitt. Er sitzt im Stadtrat und macht mir Schwierigkeiten. Mein Vorgänger hat ihm erlaubt, das stolzeste Gebäude von Kromberg zu errichten, ein Bestattungshaus.

Lucius lachte. Den Vogel kenn ich.

Woher? wollte Dobinka wissen.

Aber Jürgen Lucius behielt es für sich und stoppte vor dem heruntergekommenen Herrenhaus von Gardow, das sie inzwischen erreicht hatten.

Die Männer stiegen aus und schlenderten längs der Brache, die von Disteln und Nesseln überwuchert war.

Lucius sagte: Erinnerst du dich? Hier stand eine wunderschöne Gutsanlage, errichtet von namhaften Meistern ihres Fachs, ein harmonisches Ineinander von Gartenkunst und Architektur, sogar die Speicher und Ställe mußten sich ins Ensemble fügen, selbst die Katen der Landarbeiter. Die Verheerungen begannen mit dem Einzug der Russen. Sie haben das Schloß beschlagnahmt, und es waren ihre kommunistischen Helfershelfer, deine Leute, die das Zerstörungswerk später fortgesetzt haben. Mir dreht sich das Herz um.

Der Verfall hat viele Gründe, Jürgen.

Ich will sie gar nicht wissen und könnte dir in Mecklenburg Dutzende von verfallenen Schlössern zeigen.

Aber du kannst nicht mich für das Unglück deiner Familie verantwortlich machen.

Jeder, sagte Lucius, der das verbrecherische System unterstützt hat, ist ein Schuldiger.

Mensch, ich war Betriebsschlosser bei den Mecklenburgischen Holzwerken, bis ich gefeuert wurde.

Aber ein militanter Parteigenosse, Kommandeur der Kampfgruppe. Es gibt Fotos, auf denen dokumentiert ist, wie du hinter der roten Fahne marschierst.

Ja, ich war überzeugt, daß wir sie brauchten, eine Art von Bürgerwehr. Der amerikanische Präsident hatte zum Kreuzzug gegen das Böse gerufen und auf uns gezeigt. Der kalte Krieg hat stattgefunden. Du wirst doch nicht leugnen wollen, daß auch der Westen aus allen Rohren gefeuert hat.

Ihr habt gottseidank verloren.

Ja, sagte Dobinka, ich war erleichtert, als sich die widerwärtige Konfrontation erledigt hatte, und nun stehe ich für eine bessere Ordnung der Dinge ein. Ich bin der gewählte Bürgermeister von Kromberg.

Siehst du, meinte der andere, und ich bin nicht sicher, ob ein Mann wie du auf diesen Posten gehört.

Die Mehrheiten zählen. Ich bin gewählt, basta. Dobinka deutete auf die Fassade des Herrenhauses mit der verwitterten Aufschrift: Konsumverkaufsstelle Gardow. Er sagte: Man wird dir dein Elternhaus zu einem symbolischen Preis überlassen, für ein paar Euro. Erwirb es, beseitige den Mißstand. Du hast das Geld dazu.

Der Hof ist zerstört, der Park zersiedelt und für alle Zeiten verhunzt. Den Trümmerhaufen könnt ihr behalten.

Du redest von ihr und von wir, geradeso als gehörte ich immer noch auf die feindliche Seite.

Wenn es nicht so ist, hilf mir, verschaff mir Ersatz. Ich will Abtey auf der Heide, das die SS meiner Familie abgejagt hat, und ich will die Jugendstilvilla ohne Russengräber.

Und ich werde handeln, wie es das Interesse der Stadt Kromberg erfordert, sagte Dobinka.

Der andere antwortete hochmütig: Red doch nicht, als hättest ausgerechnet du dich im Handumdrehen zu einem demokratischen Politiker gemausert. Du verhältst dich genauso, wie man es von den Ostdeutschen kennt, die glauben immer, sie kämen zu kurz.

Dobinka hatte Lust, das Gespräch zu beenden, aber Lucius lenkte plötzlich ein. Ich war mal hier zu Hause. Er legte für einen Augenblick seinen Arm um Dobinkas Schulter, als wollte er ihn mit dieser Geste versöhnen. Laß uns ein paar Schritte gehen, vielleicht finden wir das alte Bootshaus wieder, unser Waffenlager. Er blickte auf das Gewürfel weißgestrichener Bungalows zwischen der Rückfront des Schlosses und dem Gardower See, sie waren von exakt geschnittenen Hecken wie von den Wänden eines Irrgartens umgeben.

Weißt du, wie man hinunterkommt?

Dobinka hatte Mühe, den Pfad zum Ufer zu finden. Am Ende entdeckten sie nur Reste der alten Anlage, ein paar verwitterte Pfähle im schwappenden Wasser, eine morsche Bank am Strand.

Rauchst du noch?

Manchmal, sagte Dobinka. Er nahm eine Zigarette, ließ sich Feuer geben und dankte.

Lucius starrte auf die Pfähle im See. Hier haben wir im Mai fünfundvierzig vor unserem Waffenversteck gesessen, ein Neunzehnjähriger und ein Junge von vierzehn Jahren. Wir haben geraucht und geredet, bis die Sterne da drüben über den schwärzlichen Bäumen aufzogen, und haben beide gewußt, daß am nächsten Tag der Weltuntergang stattfinden sollte.

Ich kann dich noch hören, sagte Dobinka. Sobald der Russensturm vorüber ist, treffen wir uns hier unten am See oder oben im Schloß.

Lucius nickte. Es hat bis in den November gedauert, ehe ich herausfand, daß es dich nach Kromberg verschlagen hatte.

Dobinka erinnerte sich. Ich kam nach Schichtschluß aus dem Werk, da hab ich dich auf dem Fahrrad gesehen, lässig, ein Bein auf der Straße, das andere auf der Bordsteinkante. Heute würde man sagen: Ich dachte, mich tritt ein Pferd.

Du warst inzwischen aufgeschossen, beinahe so groß wie ich. Natürlich wollte ich wissen, ob du der alte geblieben warst, mein Bursche, mein Freund.

Dobinka lachte leise. Mir hat das Herz geklopft. Ich lebte bei alten Leuten, und da stand Jürgen Lucius, der mein Held gewesen war. Selbstverständlich bin ich dir auf den Leim gegangen. Nur wenige Sätze hin und her, wie geht es, wie steht es, da waren wir bei der Jagd und den gottverdammten Waffen.

Hungerzeiten, Martin, Weihnachten steht vor der Tür, vielen Leuten fehlt der Braten, aber ich weiß, in welches Dickicht sich die Sauen eingeschoben haben. Bist du mit von der Partie?

Selbstverständlich.

Und nun die Hand drauf.

Martin Dobinka erinnert sich, daß er wieder Gast auf Gardow war, diesmal im Inspektorhaus. Veränderte Situation. Frau von der Weitbrink, die Herrentochter aus dem Schloß, empfängt ihn wie eine Bäuerin, in der Kittelschürze, und er meint Spott herauszuhören, als sie ihn begrüßt: Ach, der Freund.

Es ist eng in der Wohnküche, sieben Personen drängen sich am Tisch. Die Dame des Hauses lädt zum Abendessen ein, sie hat inzwischen gelernt, wie ein schlichtes Gericht zubereitet werden muß, Pellkartoffeln mit Stippe, aber sie ist bleicher und vergrämter als früher, vielleicht weiß sie längst, daß sie die Neubauernsiedlung aufgeben muß, weil ihr die Kraft fehlt und auch die Demut zur Bauersfrau. Sie blickt aus den Augenwinkeln auf Jürgens Gast, den sie so ungern an ihrem Tisch sieht wie damals in der Halle des

Herrenhauses. Was will der hier? Was haben die beiden Kerle ausgeheckt? Sie reicht mit versorgter Miene die Schüsseln herum, bis der letzte Kartoffelkrümel verzehrt und der Soßenlöffel abgeleckt ist.

Bald werden die Kinder ins Bett geschickt. Drei Leute bleiben unter der funzeligen Lampe sitzen. Kaum ein Gespräch, die beiden Jungen tauschen einen Blick, sie wollen Laura nicht auf die Nase binden, was morgen früh geschehen soll.

Frau von der Weitbrink stellt wortlos das benutzte Geschirr aufs Tablett und wischt dann mit einem feuchten Tuch über die Wachstuchdecke.

Sollen wir beim Abwasch helfen?

Sie antwortet vorwurfsvoll: Es ist dunkel geworden, und meint damit, es sei höchste Zeit für den Gast, endlich davonzugehen.

Da übernimmt Jürgen die Rolle des besorgten Freundes. Seine Fahrradlampe ist kaputt. Fahr du mal ohne Licht durch die Wälder, und falls der Junge eine Panne hat, nicht auszudenken, Laura.

Sie sagt: Drüben im Schloß hausen die Russen. Hier haben wir kein Gästezimmer.

Martin schläft bei mir.

Laura von der Weitbrink schaut wieder so merkwürdig von der Seite her. Ach so.

Jürgen will seine Schwester beschwichtigen. Mach dir keine Sorgen. Wir müssen in aller Herrgottsfrühe aus den Federn. Nein, keine Fragen bitte und keinen Morgenkaffee.

Er winkt den Freund die Stiege hinauf. Zimmer unter der Dachschräge, ein Bett gegen die Wand gerückt, ein Waschtisch mit üblicher Garnitur, Porzellanschüssel und Wasserkanne, darüber ein ovaler Spiegel, Pinkeleimer neben der Tür. Kein Vergleich mit dem Gemach, das der kleine Dobinka als Gast der Familie Lucius auf Schloß Gardow bewohnen durfte. Aber Jürgen scheint nichts zu entbehren. Er streift sich die Kleider vom Leib, um stolz seine Nacktheit zu zeigen, den Bizeps, die behaarte Brust, das Geschlecht, und es belustigt ihn, daß sich Martin geniert, eine vergraute lange Männerunterhose auszuziehen, die im Bund so weit ist, daß sie mit einer Sicherheitsnadel zusammengehalten werden muß. Lucius wirft ihm ein Nachthemd zu. Zieh das an! Und du brauchst dich nicht wie ein Hund auf meinem Bettvorleger zusammenzurollen. Die Decke reicht für beide.

Dobinka weiß heute nicht mehr, war es im Traum oder in Wirklichkeit, daß ihn Jürgen in die Arme genommen und an sich gezogen hatte, um nahe am Ohr zu flüstern: Morgen geht es auf die Sauen. Würdest du mir folgen, wenn es gegen die Russen ginge?

Damals wäre Dobinka für Jürgen Lucius durchs Feuer gegangen, und er hätte gern länger bei ihm gelegen, wird aber bald wachgerüttelt. Aufbruch. Leise, leise.

Sie tasten sich beinahe geräuschlos treppab und werden draußen von kalter Finsternis überfallen. Gelbes Licht aus Lauras Fenster. Sie wird nach dem Wecker tasten. Die Jungen starren angestrengt in die Nacht, ehe sie die ersten Schritte wagen. Überm Dach des Herrenhauses, das wie ein schwarzes Segel in den Himmel ragt, zwinkern die Gestirne. Die Freunde verständigen sich flüsternd. Erst müssen wir hinunter zum Bootshaus, den Drilling aus den Lappen wickeln und schußbereit machen, dann ab in Richtung Belower Tannen.

Keine halbe Stunde Weges durch die Dunkelheit, da tappen sie schon auf ein finsteres Stangenholz zu, in dem die Sauen gerne Schutz suchen. Das hatte Jürgen gestern ausgemacht, also müßte die Rotte auch heute nacht hier stehen. Den Jungen ist, als könnten sie ihn erschnüffeln, einen strengen, scharfen Geruch.

Jetzt müssen wir uns trennen, Martin. Du wirst mir das Wild vorsichtig zutreiben, sobald es dämmert. Ich verpiß mich, stell mich mit dem Drilling in der Schneise auf und warte.

Jürgen verschwindet lautlos in der Dunkelheit, und der junge Dobinka fühlt sich mit einemmal wie alleine auf der Welt. Er starrt so lange zu den Sternen auf, bis ihm ist, als könne er das Summen des Universums vernehmen, ein leises Rauschen, wie es die Seemuschel macht, wenn man sie gegen das Ohr preßt. Kann aber sein, er ist aufgeregt und so angespannt, daß er das eigene Blut brausen hört. Er fühlt sich hilflos und winzig klein unter dem ungeheuren Sternenhimmel und ist ein wenig erleichtert, als endlich die Stunde der Uhlenflucht heraufdämmert. Jetzt hat Jürgen Büchsenlicht.

Martin Dobinka sucht nach einem Knüppel und dringt in das Dickicht vor. Er bricht trockene Reiser, klopft gegen Stämmchen, er lärmt vorsichtig: Ho! und ho!, um das Wild zu beunruhigen, um die Sauen hochzumachen, wie es im Fachjargon der Jäger heißt, und dem Schützen entgegenzutreiben.

Martin kann hören, wie in seiner Nähe ein Tier durchs Buschwerk bricht, dann sieht er auch schon einen riesigen Schatten, vergißt jede Vorsicht und schreit: Hier ist einer. Jürgen, paß auf!

Krachend löst sich ein Schuß. Das Echo hallt im Walde nach, und als Martin keuchend auf die Schneise stürzt, sieht er, daß Jürgen vor dem Anschuß hockt, einer kleinen, blutroten Lache im Gras. Der Freund sagt, aufblickend: Die Kugel muß sitzen. Hier ist der Beweis.

Dann zeigt er auf eine rotglänzende Spur, die ins Unterholz führt. Ihr folgen die beiden Jungen, zuerst auf allen vieren und mit äußerster Anspannung, falls das Wildschwein nur angeschossen ist, könnte es sie mit seinen gefährlichen Hauern angreifen in der Todeswut.

Hier liegt er, schreit Martin triumphierend, ein mächtiger, vierjähriger Keiler, mit einem sauberen Blattschuß zur Strecke gebracht. Und der Junge hält sich auch nach dieser wilden illegalen Jagd an die waidgerechten Bräuche. Er überreicht dem Freund feierlich den Schützenbruch, den er im Eifer so tief eingetunkt hatte, daß es rot von den Nadeln tropft.

Waidmannsheil, Jürgen.

Der andere dankt. Er steckt den Bruch ans abgetragene Fliegerkäppi, und dann geraten beide Jungen an diesem kalten Morgen in Schweiß, weil sie den erlegten Schwarzkittel bei den Hinterläufen packen und bis zu einer Lichtung zerren müssen. Der Keiler wird fachgerecht aufgebrochen, und Jürgen bestimmt: Martin, du hältst Totenwacht, bis ich mit einem Gespann zurückkomme. Laß dich nicht erwischen.

Der Kleine führt die rechte Hand zum Mützenrand wie ein Soldat, der einen Befehl entgegennimmt. Dann ist er allein in den Wäldern und friert. Zuerst hüpft er von einem Bein auf das andere, schlägt sich die Arme kreuzweis gegen die Rippen und wandert schließlich ein paar Schritte, um sich warm zu machen. So steigt er hinauf bis an den Rand einer Böschung. Er starrt auf entlaubtes Gesträuch, und ihm ist mit einemmal, als hätte er an dieser Stelle schon gestanden, als hätte er es hier oben gehört, ein seltsames Geräusch, das er nicht deuten konnte. Es klang wie ein Schlurfen und Schlurren von tausend müden Füßen und darüber Hundegebell, schrilles Weibergeschrei: Weiter! Weiter! Dann hatte er gesehen, daß sich unter ihm, auf der Forststraße, ein Elendszug von Frauen vorüberschleppte, und er hatte sich in die Kolonne eingereiht, weiß der Teufel, warum, vielleicht aus Russenangst, weil er sich sicher wähnte unter diesen Frauen und nicht wissen konnte, daß er tödlicher Gefahr entgegenstolperte, einer Feuerwand, die plötzlich fauchend in den Himmel stieg. Bei dem Gedanken fror ihn wieder heftig.

Er lief der Lichtung entgegen und spielte mit der Streichholzschachtel in der Hosentasche. Er dachte daran, ein paar Knüppel zusammenzutragen und ein Feuerchen anzufachen, um das er wie das Rumpelstilzchen hüpfen konnte: Heute schieß ich, morgen brat ich, übermorgen hol ich mir einen Hirsch. Aber der Rauch hätte ihn verraten können, der Junge mußte weiter zittern und war verstimmt, als Jürgen viel zu spät mit einem Pferdegespann erschien.

Der Wagen war mit Schmuckreisig getarnt, wie es die Leute zum Abdecken der Gräber am Totensonntag gebrauchten. Martin fragte, ob sie das Wild vor dem Transport aus der Decke schlagen wollten, aber Jürgen meinte, er habe jemanden, der das für ihn erledige, Neupeter, ein Siedler aus Gardow.

Neupeter?

Du kennst ihn, sagte Jürgen. Das Hinkebein, Inspektor auf Gardow, der Mann ohne Familie, Frau und Kinder sollen die Russen umgebracht haben. Bei der Bodenreform hat er sich das Schäferhaus unter den Nagel gerissen.

Hast du keine Angst, daß er dich verrät?

Der haßt die Russen wie ich, meinte Jürgen. Der würde mich niemals ans Messer liefern.

Die beiden Jungen keuchten und stöhnten, bis sie den Keiler endlich auf den Leiterwagen gehievt hatten, bald war er mit Tannenreisig bedeckt, und sie konnten endlich davonkutschieren.

Martin hockte in der Schoßkelle des Gefährts neben Jürgen Lucius, der hielt die Leinen und lenkte das Gespann aus den Wäldern bis hinauf zur Höhe der Chaussee. Es war kalt an diesem Morgen. Aus den Essen der Häuser und Hütten von Gardow stieg schwarzer Rauch in den Winterhimmel. Jürgen sagte: Neupeters Gehöft, es ist das erste im Dorf und abgelegen, keiner kann uns beobachten.

Martin hatte dem Freund vertraut und sich blindlings auf

das Abenteuer eingelassen, jetzt beunruhigte ihn der Gedanke, daß er nicht nur die Beute, sondern auch das Geheimnis einer gefährlichen Waffenbrüderschaft mit einem wildfremden Menschen teilen sollte. Er maulte: Ich hab gedacht, die Sache ginge nur uns beide an.

Jürgen reagierte herrisch: Wir brauchen ihn als Verbindungsmann zu den Schiebern vom schwarzen Markt. Selbstverständlich macht er dabei seinen Schnitt. Für dich bleibt genügend übrig. Du kannst heute abend bei Dunkelheit kommen und deinen Anteil holen.

Verzichte, sagte Dobinka. Ich wohne bei ehrlichen alten Leuten. Wie soll ich denen erklären, woher der Braten stammt?

Dummes Geschwätz. Jürgen lachte so spöttisch, daß der Kleine fauchte:

Verkauf meinen Anteil an Neupeter. Ein paar Mark könnte ich selbstverständlich gebrauchen.

Sag ihm das selbst.

Inzwischen hatten sie sich mit ihrer Fuhre der alten Schäferei genähert, die hinter Bäumen versteckt lag, ein paar Steinwürfe vor dem Dorf, Fachwerkgemäuer, das Stall, Scheuer und ein paar Wohnräume unter einem mächtigen Strohdach vereinte.

Neupeter hatte die Jungen erwartet. Er stieß das Scheunentor auf, um das Gefährt einzulassen, und schloß es krachend hinter ihm.

Er stand im Lichtkegel einer Luke. Markiger Händedruck, kein Geschwafel von Waidmannsheil, keine zünftigen Sprüche, nur eine Frage: Schwein gehabt?

Kann man wohl sagen.

Dann zeigt mal die Beute vor.

Die Jungen warfen das Reisig beiseite und legten den Keiler frei.

Neupeter lobte die Schützen. Das lohnt sich. Und nun mal

runter vom Wagen mit dem Riesenvieh. Auf die Schlachteleiter damit.

Als die beiden Freunde auf dem Rückweg zum Inspektorhaus waren, sagte Martin: Unangenehmer Kerl.

Ich glaube, er war ein ranghoher Offizier. Kann sein, er wird mein Schwager. Jedenfalls hilft er Laura auf der Wirtschaft. Er umwirbt sie, Blumen, Gesäusel und solche Sachen, Spielchen mit den Kindern. Vielleicht will er Lauras Siedlung übernehmen und seinen Besitz verdoppeln. Er wird uns gefällig sein.

Inzwischen waren sie bis zum Zaun des Inspektorhauses gekommen, sie bemerkten, daß Laura hinter dem Wohnzimmerfenster stand, um die Gardine ein wenig zu heben und wieder fallen zu lassen, nachdem sie die Freunde gemustert hatte.

Jürgen sagte: Wir haben uns die halbe Nacht um die Ohren gehauen und könnten in meiner Bude noch ein Weilchen pennen, ehe du dich auf den Heimweg machst.

Aber der Kleine erinnerte sich an Lauras Blick, schwang sich aufs Rad und preschte davon.

Seine Wirtin hatte den Frühstückstisch längst abgeräumt, als er mit schlechtem Gewissen ins Haus trat und Guten Morgen! rief.

Frida Pech war eine kleine, schmale Frau mit gutem Gesicht und straff zurückgekämmten Haar, das immer noch rötlich blond wie in ihrer Jugend glänzte. Vor ihrer Heirat mit dem Schmied hatte sie als Haus- und Kindermädchen auf Schloß Gardow gedient. Jetzt kümmerte sie sich mit gleicher Hingabe um den elternlosen Martin Dobinka, der es vor allem ihrer Fürsorge verdankte, daß er nach seiner Verletzung im Belower Wald bald wieder auf die Beine gekommen war. Der Junge saß an ihrem Tisch, jede Woche entfachte sie ein Riesenfeuer unter dem Waschkessel, um seine Wäsche zu kochen, und da sie eine geschickte Näherin war, hielt sie sogar seine Kleider in Ordnung. Martins Joppe war verschmutzt und an der Schulter eingerissen. Sie fragte ärgerlich und vielleicht eine Spur zu laut: Wie läufst du denn rum?

Keine Antwort.

Wo kommst du her?

Von meinem Freund.

Hast du schon was gegessen?

Nein.

Soll ich dir ein paar Eier in die Pfanne schlagen?

Ich hab keinen Hunger.

Dann beeil dich, Jungchen. Du bist spät dran. Willi versteht nicht, daß du bei der Arbeit bummelst.

Ich bin todmüde. Ich muß ins Bett.

Die Frau sah ihm bekümmert nach und seufzte, als er sich am Treppengeländer aufwärts zog.

Jürgens Kumpanei mit Neupeter mißfiel dem Jungen, deshalb mied er eine Zeitlang das Inspektorhaus von Gardow und erschien dort auch nicht, um sein Geld einzufordern. Als ihn aber Tage später Jürgen Lucius nach Schichtschluß am Werktor erwartete, lässig auf dem Fahrrad sitzend, mit einem Bein auf der Bordsteinkante, und lächelnd winkte, ließ er sich wieder versöhnen. Jürgen steckte ihm ein Bündel Geldscheine zu. Dein Anteil.

Danke.

Es ist Vollmond. Die Sauen haben sich wieder in das Stangenholz eingeschoben. Bist du dabei?

Martin versprach es.

Von dieser Nacht an schlief er häufiger im Bett von Jürgen Lucius als in seinem eigenen. Frida und Willi Pech warteten vergeblich am Frühstückstisch, und der Lehrausbilder bei den Holzwerken beschwerte sich, weil der Junge kaum noch zur Arbeit erschien.

Eines Morgens stellte sich Willi Pech seinem Einlieger in den Weg, als der wieder übernächtigt von der Jagd nach Hause kam, und stieß ihn in die Küche.

Setz dich.

Der Junge sah verfroren aus. Frida hatte noch Kaffee auf dem Herd und holte die emaillierte Blechkanne, um ihm einzuschenken.

Pech sagte: Meine Frau und ich machen uns Sorgen.

Der Junge entgegnete frech: Frida erzählt, daß sie mit vierzehn Jahren aus dem Haus gegangen ist. Ich bin viel älter.

Aber du steckst die Beine immer noch unter meinen Tisch und wirst dir was sagen lassen. Du weißt, wo ich herkomme, wie ich denke und handele. Junge, ich bin aus bitterster Erfahrung rot, deshalb kann mir dein Umgang nicht gefallen, dieser Kreis ehemaliger Wehrmachtsoffiziere und Herrenreiter, zu denen auch Neupeter zählt, das ist auch so ein Ostlandritter.

Jürgen ist mein einziger Freund, sagte der Junge aufsässig.

Ich hab mir Gedanken gemacht, was euch beide bindet, meinte der Alte. Vielleicht eine Neigung. Ich werd mal direkt, könnte ja sein, ihr packt euch gelegentlich mal über Kreuz. Das ist nicht ungewöhnlich, solange junge Männer nicht erwachsen sind, und ich würde kein Wort darüber verlieren.

Wir sind nicht schwul, schrie der Junge.

Und Willi Pech rief ebenso laut: Dann ist es ja gut. Ich will dir sagen, was euch beide klammert: die Lust an der Gefahr. Ihr geht mit Waffen um, ihr wildert und bildet euch womöglich ein, ihr wäret Robin Hood im Doppelpack. In Wahrheit bereichert ihr euch an der Not der Leute. Du spielst mit deinem Leben, das verbiete ich dir.

Martin lachte und hatte kaum gerufen: Wer gibt dir das Recht? Du bist nicht mein Vater. Du bist ein verbohrter alter Mann. Da flog ihm Pechs Hand von rechts und links ins Gesicht.

Die Frau schrie auf und legte ihren Arm um den Jungen.

Pech zog sich einen Stuhl heran und setzte sich Martin gegenüber an den Tisch, schwer atmend, als habe ihn harte Arbeit erschöpft. Tut mir leid, Junge. Es ist sonst meine Art nicht. Du hast mich aufgebracht. Verzeih mir.

Martin übersah die schwielige Hand, die ihm bittend entgegengeschoben wurde. Er machte sich frei von Fridas schützenden Armen und sagte: Ich gehe.

Schade, meinte der Alte. Wir hingen an dir wie an einem eigenen Kind. Vermutlich willst du nach Gardow hinüber. Ich gebe dir eine Botschaft an Frau Laura mit: Albrecht von der Weitbrink wollte uns Hitler vom Halse schaffen und hat dafür mit dem Leben bezahlt. Ich als Vorsitzender der Bodenkommission habe seiner Witwe gegen starken Widerstand das Inspektorhaus und zehn Hektar Ackerland zugeschanzt, damit sie mit den Kindern über die Not kommt. Jetzt, höre ich, will sie Haus und Wirtschaft an diesen Neupeter verschachern. Sag ihr, daß ich es verhindern werde.

Der Junge suchte wortlos seine Habseligkeiten zusammen, verstaute sie im Rucksack, den er schon während der Flucht von Schlesien her gebuckelt hatte, und verließ die Schmiede. Er wollte nicht nach Gardow hinüber und trieb sich den Tag über in der Umgebung der Stadt herum, bis es zu schneien begann.

Uralte Geschichten, beinahe nicht mehr wahr, wie die Redensart sagt, aber die beiden Männer, längst an der Schwelle des Alters, hatten sie im Erinnern wieder erlebt, als hätten sie sich gestern zugetragen.

Sie saßen auf einer Bank am Ufer des Gardowsees und betrachteten ein paar Pfähle, an denen das Wasser leckte,

Reste eines Steges, der zum Bootshaus der Lucius gehört hatte, das ihr Waffenlager gewesen war. Da hockten sie also nebeneinander und beschworen die Geschichte ihrer Freundschaft und Feindschaft. Doktor Lucius, ein Jurist aus Hamburg, der im Aufsichtsrat bedeutender Unternehmen saß und im Auftrage der mächtigen Treuhandgesellschaft, aber auch im eigenen Interesse nach Mecklenburg gekommen war, und Martin Dobinka, ein Gastwirt aus Kromberg, der auf eigenartige Weise zum Bürgermeister der Stadt aufgestiegen war und sein Amt ernst nahm.

Dobinka sagte: Neupeter ist es gewesen. Er hat mich als Werwolf denunziert. Er war dabei, als ich in den Russenkeller hinuntergeprügelt wurde.

9
Iras Beichte

Ira Thurau hatte den Pastor nicht lange drängen müssen, als sie für den obdachlosen Bildhauer Gerd Fricke in den Nebengebäuden des Pfarrhauses Asyl erbat. Der Mann stelle keine Ansprüche. Eine Kammer, in der er sein Lager aufschlagen könne, würde sich finden, einer der Ställe sich zum Atelier umfunktionieren lassen. Mit den sanitären Bedingungen müsse sich ein bescheidener Mann begnügen, und die alte Schwengelpumpe auf dem Hof funktioniere noch. Pfarrer Petters half eigenhändig beim Entrümpeln und Weißen der künftigen Künstlerwerkstatt. Sophie Dobinka kam herüber und putzte die Fenster. Ira Thurau steuerte Bett, Tisch und Schrank aus der Mansarde des Pfarrwitwenhauses bei.

Alle drei machten Fricke zu einem glücklichen Menschen, und dann saßen sie eines lauen Frühlingsabends am Tisch unter Iras Apfelbaum, um den Einzug des rotgesichtigen, glitzeräugigen Künstlers zu feiern, der, wie üblich, schon nach dem zweiten Glase Wein fahrig artikulierte und sich bei der Danksagung an seine Gönner wiederholte.

Er hob das Windlicht, um das junge Mädchen ins rechte Licht zu setzen, und sagte: Das schönste Gesicht Mecklenburgs. Ich komme noch mal ganz groß heraus, wenn du mir Modell stehst, Sophie. Ich komme ganz groß heraus, werde aber wahrscheinlich keine Venus von Kromberg mit abstehenden Brüsten schaffen, sondern will mich an einer modernen Marienstatue versuchen, Lindenholz, denke ich. Sie soll deine edlen Züge tragen und ein Geschenk sein für die frommen Leute von Kromberg, die sich meiner angenommen haben.

Frickes Absichten kamen einer schwärmerischen Liebeserklärung nahe, sie brachten Sophie in Verlegenheit, jedenfalls lächelte das Mädchen angestrengt, bis der Pfarrer dem Künstler freundschaftlich auf die Schulter hieb.

Laß dir Zeit mit dem letzten großen Werk, lieber Gerd, und konzentriere dich erst einmal auf die Siebenhundertfünfzigjahrfeier. Du könntest den Bürgermeister unterstützen.

Wie denn? fragte Fricke verstimmt.

Du bist ein Mann von künstlerischem Geschmack und solltest die Leute bei der Auswahl der Kostüme beraten. Neulich hab ich was Schreckliches gesehen, Gabi Breitenwischer versuchte sich gewaltsam in das Gewand der Beatrix von Brandenburg zu quetschen. Das Mieder quoll über, sie sah wie die letzte Troßhure aus.

Gelächter am Tisch.

Ira Thurau sagte: Sophie müßte den Kronreif der Beatrix tragen.

Aber das Mädchen wehrte sich. Ich würde lieber unserem Pastor assistieren.

Der sollte sich raushalten bei diesem Spektakel, rief Fricke.

Petters lachte. Dobinka hat mich überredet, in den alten Kirchenbüchern zu stöbern, und ich habe Erstaunliches über die Reformation in Kromberg zutage gefördert. Deshalb will ich als Freund Martin Luthers auftreten und gegen die sittliche Verderbnis wettern, die Mecklenburg gegen Ende des Mittelalters erfaßt hatte. Der Klerus trieb sich auf den Tanzböden, bei den Possenreißern und in den Schenken herum, anstatt ordentlich Gottesdienst zu feiern. Höchste Zeit also, daß der gute Mann zu Wittenberg gegen die Tür der Hofkirche drosch, um seine Thesen festzunageln. Hier unterbrach sich Petters und fragte: Interessiert euch das?

Die Windlichter flackerten, er sah, daß ihm die Frauen zulächelten, aber der Künstler blickte finster und sprach: Es wird nichts mehr nachgeschenkt.

Entschuldigung. Petters füllte die Gläser, und dann also weiter im Text.

Nach der Reformation war von geistlicher Erleuchtung oder religiöser Begeisterung in Kromberg leider keine Rede. Jeder dachte an sich und verweigerte die Zahlung von Pacht oder Zins. Keiner wollte zu kurz kommen, und jeder bereicherte sich an den Gütern der Kirche, der Adel, wie immer, allen voran. Und die Kromberger Chronik vermerkt: In diesen Zeiten war das Fluchen und die Gotteslästerung in allen Ständen etwas ganz Gewöhnliches, geschlechtliche Verirrungen standen in der giftigsten Blüte, und die Hurerei war dermaßen im Schwange, daß sie die Greuel von Sodom und Gomorrha übertraf. Und der Grund für solche Verkommenheit: ungebildete Geistlichkeit, schrecklicher Unverstand der Lehrer. Viele Leute können die zehn Gebote geradesmal radebrechen und stammeln tatsächlich: Du sollst nicht begehren deines Nächsten Haus oder Frau, sondern höchstens die Magd und das Pferd. Kromberg hatte sich von den Folgen des Dreißigjährigen Krieges längst nicht erholt, und die Finsternis späterer Jahre wurde nur erhellt vom Feuer der Scheiterhaufen. Ich habe die Namen von zwei unschuldigen Krombergerinnen gefunden: Maria Domes und Gertrud Kutzebäcker. Sie wurden als Hexen verbrannt. Der Hügel heißt heute noch der Brandsoll. Die ganze Stadt rottete sich damals zusammen, um dem Hexenschmöken beizuwohnen.

Pastor Petters strich mit der Hand über Sophies Haar, das im Kerzenschein glänzte. Er sagte: Du bist schön und rothaarig, andere beneiden dich darum. Damals hätte das genügt, dich umzubringen. Das Mädchen griff nach der zärtlichen Hand, um sie festzuhalten. Fricke sah es mit Erstaunen, und nun hörte er auch, daß Sophie den Geistlichen duzte.

Ja, Jochen. Halte den Krombergern ihre Schande vor, ihre Mitleidslosigkeit gegenüber Menschen, die leiden oder sterben mußten, und du brauchst nicht vierhundert Jahre rückwärts zu wandern, es ist noch keine fünfzig Jahre her, da wurden die Häftlingsfrauen von Ravenstein auf den Todesmarsch geschickt, Ira ist dabeigewesen, und was haben die Kromberger getan? Sie haben die Fensterläden geschlossen, und heute empfinden manche schon die Russengräber in der Stadt als eine Zumutung. Bloß nicht erinnert werden.

Du hast recht, Sophie. Ohne Erinnerung an vergangene Leiden läßt sich die Zukunft nicht gestalten, deshalb finde ich vernünftig, was dein Vater inszenieren will, sagte Petters.

Aber das Mädchen widersprach. Alle Mitwirkenden wollen sich nur mit bunten Kostümen schmücken, mit falschen Ketten und Juwelen. Wißt ihr was? Ich werde mir von Ira den Häftlingskittel leihen oder als Hexe im Rathaus erscheinen.

Verrückt, rief der Bildhauer, und Ira Thurau hob abwehrend die Hände. Es schien beinahe, als wolle sich die kleine Runde in die Haare geraten, aber Petters hatte keine Lust auf Streit. Er wollte mit dem Mädchen alleine sein und erhob sich mit einem Hinweis auf die späte Stunde, und mit ihm rückte auch Sophie ihren Stuhl zurück.

Fricke protestierte: Stoßt wenigstens zum Abschied mit mir an.

Die beiden taten ihm den Gefallen, drückten dann aber Ira und ihm die Hand und verschwanden in der Dämmerung des Gartens.

Er nimmt sie mir weg, er führt das schöne Mädchen zum Pfarrhaus ab, maulte Fricke. Etwa wegen einer Bibelstunde?

Vielleicht sind beide längst ein Paar, sagte Ira.

Welcher Verlust für die Männer von Kromberg, wenn Sophie von der Kneipe in die Pfarre wechselte.

Ira Thurau lachte. Könnte sein, die kleine Gemeinde bekäme wieder Zulauf.

Der Bildhauer sagte: Trinken Sie ein letztes Glas mit mir, und lassen Sie sich anschauen. Das Kerzenlicht zaubert, es verwischt die Kerben in Ihrem Gesicht, und ich sehe, daß Sie einmal ebenso schön waren wie Sophie. Vielleicht schaffe ich nach Ihrem Vorbild die Marienfigur.

Ira trank ihm lächelnd zu. Lieber Fricke, es gefällt mir, daß wir Nachbarn geworden sind. Ich fühle mich sicherer in deiner Nähe.

Ja, haben Sie denn Angst?

Neulich hat ein Mann an meine Tür geklopft, den ich nicht einlassen wollte. Vielleicht kommt er wieder. Gut zu wissen, nebenan wohnt Fricke. Ich brauche nur zu rufen: Gerd, komm doch mal!

Er versprach, zur Stelle zu sein, sobald sie Hilfe brauche, und beugte sich über ihre Hand, als er eine gute Nacht wünschte.

An diesem Abend war Ira Thurau nicht nach Zubettegehn. Der Wein hatte sie angeregt, auch die Gespräche unter dem Apfelbaum, zu vieles ging ihr durch den Kopf.

Merkwürdiger Mensch, dieser Künstler. Wäre ihm doch das selbstzerstörerische Saufen abzugewöhnen, das wirre Geschwätz. Vielleicht schaff ich eine Marienstatue nach Ihrem Vorbild, Frau Ira. Schon Willi Pech hatte mich in Bedrängnis gebracht, als er mir einen Heiligenschein andichtete: Dich umgibt eine Aureole. Und Sophie will meinen Häftlingskittel tragen, um an den Todesmarsch zu mahnen. Sie weiß nichts von meiner Schuld. Ich muß sie endlich bekennen.

Die Thurau suchte nach ein paar Bogen Papier in ihrem Sekretär, nahm einen Stift zur Hand, setzte sich unter die Lampe und begann zu schreiben.

Liebe Sophie!
Bei einem Deiner Besuche in diesem Haus hast Du auf die Stiege zur Mansarde geblickt und gefragt: Hat mein Vater nicht mal bei Ihnen gewohnt? Heute will ich eine Antwort darauf versuchen, diesen Brief aber an sicherer Stelle verwahren, bis es Zeit ist, mein Geheimnis preiszugeben oder die Blätter ins Feuer zu werfen, damit kein Mensch erfährt, was die Wahrheit ist. Ich bin nicht Ira Thurau.

Eins ist gewiß, Ende April fünfundvierzig wurde die Munitionsfabrik im Belower Wald von der SS in die Luft gesprengt, ohne Rücksicht auf eine Häftlingskolonne, die vorüberzog. Auch das Weitere muß Dir geläufig sein. Ich fand den Jungen, Deinen Vater, Willi Pech und seine Frau nahmen sich dann seiner an. Ich war zufrieden, daß ich im Pfarrwitwenhaus unterkriechen konnte, und hatte damit zu tun, mich zu fassen, das Leben als ein anderer Mensch zu beginnen, deshalb wollte ich niemandem nahe sein.

Willi Pech mochte mich. Manchmal erschien er, lümmelte am Türpfosten mit verschränkten Armen und versuchte, mich auf eine Versammlung zu locken. Komm mit! Er agitierte für die Kommunistische Partei, jetzt käme es drauf an, die entmündigten und mutlosen Menschen mit Selbstbewußtsein, sogar mit Machtbewußtsein auszurüsten, damit sie imstande wären, zu vollbringen, was ihre historische Aufgabe sei, nämlich die verkorkste Weltordnung vom Kopf auf die Füße zu stellen und ein neues Deutschland zu gründen. Das Mädchen aus Ravenstein könnte dabei eine Hilfe sein. Aber ich war nicht die Person, für die er mich hielt, und wäre ihm ein schlechter Partner gewesen.

Frauen kamen vorüber und warben für Mitarbeit in einem demokratischen Weiberbund. Ich sollte die Vorsteherin sein. Ich winkte ab und blieb für mich. So wurde ich die Orgelspielerin von Sankt Marien, die nur sonntags unter die Leute kam. Aber dann zwang mich doch einer zur Anteilnahme, der Junge, Dein Vater, Sophie.

Im tiefsten Winter, es wird der Januar gewesen sein, stand das Kerlchen frierend, mit hochgeschobenen Schultern, unter der Straßenlaterne. Er hatte sich mit Willi Pech überworfen. Ich ließ ihn ins Haus.

Ich lese den letzten Satz und lege zaudernd den Stift aus der Hand. Das Weitere will ich verschweigen. Sophie muß nicht wissen, daß ich den Jungen schließlich in mein Bett gelassen habe, um ihn zu wärmen. Er war so verlassen wie ich, mutterseelenallein, und ließ sich in meine Arme fallen. Ich fing ihn auf. Die Liebe fragt nicht nach Jahreszahlen. Damals war ich so alt wie Sophie, eine sehr junge Frau, dem Martin nur wenig voraus. Er wurde mein zärtlicher kleiner Mann, der die Wonnen der Liebe begeistert genoß und auch mich verzücken konnte. Ich war süchtig nach seinem knabenhaften Körper, aber ich hing an dem Jungen gleichzeitig mit einem Gefühl mütterlicher Zuneigung. Keine Spur von Reue über viele Wochen.

Ja, so war es, Sophie. Dein Vater stand frierend vorm Haus, ich hab ihn in die Wärme gelassen. Bald wußte ich alles von ihm und erschrak, als er von einem Freund erzählte, mit dem ihn eine unsägliche Jagdleidenschaft verband. Du mußt wissen, daß nach russischem Besatzungsrecht der Besitz wie der Umgang mit Feuerwaffen ein todeswürdiges Verbrechen war, trotzdem hatten die Freunde immer wieder gewildert und einen Hehler mit Wildbret beliefert. Stolz fächerte Martin das Bündel ergaunerten Geldes vor mir auf.

Ira, du besitzt zuwenig Klamotten. Was kosten ein schikkes Kleid und ein Wintermantel? Ich kaufe alles, was du brauchst.

Ach, hätte er gewußt, daß ich vor einem Jahr Pelze, kostbare Kleider und Seidenstrümpfe in Fülle besessen hatte.

Laß es nur gut sein, mein Lieber. Zu seiner Enttäuschung wünschte ich mir keinen Karnickelmantel vom schwarzen Markt. Er wäre in Kromberg aufgefallen.

Einmal, als Martin von nächtlichen Abenteuern schwärmte, verriet er im Eifer das Waffenversteck, ein Bootshaus am See. Aber er ließ sich beschwören, die lebensgefährliche Passion aufzugeben. Jetzt hing er an mir, ich hielt ihn fest.

Wenn mir Martin Wege, Wälder und Dörfer beschrieb, war es mir manchmal vorgekommen, als führte er mich durch vertraute Gefilde. Bald kam ich dahinter, daß sein Freund der Herrensohn aus Gardow war, und mir wurde himmelangst. Natürlich wollte Martin auch aus meinem Leben alles wissen. Ich wich ihm aus und verriet wenig von Ira. Er erfuhr aber, daß sie eine ausgebildete Pianistin und zuletzt die Gesellschafterin der Herrin von Abtey gewesen war. Von dieser Frau hatte Martin nur Schlechtes gehört.

Tatsächlich, mein Lieber? Erzähle.

Sie war ein Miststück, ein Flittchen.

Das hat dein Freund gesagt?

Sie wurde vom Hochmeister ausgehalten.

Ja, das ist wahr.

Er brauchte ein Versteck für die Geliebte, deshalb wurde das Heideschloß auf den Fundamenten eines uralten Johanniterklosters errichtet, schnell wie durch Hexerei. Der alte Herr Doktor Lucius auf Gardow hatte sich mit dem Hochmeister gutstellen und die Frau aus Abtey zu einem der sommerlichen Teenachmittage in den Park einladen wollen. Aber Laura von der Weitbrink und ihre Mutter weigerten sich, die Geliebte des Hochmeisters zu empfangen und in ihren Zirkel aufzunehmen. Sie sei nicht gesellschaftsfähig. Der Fliegerleutnant Jürgen Lucius hatte keine Vorbehalte. Das Mädchen sei schön wie ein Kinostar.

Martin verriet in seiner Arglosigkeit, wie sich der junge Lucius noch über mich geäußert hatte, und ich setze wieder den Stift ab, weil es sich nicht zu Papier bringen läßt, schweinisches Zeug im gemeinsten Landserjargon. Ich sei scharf wie ein Rasiermesser und geradezu verrückt nach seinem Schwanz gewesen, denn der Hochmeister habe mich vernachlässigt, weil er wochenlang in schrecklichen Geschäften unterwegs sein mußte. Er sei in die Lücke gesprungen. Ich war fassungslos, ich wollte es nicht glauben.

Liebe Sophie, Martin erzählte mir damals, ohne zu ahnen, wer ich in Wirklichkeit war, daß sich Gerlinde Pottel, so lautet mein tatsächlicher Name, beinahe verzweifelt an den Fliegerleutnant Lucius geklammert hätte, weil sie den Hochmeister verlassen wollte. Der hatte ihr auf flacher Hand die Zyankalikapseln hingehalten, aber sie war ja geradeso alt wie Du und hatte nicht in den Tod gewollt.

Auch das ist wahr. Ich wollte fort, und Jürgen Lucius sollte mir dabei helfen. Der junge Mann war aus bestem Haus und hatte Stil. Er schrieb mir täglich Liebesbriefe und hinterlegte sie an geheimem Ort, Büttenpapier, grüne Tinte, blutrotes Siegel. Ich kann nicht leben, ohne an Dich zu denken. Schöner Kerl, schlank, blond und hochgewachsen. Die Führung hatte ihn zu meinem Ritter bestimmt, und er gefiel mir im Augenblick, als ihn der Hochmeister vorstellte und sich der Leutnant verneigte. Jürgen diente auf einem nahe gelegenen Fliegerhorst und sollte, sobald Gefahr durch die Russen drohte, mit einem Fieseler Storch im Park von Abtey landen, um mich an den Drachensee auszufliegen. Solange der Sommer dauerte, trafen wir uns abends am Klostersee. Damals gab es einen sentimentalen Schlager, den wir summten: Zwei Zigaretten im Dunkeln, ich bin bei dir, und du bist bei mir.

Ich verfiel ihm schnell. Übrigens war sein Schwager im

Juli vierundvierzig erschossen worden. Jürgen war im Innersten der Führung gram. Ich konnte ihm anvertrauen, daß ich mich vom Hochmeister mitsamt seinem grauslichen schwarzen Orden trennen wollte und daß ich meine Vertraute Ira Thurau auf keinen Fall ins Lager zurückschicken konnte. Wir besprachen einen Plan, der Ira und mir die Freiheit bringen würde.

Damals war, von Saßnitz kommend, ein Konvoi schneeweißer Omnibusse des schwedischen Roten Kreuzes nach Ravenstein unterwegs, um kurz vor Toresschluß skandinavische Häftlinge auf neutrales Gebiet zu bringen. Das sollte als humanitäre Geste Nazideutschlands gegenüber den Alliierten verstanden werden und war tatsächlich zwischen Vertretern des Hochmeisters und dem Grafen Bernadotte, einem Neffen des Königs von Schweden, verhandelt und besiegelt worden. Es war unsere Chance. Ira und ich würden mit bestens gefälschten Papieren zusteigen. Jürgen, der einen Sonderausweis besaß, sollte den Jeep zum vereinbarten Stellplatz fahren. Der Plan war auf die Minute abgestimmt. Er mußte gelingen.

Schon grollte die Front. Die Russen, hieß es, stünden vor Niegenburg. Rötlicher Schein am Himmel, die Stadt brenne lichterloh. Ich werde in meinem Leben nicht vergessen, wie ich mich für die Flucht in einen Häftling verwandeln mußte. Ira trieb mich wie eine Aufseherin an. Beinahe hatte ich Angst vor ihr.

Runter mit den Kleidern! Weg mit der seidenen Wäsche! Zieh dich aus. Wird's bald. Und nun genieße zum letzten Mal das Bad mit den Marmorfliesen und den goldenen Hähnen. Unter die Dusche mit dir! Wasch sie dir gründlich von der Haut, die Parfüms, die duftenden Salben. Von jetzt an darfst du nur noch nach dem eigenen Angstschweiß stinken. Auf den Schemel! Beug deinen Nacken wie vor dem Richtblock, damit ich dir die Haare scheren kann, deine prachtvollen Locken. Ach, stell dich nicht an! Ritsch, ratsch, weg sind sie. Und gottverdammt, du hast ja noch immer Lack an den Fingernägeln, sogar an den Zehen. Fort mit dem Zeug! Ja, heul dir die Augen aus, schneuz dir die Nase rot, damit du endlich so häßlich aussiehst wie eine von uns. Streif dir die Lagerwäsche über. Da ist ein Schlüpfer, die ihn vor dir am Leibe trug, mußte ihn vielleicht vor der Gaskammer liegenlassen. Hier ist der gestreifte Häftlingskittel, kriech hinein, stör dich nicht am Geruch der Desinfektionsmittel, riecht immer noch besser als eingeschissen.

Ich schrie: Ira, hör auf!

So ist der Ton in Ravenstein.

Es ist genug!

Ich drehte mich um und sah in der Spiegelwand einen fremden Menschen, dem die Angst aus den Augen sprang.

Wenn doch Jürgen endlich käme.

Es schlug zehn, es schlug elf, spätestens um Mitternacht wußte ich, daß er mich verraten hatte.

In der Morgendämmerung wurde an die Tür gepocht.

Schau du nach, Ira.

Draußen stand der alte O-beinige Gärtner Adam. Er blickte so mitleidig, als hätte er Auftrag, uns zum Schafott zu führen. Es ist Zeit, Thurau, alle sind fort. Auch die Häftlinge aus dem Kräutergarten. Die letzte bist du.

Jetzt sah er mich. Ich fragte zittrig: Was ist mit den Frauen aus Skandinavien geschehen?

Der Alte erkannte mich trotz meiner Verkleidung, jedenfalls nahm er Haltung an und stammelte: Die sind lange abgefahren. Nun müßt ihr euch auf den Weg machen.

Plötzlich wurde der Alte energisch zur Seite geschoben. Auf der Schwelle stand eine Aufseherin in schwarzer Uniform, Pistole in der Faust. Schluß mit dem Palaver!

Ich rief verzweifelt: Moment mal!

Sie keifte: Schnauze!

Ich verlegte mich aufs Betteln. Lassen Sie sich nicht durch mein Aussehen täuschen. Ich bin Gerlinde Pottel, und das Haus gehört mir. Dieser alte Mann wird es bezeugen.

Die Aufseherin lachte. Und ich bin Emmy Göring – und jetzt raus. Sie winkte mit der Pistole. Wir mußten gehorchen. Die Aufseherin bückte sich nach einer der seidenen Brücken aus Persien, die in der Halle lagen, die warf sie sich wie einen Mantel um die Schultern, ehe sie uns abführte.

Nur eine kurze Fahrt im Jeep, wir brauchten nicht bis zum Lager zu fahren, wenige Kilometer vor Ravenstein schwankte uns eine endlose Kolonne entgegen, Frauen im Häftlingskittel, zur Seite Wachmannschaften mit scharfen Hunden. Wir hörten heiseres Gebell, befehlerisches Geschrei: Weiter! Weiter!

Halt. Und runter mit euch!

Die Aufseherin mit dem Seidenteppich auf der Schulter trieb uns mit der Pistole auf den Elendszug zu. Sie schrie: Das sind die beiden letzten! und stieß uns zwischen die Reihen.

Viele der Frauen kamen aus dem Tritt und fluchten. Sie wollten ihren Platz nicht wechseln und wehrten sich. Ich war vor Tränen blind, strauchelte und wäre gestürzt, hätte mich Ira nicht in die Höhe gerissen. Sie blieb dicht an meiner Seite und zischte: Faß dich. Halt endlich Schritt mit den andern. Schneller. Keinen Blick zur Seite. Bleib in der Reihe, starr der Voranstolpernden auf den Rücken und vertritt dich nicht. Zurückbleiben bedeutet den Tod.

Solange ich in Abtey auf der Heide leben mußte, hatten mir der Hochmeister und seine Leute den Anblick von Häftlingen erspart. Mit einemmal war ich selber eines von diesen elenden Geschöpfen und fürchtete mich, weil ich zu vieles wußte. Manchmal hatte ich von blutigen Greueln flüstern hören, vielleicht wartete irgendwo ein Erschießungskommando auf uns. Ich setzte mechanisch einen Fuß vor den andern und sah nicht, daß Frühling war, daß die Birken grünten. Ich lief mit den Verdammten, und vielleicht dämmerte mir erst in dieser Stunde, welche Schuld der Hochmeister, aber auch ich, die das Bett mit ihm teilte, auf uns geladen hatten. Jetzt verfluchte ich, daß ich die Zyankalikapseln zurückgewiesen hatte, und mit jedem Schritt wuchs meine Verzweiflung, aber auch die Erbitterung auf Lucius, der mich verraten hatte.

Aber dann geschah etwas Merkwürdiges. Ein Junge sprang von der Böschung, Dein Vater, Sophie. Er drängte sich in die Reihen, er hat sich in mein Leben gedrängt, und du hast es ja schriftlich, daß ich ihn liebgewann.

Freilich habe ich seinetwegen auch Ängste und Kummer gelitten. Es traf mich wie ein Schlag, als ich dahinterkam, daß der Mensch, der mit seiner hemmungslosen Jagdleidenschaft und Geldgier den Jungen in Lebensgefahr brachte, derselbe Lucius war, dem ich die Schuld an Iras Tod und meinem eigenen Unglück gab.

Er strich in der Nähe herum, er belauerte Martin, konnte mir jederzeit in den Weg laufen, mich erkennen und entlarven. Ich malte mir die Folgen aus. Lucius war nicht nur für Deinen Vater, er war auch für mich ein Risiko geworden, und ich entwarf die finstersten Szenarien, wie wir der Bedrohung entgehen könnten. Selbst Mordgedanken hegte ich in meinem Haß.

Der Augenblick, in dem ich handeln mußte, kam schneller, als ich dachte.

Geschrei vor dem Haus: Aufmachen! Polizei! Sie schlugen mit solcher Gewalt gegen die Tür, daß ich meinte, das Holz müsse unter ihren Fäusten splittern. Aufmachen!

Ich komm ja schon.

Zwei Männer standen draußen, den einen kannte ich, den Ortspolizisten, einen beleibten Kerl mit zerknautschtem

Gesicht, der als ehrliche Haut galt. Der andere ging am Stock, ein hochgewachsener Mann, vierzig vielleicht, mit schmalem Gesicht und kalten Augen. Männer solchen Schlages hatte ich im Gefolge des Hochmeisters gesehen, er stellte sich aber als Mitglied eines Antifaschistischen Bürgerkomitees vor und nannte seinen Namen: Neupeter. Selbstverständlich glaubte ich, mein Stündlein hätte geschlagen, sie wollten aber Martins Zimmer sehen.

Was ist mit dem Jungen?

Er steckt im Keller der russischen Kommandantur, bis man ihn ins NKWD-Gefängnis nach Niegenburg überführen kann. Wir müssen noch recherchieren.

Ich starrte dem Kaltäugigen ins Gesicht. Hatte mir Martin nicht genau so den Kumpan des Jürgen Lucius, den ehemaligen Inspektor auf Gardow, beschrieben, gehbehindert, auffallend schmalgesichtig?

Worum geht es?

Er ist mit einem Gewehr gesehen worden, vielleicht hat er's hier versteckt.

Ich hätte den Bütteln am liebsten zugeschrien, wo sie suchen müßten, in einem Bootshaus am Gardower See, biß mir aber auf die Zunge.

Also, wo ist das Zimmer?

Ich winkte mit dem Kopf nach oben. Der Amputierte polterte hinauf, der Beleibte folgte keuchend, während ich mit verschränkten Armen am Fuß der Treppe wartete und hören mußte, wie sie in der Mansarde krachend alles durcheinanderwarfen. Gottlob, sie würden nichts finden, deshalb konnte ich ein höhnisches Lächeln nicht unterdrücken, als die Männer schließlich mit leeren Händen die Stiege abwärtspoltern mußten.

Ich sagte: Der Bürgermeister ist mein Freund, ich werde mich beschweren.

Neupeter grinste. Dieser Pech wird sich selber verantworten müssen, weil er monatelang einen Verbrecher beherbergt hat. Auch Sie werden noch zum Verhör einbestellt. Und der Knautschgesichtige setzte hinzu: Es geht ja nicht nur um Waffenbesitz. Martin Dobinka gehört zum Werwolf. Er ist einer von diesen jugendlichen Fanatikern, die dem Führer bis heute folgen, treu bis in den Tod.

Das ist eine Lüge, rief ich.

Der Kaltäugige sagte: Wir haben Hakenkreuzplakate gefunden, Zettel mit der Werwolfrune, Morddrohungen gegen Ordnungskräfte.

Dann sind sie gegangen.

Ich weiß nicht, wie lange ich am Tisch hockte, Ellenbogen aufgestützt, Kinn auf den gefalteten Händen, und mein Hirn zergrübelte. Sollte ich den Willi Pech zu Hilfe holen? War er in der Lage, dem Jungen beizuspringen, wie er damals den Frauen und Kindern der Naziaktivisten beigestanden hatte, als sie aus der Stadt verbannt werden sollten, damit Kromberg nazifrei wäre? Willi Pech hatte es gewagt, dem Befehl zu widersprechen, und sich eine Rüge des Kommandanten eingehandelt, eine Drohung sogar. Nein, ich wollte den Bürgermeister aus dem Spiele lassen. Aber konnte ich mich in die Höhle des Löwen wagen? Wie man den Martin denunziert hatte, konnte man auch seine Quartiermutter verdächtigen, verhören, in Widersprüche verwickeln und am Ende herausfinden, wer sie gewesen war. Mein Gott, was dann? War es nicht vernünftiger, sein Bündel zu packen und auf der Stelle zu fliehen, erst einmal bis nach Bayern, und dann der Rattenlinie zu folgen bis zum anderen Ende der Welt, vielleicht nach Asunción, wo es keinen Menschen einfallen würde, eine schöne blonde Frau nach ihrer Vergangenheit zu fragen?

Nein, ich konnte Martin nicht im Russenkeller schmachten lassen. Die Leute erzählten schreckliche Geschichten von fliegenden Militärgerichten, die in der sowjetischen Besatzungszone von Stadt zu Stadt eilten, um mit Verdächtigen kurzen Prozeß zu machen, und sich wenig Mühe gaben, zwischen Gerechten und Ungerechten zu unterscheiden. Die Verhandlungen wurden in russischer Sprache geführt, zwar vermittelten Dolmetscher, so gut es eben ging, aber die Verfahren vereinfachten und verkürzten sich, weil die Angeklagten niemanden zu ihrer Verteidigung hatten. Es zerriß mir das Herz bei dem Gedanken, daß der Junge hilflos fremden Mächten ausgeliefert war. Ich mußte ihm helfen.

Willi Pechs Gerede vom Heiligenschein fiel mir ein. Ich öffnete den Kleiderschrank und mußte eine Weile suchen, bis ich den Häftlingskittel fand. Ich streifte ihn über, und wieder sah ich im Spiegel eine fremde Frau, der die Angst aus den Augen sprang. Es war grimmiger Winter, deshalb nahm ich ein großes schwarzes Umhängetuch mit Fransen, das eine der Pfarrwitwen hinterlassen hatte, aus der Truhe, verhüllte mich und schritt, wie in tiefer Trauer, zur Kommandantur, um Semjon Apt zu sprechen.

Der Posten schüttelte den Kopf und versuchte mich fortzuscheuchen, mit drohender Gebärde und dem Wort: Dawai! Ich wickelte mich fester in mein schwarzes Tuch, verschränkte die Arme und blieb trotzig, wo ich war. Aber die Zeit wurde mir lang wie in jener Nacht, als ich auf Lucius gewartet hatte. Nach Stunden holte mich eine Ordonnanz ins Haus.

Wieder stand ich in der blaugetünchten Weihehalle, blickte auf die roten Fahnen, die ein Porträt des ordensgeschmückten Generalissimus Stalin flankierten, und ging langsam auf die Treppe zu, die hinunter zu den Kellerräumen führte. In diesem Augenblick öffnete sich eine Flügeltür, und Semjon Apt kam mir mit schnellem Schritt entgegen, umweht vom Duft eines Rosenparfüms, ein russischer Jude, kaum älter als ich und der Kommandant von Kromberg, also Herr über

Leben und Tod in dieser Stadt. Er blieb vor mir stehen, kein Zeichen von Freundlichkeit, kein Lächeln, keine Hand, die sich zum Händedruck hob, nur ein Blick aus den Augenwinkeln.

Schalom. Ich grüßte zuerst.

Schalom.

Ich ließ das schwarze Tuch von Kopf und Schultern gleiten, und Semjon Apt blickte finster auf den Häftlingskittel.

Was soll die Maskerade?

Ich will an altes Unrecht erinnern und dich bitten, neues nicht zu dulden. Gib mir den Jungen frei. Bei diesen Worten drehte ich mich der Kellertreppe zu, aber der Kommandant packte mich grob am Arm und riß mich zurück.

Komm, Frau!

Diese zwei Wörter hatten damals einen üblen Klang und bedeuteten immer Gewalt. Ich hörte sie gelassen. Dieser Semjon Apt war ein hübscher junger Mann, der Häftlingskittel war ihm zuwider. Wenn er es wollte, hätte ich ihn ausgezogen, aber der Kommandant ließ mich im Zimmer los, stieß mich zu einem Sessel hin und nahm mir gegenüber Platz. Er redete aufgebracht: Was wir zu unserem Schutz tun müssen und was die Nazis auf dem Gewissen haben, millionenfachen Mord, verbrannte Erde, das unterscheidet sich. Du müßtest es aus eigener Erfahrung wissen. Eure Leute beschuldigen Martin Dobinka des Waffenbesitzes und der Schmiererei von Werwolfrunen. Er ist ein kleiner Nazi.

Das ist nicht wahr.

Erlaube, daß wir es untersuchen.

Wo, Genosse Kommandant?

Dafür gibt es Spezialeinheiten, nächster Sitz ist Niegenburg.

Erkläre mir, was in Niegenburg passiert.

Ich kann nicht darüber sprechen.

Dann nimm zur Kenntnis, daß ich mich für Martin Dobinka verbürge.

Trotzdem muß ich ihn festhalten.

Ich sagte: Der Junge ist unschuldig.

Er zeigte mir das Blatt mit der Werwolfrune.

Ein Stück Papier, rief ich verzweifelt. Die Waffen habt ihr nicht gefunden.

Da fiel mir die tausendmal kolportierte Geschichte ein: Gefangene deutsche Soldaten werden dem Lager entgegengetrieben. Sie wanken durch ein Dorf, taumelnd vor Schwäche, als einem von ihnen die Flucht gelingt. Kaum Aufregung unter den Wachmannschaften, sie greifen sich einen Neugierigen vom Straßenrand und stoßen ihn in die Kolonne. Dawai, ab nach Sibirien! Hauptsache, die Zahl stimmt beim Appell.

Und ich sagte: Ich schlage einen Tausch vor, Semjon Apt. Ich verrate dir, wo die Gewehre versteckt sind und wer der Besitzer ist. Dafür gibst du mir den Jungen.

Darüber läßt sich verhandeln, sagte der Kommandant.

Mitten in der Nacht pochte es an die Tür des Pfarrwitwenhauses. Ich fuhr aus dem Bett, warf mir das Tuch um die Schultern und öffnete.

Martin stand frierend im Schein der Laterne.

Daß ich dich wiederhabe. Ich umschlang den Jungen und zog ihn ins Haus. Setz dich.

Er gehorchte mechanisch, und ich kniete nieder, um ihm die Bänder zu lösen und ihm die Schuhe auszuziehen. Als er dankbar mein Gesicht umfaßte, spürte ich, wie kalt seine Hände waren.

Warte, ich brühe einen Tee.

Er nickte und faßte bald mit klammen Fingern nach der Tasse.

Erzähl doch.

Ich hab mich zum Schweigen verpflichtet.

Soviel ich ihn auch drängte, er verriet nur, daß er bei seiner Freilassung gesehen hatte, wie Jürgen Lucius den Kellergang entlanggeprügelt worden war. Und plötzlich begann er zu schluchzen. Da nahm ich ihn bei der Hand. Laß uns zu Bett gehen. Als sich Martin entkleidete, sah ich wulstige Striemen auf seinem Rücken.

Die alte Frau erhob sich nach einer Weile, sie verstaute sorgfältig die Blätter im Sekretär. Dann kroch sie ins Bett, und es dauerte lange, bis sie endlich Schlaf gefunden hatte.

Am nächsten Morgen machte ihr die Müdigkeit zu schaffen. Sie hatte unruhig geschlafen, besorgte aber ihren kleinen Haushalt wie an jedem Tag. Sie holte das Geschirr vom Gartentisch unter dem Apfelbaum, an dem die Gäste bis in die Dämmerung gefeiert hatten, spülte und putzte die Gläser, und während sie hantierte, ging ihr vieles durch den Kopf. Der Brief an Sophie kam einer Beichte oder einem Geständnis gleich und lag ihr immer noch auf der Seele. Vielleicht wäre es klug, das Papier noch heute in den Ofen zu stecken, damit alles beim alten bliebe, auch ihr Angedenken in Kromberg. Wem nutzte es, wenn die Welt erfuhr, daß sie nicht Ira Thurau war, sondern sich schuldig gemacht hatte? Aber der verrückte Fricke wollte nach ihrem Bilde eine Marienstatue aus Lindenholz schlagen. Leider kein Scherz. Sie war ihm begegnet, als er das Rad durch den Garten schob.

Morgen, morgen.

Wohin denn in aller Frühe?

In die Holzwerke, dort liegt noch mein Material herum, auch ein Lindenstamm. Ich will mit der Arbeit beginnen. Übrigens hatte ich vom Atelierfester aus die Pfarre im Blick. Sophie hat das Haus noch immer nicht verlassen. Die Eltern werden sich grämen. Ich verzichte auf das Mädchen als Modell. Warum sollte ich eine Jungsche nehmen?

Hab nämlich überlegt, wie alt wird Maria gewesen sein, als sie unter dem Gekreuzigten stand, Fäuste auf der Brust, das Schwert im Herzen, mit tausend Schmerzen? Reichen fünfzig Jahre? Ich komme auf Sie zurück, Ira. Dann schwang er sich aufs Rad und fuhr davon.

So kam es, daß Ira den Fricke nicht herbeirufen konnte, als Mike Fiebrich vor der Türe stand. Der hatte schon manchmal die Begegnung mit ihr gesucht, wie kürzlich in der Goldenen Wiege, als er sich in ihr Gespräch mit dem Bildhauer drängen wollte. Der Mann war ihr unheimlich. Sein großsprecherisches Gehabe stieß sie ebenso ab wie die Rücksichtslosigkeit, mit der er seine Geschäfte betrieb.

Die Leute erzählten, wie raffiniert er sich seiner schlecht bezahlten polnischen Maurer erwehrte, als sie ihn unter Druck setzen wollten und höheren Lohn verlangten. Er hatte die eignen Leute als Schwarzarbeiter denunziert und ausweisen lassen, sich selber aber der Bestrafung entziehen können. Ein eigenartiger Vorgang, der manches über den Charakter des Jungunternehmers verriet. Er renommierte am Stammtisch, daß er mit vierzig in den neuen Ländern schon alles erreicht habe, was ein Mann erstreben konnte. Fiebrich fuhr einen protzigen Landrover mit vielen Scheinwerfern, war Mitglied einer Jagdgesellschaft, also Waffenträger, und kleidete sich auch alltags in Jägergrün. Seit einiger Zeit saß er für die schwarze Oppositionspartei im Stadtparlament und machte dem Bürgermeister Dobinka durch hämische Zwischenrufe oder demagogische Widerrede Ärger. Mike Fiebrich war stattlich von Statur und fiel nicht nur durch Jägerloden auf. Der junge Mann war vorzeitig ergraut, beinahe schon weiß, und trug das volle Haar sorgfältig gescheitelt, es stand im Gegensatz zu einem rosigen Gesicht mit vielen Pockennarben. Aber das merkwürdigste an seiner Physiognomie war die Mundpartie, beinahe negroid aufgewulstete Lippen, die ihm erlaubten, süffisant zu lächeln, und Fiebrich lächelte, als die Orgelspielerin an die Türe kam.

Sie wünschen?

Ich muß Sie unbedingt sprechen.

Weswegen?

Das läßt sich zwischen Tür und Angel nicht sagen.

Sie kommen ungelegen. Ich bin mit dem Haushalt beschäftigt.

Frau Thurau, ich störe nicht lange.

Also gut, wenn Sie sich kurz fassen.

Sie öffnete ihm die Wohnzimmertür und bot ihm mit knapper Handbewegung einen Stuhl an. Fiebrich nahm Platz und sah sich aufmerksam um.

Das reinste Museum, lauter Antiquitäten.

Ja, sagte sie, ich wohne gern in alt.

Darf ich? Er sprang vom Stuhl, betrachtete Schreibsekretär und Kommode aus der Nähe, befühlte das Holz und leckte sich die Lippen. Echtes Barock, wundervolle Intarsien. Kennen Sie überhaupt den Wert der Möbelstücke?

Keines gehört mir, sagte sie. Alle sind im Besitz der Kirche, bis auf das Hammerklavier.

Auch ein schönes Stück, meinte er. Ich hätte einen Interessenten.

Die Frau sagte: Sie sind neu in der Stadt, vielleicht wissen Sie nicht, daß ich die Orgelspielerin von Sankt Marien war und noch heute gern musiziere. Ich brauche das Instrument.

Ich weiß, wer Sie sind, sagte Fiebrich und fixierte sie lächelnd. Ich weiß genau, wer Sie sind. Dann nahm er wieder Platz. Aber Sie haben recht, ich wohne noch nicht lange hier. Die Wende hab ich bei Chips und Bier am Fernsehschirm in Hannover erlebt und gedacht: Wahnsinn! Und zu meiner kleinen Frau gesagt: Auf in den Osten!

Ich verstehe, sagte die Frau, Sie zählen zu den Männern mit Pioniergeist.

Er überhörte die Ironie. Ein Westdeutscher, der behauptet, er leiste Aufbauarbeit in den neuen Ländern aus purem Idealismus und habe nicht auf berufliche Verbesserung spekuliert, der ist nicht ehrlich. Ich bin Geschäftsmann, versprach mir Gewinn und habe den Sprung von Niedersachsen ins Mecklenburgische nicht eine Stunde bereut, sondern mir hier im Osten eine Existenz aufgebaut, um die mich mancher beneidet. Mein alter Herr ist stolz auf mich, er lebt in Hannover, aber meine Familie hat hier in Kromberg ihre Wurzeln. Mein Großvater mußte vor den Russen fliehen. Er war Träger des Goldenen Parteiabzeichens und befürchtete Repressalien. Gottlob spielen diese Dinge heute keine Rolle mehr. Er hat damals beinahe alles im Stich lassen müssen, aber mir ist es inzwischen gelungen, das großväterliche Erbe zurückzufordern, ein Haus am Markt, und auch mit Hilfe staatlicher Förderungen zu restaurieren. Heut ist es eines der schönsten Gebäude der Stadt.

Die Frau sagte ein wenig spöttisch: Aber das neue Bestattungshaus wird es übertreffen.

Er nahm die Provokation nicht an und lächelte. Kann schon sein. Übrigens, das Haus am Markt müßten Sie kennen, und meinen Großvater selbstverständlich auch: Doktor Max Fiebrich, Rechtsanwalt und Notar, ein honoriger Mann.

Die alte Frau war während der Unterhaltung im Zimmer stehen geblieben. Vielleicht hatte sie gedacht, ihr merkwürdiger Gast würde das als Hinweis verstehen, sich zeitig zu verabschieden. Jetzt fühlte sie eine Schwäche in den Knien und zog sich einen Stuhl heran.

Fiebrich fragte: Sie erinnern sich?

Sie hob die Schulter. Das alles ist so furchtbar lange her.

Ja, bestätigte Fiebrich, aber eine unglaubliche Geschichte.

Mein Großvater meinte, es handelte sich um den seltsamsten und vielleicht raffiniertesten Fall seiner juristischen Laufbahn, um eine Vermögensübertragung, die er zum guten Ende bringen konnte. Honorar: ein Goldbarren, der hat ihm später in Hannover den Start ermöglicht. Jedenfalls habe ich aus seinem eigenen Munde gehört, daß er kurz vor Kriegsende Abtey auf der Heide, ein Schloß und beträchtliche Ländereien, aus dem Besitz der Geliebten des Hochmeisters an eine andere Frau überschrieben hat, an eine Gegnerin der Nazis, bei der es sicher schien. An Sie, Frau Thurau.

Er hatte während der letzten Sätze die Goldrandbrille geputzt, jetzt hakte es sie an den Ohren ein und starrte auf die alte Frau, um die Wirkung seiner Worte zu beobachten.

Die Orgelspielerin hatte sich inzwischen gefaßt. Sie hatte sich im Leben so oft verstellen und verleugnen müssen, daß es ihr gelang, dem herausfordernden Blick Mike Fiebrichs ruhig zu begegnen. So viel weiß er also, dachte sie, und er weiß, daß ich Ira Thurau bin. Wüßte ich doch, was der freche Mensch von mir will. Schließlich sagte sie: Ja, ja. Es war wohl der Versuch, ein Vermögen vor der sicheren Enteignung zu retten. Er ist fehlgeschlagen. Die Geliebte des Hochmeisters ist tot, und ich bin niemals in den Besitz von Abtey auf der Heide gelangt. Ich habe die Papiere nicht einmal zu Gesicht bekommen.

Aber ich, sagte Fiebrich, besitze eine Kopie des Vertrages von Februar neunzehnhundertfünfundvierzig. Ich habe einen Sitz im Stadtparlament, verfüge auch über einen gewissen Einfluß im Baudezernat, und Frau Breitenwischer, die nette Sekretärin des Bürgermeisters, nimmt gerne teure Pralinen. Sie hat mich im Stadtarchiv kramen lassen, eines Tages bin ich dort fündig geworden: Sie haben Abtey nach dem Kriege der Stadt Kromberg geschenkt. Das Dokument trägt Ihren Namenszug und die Unterschrift von Willi Pech. Er war damals Bürgermeister, ein fanatischer Kommunist, wie ich mir habe sagen lassen. Wahrscheinlich hat er Sie genötigt. Hatte er denn etwas gegen Sie in der Hand?

Sie lächelte ein wenig. Er gebrauchte so eine Redewendung, wenn ich ihm helfen sollte. Thurau, hat er oft gesagt, du kommst aus Ravenstein, für mich trägst du einen Heiligenschein. Laß ihn leuchten! Schließlich hab ich selber dran geglaubt und einen frommen Entschluß gefaßt. Ich wollte mit den Nazigeschichten nichts mehr zu schaffen haben, der Besitz belastete mich, also habe ich ihn für ein Kinderheim hergegeben, aus freien Stücken. Die Sache ist für mich erledigt.

Gottes willen, Frau Thurau, rief Fiebrich. Sie dürfen nicht resignieren. Gewiß, das ist lange her, damals waren viele in Ihrer Lage und wollten verzweifeln. Was sollte ein junges Mädchen in der Zone mit einem Schloß? Besitz wurde geringgeschätzt, er galt als Last. Zehntausende mußten ihre Mietshäuser dem Unrechtsstaat überlassen, weil sie die Gebäude nicht unterhalten konnten. Das ist ein raffinierter Zwang gewesen. Ich bin Mitglied einer großen Partei, die in Kromberg leider keine Mehrheit hat, aber im vereinten Deutschland den Kanzler und die Regierung stellt und Gesetze erlassen hat, die altes Unrecht tilgen werden, Rückgabe vor Entschädigung. Das ist auch Ihre Chance, liebe Frau Thurau. Um es kurz zu machen, ich bin Fachmann, ich bin in der richtigen Partei, ich habe Verbindungen und mache mich anheischig, Ihnen bei der Rückführung von Abtey behilflich zu sein.

Zu welchem Preis, Herr Fiebrich?

Gute Frage. Er lächelte. Auf jeden Fall geht's um Millionen. Sagen wir mal, die Hälfte für mich und die Hälfte für Sie. Dazu ein ganz dicker Obolus, wenn Sie mir als Bauunternehmer das Schloß überlassen würden. Sie wären auf Ihre alten Tage eine schwerreiche Frau, könnten den Heiligenschein ordentlich leuchten lassen und Gutes tun.

Er nennt mich liebe Frau Thurau, dieser Teufel, dachte sie, er will mich mit den Millionen versuchen. Aber nur die Hälfte für mich, das ist eine Unverschämtheit. Warum schreie ich es diesem Menschen nicht ins Gesicht? Ich könnte alles wiederhaben. Warum pocht mir das Herz nicht vor Freude? Warum läßt er mich kalt, der Gedanke an so viel Geld? Vielleicht stößt mich ab, daß es dieser wulstlippige Kerl ist, der mir Reichtum verspricht, oder ich bin ein anderer Mensch geworden, als ich damals war. Ich habe nicht nur den Namen gewechselt und kann deshalb nicht mehr dahin zurück, wo ich einmal gestanden habe. Sie sagte: Wenigstens sind Sie ehrlich. Sie treten nicht aus humanitärer Erwägung für entmündigte Leute ein, die von den Kommunisten übers Ohr gehauen worden sind. Sie wollen Ihren Schnitt machen.

Ja, sagte er und lächelte, weil ihn die Alte offensichtlich endlich begriff. Es ist ein Geschäft. Ich habe große Pläne, ich brauche Geld, ich muß bauen, ich will eine Spur hinterlassen in dieser zurückgebliebenen Region.

Und ich, sagte die alte Frau, will nicht, daß man alle Spuren verwischt. Schloß Abtey trägt den Namen: Kinderheim Ira Thurau. So soll es bleiben

Eine Illusion, meinte Fiebrich, Frau Thurau. Jetzt wollen wir Tacheles reden. Ich bin nicht der einzige Interessent. Ein gewisser Doktor Jürgen Lucius erhebt Anspruch und behauptet, das Vorwerk von Gardow sei seiner Familie neunzehnhundertdreiundvierzig vom Hochmeister der SS abgejagt worden. Dieser Lucius ist in der Stadt, er verhandelt mit dem Bürgermeister. Wir müssen ihm zuvorkommen.

Der Orgelspielerin war kalt geworden, als sie den Namen Lucius hörte. Sie sagte: Ich muß mir das durch den Kopf gehen lassen. Dann erhob sie sich, um ihren Gast zu entlassen.

10
Widersacher und Freunde

Gerd Fricke sollte recht behalten, die Dobinkas wunderten sich, als Sophie nicht am Frühstückstisch erschien. Ihr Bett sei unberührt, berichtete Frau Kornelia, und ihre Ohrgehänge klirrten, was auf Gemütsbewegung schließen ließ.

Ich mache mir Sorgen, Martin. Ihr wird doch nichts zugestoßen sein.

Dobinka reagierte mit einem Grinsen. Damit war zu rechnen, eines Tages spricht die Natur, das Mädchen ist zwanzig.

Kornelia besaß die gleichen braunen Kulleraugen wie ihre Tochter, sie funkelten, als sie auf ihren Gatten blickte. Typisch Mann, alles auf diese Ebene herunterzuziehen.

Auf Betthöhe, korrigierte er. Übrigens weiß ich, daß du mit siebzehn die Unschuld verloren hast.

Martin, wir waren jung, wir waren hübsch, wir haben zusammengepaßt. Weißt du, wo Sophie gestern gefeiert hat?

Beim ergrauten Bildhauer Fricke. Der hat seine Potenz längst versoffen, auch die künstlerische, besitzt aber noch einen Rest verworrener Phantasie, deshalb schwärmt er von einer Venus von Kromberg, deren Brüste abstehen wie die Puffer eines Eisenbahnwaggons.

Widerlicher Vergleich.

Dobinka nickte. Ich habe ihm gedroht: Mein lieber Gerd, sobald ich höre, daß du ein nacktes Weib aus dem Holze schlägst und damit meine Tochter ins Gerede bringst, schließe ich deine Verkaufsgalerie in der Goldenen Wiege und schmeiße deine verdammten Katzen aus den Regalen, dann sieh doch zu, wer dir ein Bier spendiert. Nein, Fricke wird ihr nicht zu nahe kommen. Es will mir aber scheinen, als scharwenzelte dieser Mike Fiebrich zu oft um das Mädchen herum. Er zieht sie in Gespräche, er scherzt und macht ein Schmatzmaul.

Fiebrich ist verheiratet.

Kein Hinderungsgrund für einen Schürzenjäger, meinte Dobinka und sprach möglicherweise aus eigener Erfahrung. Er hatte in jungen Jahren nichts anbrennen lassen, wie man so sagt, und erzählte, was er im Vorbeigehen an einem der Kneipentische aufgeschnappt hatte. Fiebrich sei in Schwierigkeiten, er habe sich nicht nur beim Bau des pompösen Bestattungshauses übernommen, die Firma treibe in den Bankrott, und die Frau mitsamt dem Söhnchen Alexander sei zu den Eltern nach Hannover abgehaun. Fiebrich allein zu Haus, in finanziellen wie in sexuellen Nöten, und da begegnet ihm ein schönes Mädchen aus, warum soll man das nicht sagen, begüterter Familie. Er leckte sich die Lippen.

Diesen Fiesling nimmt unsere Tochter nicht, behauptete Kornelia. Sie hat einen aparten Geschmack, das ist es ja gerade. Und nun red mir nicht länger von Fricke und Fiebrich, ich fürchte, sie schont das eigene Bett, weil sie mit dem Pastor schläft.

Gelobt sei Jesus Christus, meinte Dobinka, so sprach meine Mutter immer, wenn sie einen Schreck bekam, und schlug drei Kreuze. Wie kommst du auf den?

Ist dir nicht aufgefallen, wie er ihr den Hof macht?

Das tun viele.

Er kommt jeden Tag zum Essen.

Der Mann wird hungrig sein. Macht ihn das schon verdächtig?

Achte mal drauf, wie groß die Portionen sind, die sie dem Pfarrer an den Tisch schleppt. Sie füttert ihn wie einen Leistungssportler.

Das wird die Goldene Wiege nicht zugrunde richten.

Kornelia klagte weiter: Du bist zu oft als Amtsperson unterwegs, im Geschäft entgeht dir manches. Ich kann mich auf Sophie nicht mehr verlassen, sie ist beinahe öfter in der Kirche als in der Kneipe. Martin, man darf doch die Dinge nicht einfach auf sich zutreiben lassen. Ich denke voraus und frage also: Wie soll das enden?

Dobinka hob die Schultern. Er ist ein kräftiger, hübscher Kerl. Bestenfalls macht er ihr ein schönes Kind.

Ha, rief sie, aber heiraten wird er sie nicht.

Was steht dagegen?

Dein Geiz.

Ich würde mich die Feier was kosten lassen.

Aber damals hast du gesagt: Ich verdiene zuwenig bei der Holzindustrie und hab zu viele Abzüge. Die Kirchensteuer können wir uns sparen. Wir treten aus! Vielleicht vertrug sich die Frömmigkeit auch nicht so richtig mit deiner Kampfgruppe.

Dort bin ich ebenfalls ausgetreten.

In die Kirche sollten wir wieder eintreten.

Er antwortete mit seiner Redewendung: Das fangen wir gar nicht erst an.

Martin, wenn Sophie ein Verhältnis mit dem Pfarrer hat, ist der Konflikt vorprogrammiert. Er muß es ja von Berufs wegen mit dem lieben Gott halten und mit dem Heiligen Geist, aber das arme Kind ist weder konfirmiert, noch ist sie getauft, sie ist eine Heidin.

Den Nachteil wiegt sie durch Schönheit auf. Häng dich da bloß nicht rein, Körnchen. Wenn der Pastor sie liebt, wird er sie auch ohne deine Hilfe bekehren.

Im Gegensatz zu seiner Frau amüsierte Dobinka die Geschichte mehr, als daß sie ihn bekümmerte. Ein Pastor als Schwiegersohn, warum denn nicht? Geschäftsschädigend würde sich die Verbindung nicht auswirken, vielleicht ließe sich sogar an der Beschaffung des Abendmahlweins ein wenig verdienen, und rein optisch betrachtet, paßt Sophie zu ihrem Gottesknecht. Sie trägt gerne Schwarz. Fragt sich allerdings, ob sie als Pastorenfrau weiter kellnern dürfte. Wahrscheinlich kaum mit dem offenherzigen Dekolleté, aber ein goldenes Kreuz im Ausschnitt bannt den bösen Blick, und für Dobinkas Rathauspolitik könnte ein Familienmitglied im Lager der schwarzen Krawallmacher geradezu ein Segen sein.

Er strahlte, als Sophie mit einem fröhlichen Hallo! die Küche betrat. Sie umhalste und küßte ihren Vater hinterrücks, neigte sich auch der Mutter zu, die ihre Mundwinkel immer noch hängen ließ.

Wo kommst du denn her?

Von Jochen, sagte Sophie nach einem Augenaufschlag und sprach diesen Namen auf mecklenburgische Weise mit einem doppelten O, von Joochen also. Er lasse herzlich grüßen.

Dobinka dankte. Eine Tasse Kaffee?

Sophie verneinte freundlich, sie habe bei Jochen ausführlich gefrühstückt, sei gestärkt und bestens gelaunt und warte auf die mütterlichen Befehle.

Das Gemüse, Kind. Beeil dich, daß du auf den Markt kommst. Der Einkaufszettel liegt auf dem Tresen.

Bin schon unterwegs.

Nur ein Weilchen, und die Eltern hörten, daß sie im Hof ihren Polo startete. Kornelia sinnierte: Martin, ich sag dir, wir kriegen ein Problem, als hätten wir nicht schon genügend am Halse. Sie füllte noch einmal Dobinkas Tasse und fragte mit besorgtem Blick: Hast du dich mit Lucius verständigen können?

Wir haben ein paar Gemeinsamkeiten, wir sprechen die gleiche Sprache. Er ist ein paar Jahre älter als ich, trotzdem sind wir noch generationsverbunden. Eine Zeitlang hab ich auf Gardow gelebt, er ist mein Freund gewesen, und manchmal spüre ich, daß wir uns heute noch sympathisch sind. Das gräßliche Ende des Krieges hatte uns einander nahegebracht, aber dann sind Lucius und ich beinahe ein halbes Jahrhundert auf unterschiedlichen Wegen gewandert, er in seinem freizügigen Deutschland, ich in meinem zugesperrten. Kein Wunder, daß er mir an Weltläufigkeit überlegen ist, er hat jahrelang als Jurist die Geschäfte eines deutschen Konzerns in Argentinien geführt, an Bildung ist er mir auch überlegen, ein hochstudierter Mann. Was führe ich ins Feld? Die Schlosserlehre, meinen Gerechtigkeitssinn und ein bißchen Menschenfreundlichkeit. Aber was wiegt das heute? Will sagen, Körnchen, wir betrachten die Welt und die Dinge, die sie bewegen, mit verschiedenen Augen. Manchmal denke ich, er ist der Herrensohn geblieben, und ich bin immer noch der Armeleutejunge. Wie soll ich mich mit ihm verständigen?

Ach Gottchen. Kornelia erhob sich halb vom Sitz und beugte sich weit über den Küchentisch, um ihren Mann zu küssen. Du brauchst dein Licht nicht unter den Scheffel zu stellen. Du siehst besser aus als er, du hast mich. Du bist der Bürgermeister von Kromberg.

Dobinka blickte zur Uhr und sprang auf. Er lachte ein bißchen. Was das wert ist, kann ich dir am Abend sagen. Ich treffe mich heute mit meinem Freund und Widersacher.

Kornelia hob sich auf die Zehenspitzen, um ihren Mann beim Abschied zu küssen. Dann sagte sie: Ich drücke dir die Daumen.

Es lag auf der Hand, daß vom Ergebnis der Auseinandersetzung mit Lucius das Schicksal der Mecklenburgischen Holzwerke abhing. Die Männer waren sich nach vielen Gesprächen über gemeinsame Jugenderlebnisse ein wenig nähergekommen. Dobinka hoffte deshalb, daß sich der andere nicht länger jedem Argument verschließen würde. Er hatte sich vorbereitet und mit Gabi Breitenwischer ernste Worte gewechselt, denn auch von ihrer Mitwirkung würde in gewissem Sinne die Begegnung der Kontrahenten beeinflußt. Sie war für das Atmosphärische zuständig.

Zieh dir was Schönes an.

Ich habe noch so was Glitzriges im Schrank.

Je glänzender, desto besser, sagte Martin Dobinka, der in Modefragen kein Fachmann war. Und jetzt kommen wir zur Bewirtung. Ich hoffe, du weißt inzwischen, daß es sich bei Herrn Doktor Lucius um einen Mann von Welt handelt.

Gabi nickte eifrig und ergänzte: Der Mensch hat Stil und Knete dazu. Ich werde ihm um den Bart gehen.

Du warst ja nicht mal in der Lage, seinen Wunsch nach einer anständigen Tasse Tee zu erfüllen, sondern hast wahrhaftig von Pfefferminztee gefaselt.

Auch von Hagebutte.

Noch schlimmer, hatte Dobinka gemeint und Frau Breitenwischer in die Spur gesetzt, wie die Redensart sagt. Wir müssen uns als lernfähig erweisen, auch in punkto Lebensart. Besorg einen kräftigen schwarzen Tee, er wird die friesische Mischung bevorzugen. Kauf Kandis, dicke Klüntjes, die mit leisem Knall zerspringen, wenn man sie mit dem Sud übergießt. Wir brauchen Teegeschirr, auch ein Stövchen, am besten englisches Zeug. Ein Deckchen, Servietten und leckeres Buttergebäck – er schnalzte mit der Zunge. Rechnung an mich.

Der Auftrag war nach Gabis Herzen. Sie hatte lächelnd das Gebiß entblößt, geht klar! gesagt und ein paar Stunden freigenommen. Dann war sie nach Hohenzedlitz gefahren, um in der Kreisstadt einzukaufen.

Dobinka hatte die Stirn gefaltet, sich sonst aber der Kritik enthalten, als er die Kassenzettel prüfte, und er sparte schließlich nicht mit Lob beim Anblick des hübsch dekorierten Teetischs, auf dem sogar eine Kerze brannte. Gut gemacht, Gabi.

Da stand sie, erstaunlich anzusehen, in silbrigem Gewirke, das ihre Wölbungen schimmernd betonte, und lächelte siegessicher. Der Herr mag kommen.

Dobinka hatte eigenhändig eine Reproduktion der sogenannten Schmettauschen Landkarte an die Stirnwand des Dienstzimmers geheftet. Sie dokumentierte die erste genaue Vermessung der Stadt Kromberg und ihrer Umgebung aus dem Jahre 1780 und war um topografische Veränderungen der späteren Jahrhunderte ergänzt worden, Kanalbauten, Landstraßen, Eisenbahnlinien undsoweiter. Lucius würde auf einen Blick erkennen, wie anmutig sich die Mecklenburgischen Holzwerke ans Seeufer schmiegten und wie vorteilhaft sie mit eigenem Hafen an die Wasserstraßen, aber auch an das Schienennetz der ehemaligen Friedrich-Franz-Eisenbahn angebunden waren.

Da kam er schon, mit einem Händedruck für den Bürgermeister, Verneigung und Handkuß für die glitzrige Frau Breitenwischer, die sich am liebsten mit dem Wort: Wahnsinn! bedankt hätte.

Lucius war leger und wie für einen Ausflug gekleidet, buntes Seidentuch im offenem Hemd. Er schritt am Teetisch vorüber und trat dicht vor die Schmettausche Karte hin, um sie zu inspizieren. Schließlich winkte er den Bürgermeister neben sich. Kommst du mal! Er deutete mit dem Zeigefinger einen Ring an, der das Areal der Mecklenburgischen Holzwerke umschloß, und sagte: Es muß auch dir ins Auge springen, daß die Fabrikanlagen durch den Boblitzsee, die wachsende Stadt Kromberg und das Bahnhofsgelände mit dem Schienennetz der Bahn unverrückbar begrenzt, ja regelrecht abgeschnürt werden. Erweiterung ist ausgeschlossen, und sie wäre die einzige Chance. Die Holzindustrie hängt in einer Schlinge, die sie strangulieren muß. Exitus!

Er sagte das so kalt und teilnahmslos wie ein Richter, der den Todesspruch verkündet.

Dobinka entgegnete ärgerlich: Wir wollten darüber reden, du fällst das Urteil im voraus, wurde aber von Gabi Breitenwischer übertönt, die mit der Teekanne heranwogte, um sie auf dem Stövchen niederzusetzen, und rief: Erst trinken wir mal eine gute Tasse Tee, nicht wahr, Herr Doktor? Später kann gestritten werden.

Lucius wies ihren Vorschlag zur Güte zurück. Ich sehe, daß Sie sich Mühe gemacht haben, meine Teuerste, aber mir ist nicht nach Tee. Ich will Ihren Chef zu einer Exkursion einladen. Wir fahren nach Abtey auf der Heide. Was zu besprechen ist, kann unterwegs besprochen werden. Heut ist ein wunderschöner Tag, wir könnten wie in unserer Jugendzeit probieren, ob man schon ins Wasser steigen kann.

Mit diesen Worten verließ er das Dienstzimmer, nachdem er der Breitenwischer einen flüchtigen Gruß zugewinkt hatte. Der Bürgermeister folgte achselzuckend.

Frau Gabi beugte sich enttäuscht über die fein gedeckte Tafel, um die Kerze auszublasen, dann ergriff sie energisch die Kanne und schritt zur Damentoilette, um die ostfriesische Mischung zu entsorgen. Sie braute sich einen Kaffee, in dem der Löffel stand, plazierte den Pott neben ihrem Computer und holte dann die Schale mit dem Buttergebäck, das sie in aller Genüßlichkeit verzehrte.

Lucius chauffierte den Wagen bei geöffnetem Verdeck gemächlich über die Dörfer. Der Fahrtwind zerzauste den Männern das Haar. Es war Anfang Mai, grellgelbe Rapsfelder zogen vorüber, begrenzt vom bläulichen Gewölk der

Wälder. Manchmal glänzte ein See in der Senke, und die Sonne störte nicht, solange sie eine der Alleen durchfuhren, Linden oder Ahornbäume, die schon im Laub standen und schützend ihre Zweige breiteten.

Dobinka sagte: Willst du tatsächlich ins Wasser steigen? Ich warne dich, die Seen erwärmen sich erst im Juli richtig.

Warst du noch bei der Hitlerjugend?

Dobinka schüttelte den Kopf.

Sonst hättest du gewußt, daß es für jeden Hitlerjungen ein Muß war, an Führers Geburtstag anzubaden. Der Termin ist längst verstrichen.

Ich hab nicht mal ein Handtuch dabei, sagte Dobinka, und Lucius meinte: Auf dem Rücksitz liegt eins. Wer wie wir in einem Bett gelegen hat, kann auch das Badelaken teilen. Plötzlich hielt er den Wagen an. Willst du mal fahren?

Wenn du mir den teuren Schlitten anvertraust.

Was soll passieren?

Sie tauschten die Plätze, und Dobinka lenkte das Gefährt mit besonderer Vorsicht über kurvenreiche Straßen, während Lucius sich zurücklehnte und den Blick übers Land genoß.

Ich hatte vergessen, wie schön Mecklenburg ist, und bin froh, wieder daheim zu sein. Diese Farben, dieses gleißende Licht über den Seen.

Dobinka hatte zu tun, den fremden Wagen in die Hand zu bekommen, und sagte nach einer Weile: Du äußerst zum ersten Mal Zuneigung für diesen Landstrich. Das gefällt mir. Seit deiner Heimkehr hast du abschätzig über die wirtschaftliche Rückständigkeit in Mecklenburg gesprochen, aber jedes Ding hat zwei Seiten. Jetzt erlebst du, was sich gerade aus diesem Grund erhalten hat, beinah unberührte Natur, ein Schatz, um den man uns beneiden muß. In der Umgebung von Kromberg nisten noch an die zwanzig Seeadlerpaare.

Schwärmerei, meinte Lucius.

Faktum.

Uns geht es heute um die Industrie. Glaub einem Fachmann, Martin, die neuen Länder sind durch vierzig Jahre kommunistischer Mißwirtschaft zugrunde gerichtet. Es bleibt nichts übrig, als die unbrauchbaren Strukturen zu zerschlagen. Das belegen wissenschaftliche Studien. Ich versuch mal einen Aufsatz zu referieren, den Professor Barnim, ein Historiker von Rang, kürzlich veröffentlicht hat. Der heutige Zustand bei euch in den neuen Ländern unterscheide sich grundsätzlich von der Lage in Westdeutschland nach dem verlorenen Krieg, denn damals stiegen weitgehend ungebrochene Menschen aus den Bombenkellern, um die Trümmer beiseite zu räumen. Aber das DDR-Regime hat sich beinahe ein halbes Jahrhundert Zeit lassen können, die Leute geistig zu verzwergen, ihre Ausbildung und Erziehung so lange zu verhunzen und zu versauen, bis jeder nur noch ein hirnloses Rädchen im Getriebe war, ein willenloser Handlanger des Systems. Ob sich im Osten einer Jurist schimpfe oder Ökonom, Pädagoge, Psychologe, ob sich einer Arzt oder Ingenieur nenne oder – entschuldige … – Bürgermeister, sein Wissen sei unbrauchbar, jedenfalls über weite Strecken.

Dobinka trat so heftig auf die Bremse, daß der Wagen in den Federn wippte und am Straßenrand hielt. Schwachsinn!

Selbstverständlich hat Barnim die Probleme ein wenig zugespitzt.

Dobinka stieg aus und schlug die Autotür so heftig zu, daß Lucius protestierte. Vorsicht!

Warum hast du bloß einen hirnlosen Ossi ans Steuer gelassen?

Martin, rief der andere, du bist nicht gemeint. Du warst schon immer ein schlaues Kerlchen und hast dich auf ziemlich raffinierte Weise den Machthabern entzogen und die Kampfgruppe verlassen. Vom Kommandanten zum Kneipier, Respekt.

Um das Amt des Bürgermeisters habe ich mich beworben, weil ich dem bornierten Hochmut von Leuten wie dir Paroli bieten wollte. Jürgen, ich finde dich zum Kotzen.

Vergaloppier dich nicht, mein Junge.

Was weißt du von uns. Was weißt du von den Menschen, die in der Holzindustrie rackern, ein paar hundert Leute. Sie waren über Jahre genötigt, dem Mangel mit Einfallsreichtum zu begegnen, helle Köpfe, bestens trainiert durch den ständigen Zwang zur Improvisation, meine Freunde, und du erzählst mir in deiner unglaublichen Arroganz von verzwergten Typen. Menschenschrott, den man getrost beiseite werfen kann. Es sind die gleichen Leute, die sich zu Tausenden auf den Märkten oder in den Kirchen versammelt hatten, um zu demonstrieren, daß sie die Schnauze voll hatten. Sie waren es, die mit ihrem massenhaften Druck die Mauer umgeworfen haben. Wozu? Gewiß nicht, um Männer wie dich ins Land zu holen, die ihnen an die Gurgel gehen.

Auch Lucius hatte den Wagen verlassen und den Dobinka mit einiger Verblüffung angehört. Jetzt sagte er: Du hast eine Begabung für die Politik und taugst zum Bürgermeister. Du bist ein schlauer Demagoge und gar kein schlechter Rhetoriker. Wo hast du das gelernt?

Ich hab immer versucht, mich gegen Ungerechtigkeit zu wehren, zum Beispiel, als ich bei der Kampfgruppe plötzlich mit dem Schlagstock üben sollte. Das war nicht ungefährlich. Warum sollte ich ausgerechnet vor dir zu Kreuze kriechen?

Lucius sagte versöhnlich: Ich habe mich verstiegen, als ich diesen Professor zitierte. Tut mir leid. Er langte nach dem Badetuch auf dem Rücksitz und warf es sich über die Schulter. Komm, gehen wir hinunter zum See.

Der Pfad war so schmal, daß die Männer Mühe hatten, nebeneinander zu wandern. Lucius packte den anderen beim Arm und wiederholte: Tut mir leid.

Dobinka machte sich frei. Erwarte bloß nicht, daß ich mich auch entschuldige.

Geschenkt. Nach einer Weile sagte Lucius: Du hast mit Verve den Einsatz der Arbeiter gepriesen, die Pfiffigkeit der Ingenieure, die ständig improvisieren mußten, also weißt du, daß die Anlagen auf Verschleiß gefahren worden sind.

Selbstverständlich müßte vieles erneuert werden. Heute hätten wir die Möglichkeit. Ich kann mich nicht damit abfinden, daß der Betrieb vernichtet werden soll. Ich glaube, du weißt, daß meine Eltern tot waren, daß ich niemanden hatte, als mich der Krieg in diese Gegend verschlug. Die Holzwerke sind für mich so etwas wie mein Zuhause gewesen, meine Sicherheit, meine Familie. Ich häng immer noch dran.

Der Schulaufsatz von Ernst Fiebrich fiel ihm ein, auch Lucius hatte ihn gelesen und sich darüber lustig gemacht: »Die Holzwerke und Hermann Göring«. Eines hatte dieser Junge begriffen, die Fabrik war die Lebensader von Kromberg und hatte so viel Gewinn abgeworfen, daß es auch für die Stadt von Vorteil war. Der Kleine berichtete stolz, daß an der Adolf-Hitler-Straße ein Park angelegt und das Kriegerdenkmal verschönt werden konnte, aber später, im Krieg, als das Werk durch Kungelei mit den Herren vom Siedlungshauptamt der SS in den Mitbesitz der Familie Lucius gelangt war, hatte man die Produktion in den Dienst der Rüstung gestellt. Die Mecklenburgischen Holzwerke produzierten massenhaft Flugzeugteile für den Krieg. Dobinka sagte: Ich bin dabeigewesen, als der Betrieb nach dem Krieg demontiert und bis auf das letzte Maschinenteil als Reparationsleistung nach Rußland gekarrt werden mußte.

Keine Ahnung, ob der Schrott jemals am Zielbahnhof angekommen ist. Zurück blieb rattenkahles Gemäuer zwischen Distelwäldern, Trümmerreste auf der Brache, und ich erzähl dir das alles, weil ich schon einmal die gnadenlose Zerstörung der Holzwerke von Kromberg erlebt habe. Mir graut vor der Wiederholung, diesmal durch die eigenen Landsleute.

Sie waren inzwischen bis an die schilflose Bucht des kleinen Sees gelangt, die sie von der Landstraße aus erspäht hatten, und fanden hinter Gesträuch einen übersonnten Rasenfleck, auf den sie sich niederwarfen. Für eine Weile schwiegen beide, bis Dobinka wieder zu erzählen begann.

Mit achtzehn hatte ich meine Schlosserlehre beendet. Da erschien eines Tages Willi Pech in der Werkstatt, Hände in den Hosentaschen, Mütze aus dem Gesicht geschoben, freundliches Grinsen. Ich suche einen jungen, geschickten und verschwiegenen Mann wie dich. Er schmierte mir Honig ums Maul, und ich war dem Alten längst nicht mehr gram.

Was ist Sache, Willi?

Er hatte einen verwegenen Traum, er wollte die Mecklenburgischen Holzwerke wieder aufbauen, wenigstens das Sägewerk in Betrieb nehmen, ehe die Hallen vollends verkamen. Pech hatte ausgekundschaftet, daß in Forst, in der Lausitz, eine stillgelegte Textilbude verfiel. Die Russen hatten sämtliche Webstühle weggeschleppt, aber die Anlage zur Dampferzeugung stehengelassen. Nun rosteten zwei kombinierte Flammrohr- und Rauchrohrkessel, Baujahr 1904, still vor sich hin, während wir sie hätten gut gebrauchen können.

Du wirst dich mit zwei Kumpeln auf den Weg machen und die Kessel ohne Aufhebens demontieren. Ganz koscher ist die Sache nicht, uns fehlt ein Ukas der Besatzungsbehörde, also bekommst du Gefahrenzulage und doppelte Lebensmittelkarten, damit du bei Puste bleibst. Wir bereiten hier vor Ort schon mal die Fundamente vor.

Das Abenteuer lockte, ich schlug ein, und dann ab nach Forst in der Lausitz. Ich war zwar auf dem Treck gewesen, hatte aber niemals mit der Eisenbahn eine so weite Reise unternommen. Zwei Männer begleiteten mich, der eine war Fritz, ein Schlosser, ein athletischer Kerl von dreißig Jahren und erfolgreicher Junggeselle, der andere, kaum älter, hieß Herbert, ein spillriger Elektriker, war längst verheiratet, prahlte aber während der Fahrt so angeberisch wie sein Kumpel von scharfen Weibern, die sie aufs Kreuz gelegt hätten, um es ihnen so oder so zu besorgen. Ich hörte zu, wußte mit achtzehn längst, wozu mir einer gewachsen war, und kriegte nicht mal rote Ohren. Aber das Skatspiel habe ich von ihnen gelernt.

Es folgten wilde Wochen. Wir pennten in einer billigen Absteige, haben tagsüber in der Textilbude an den Kesseln geklopft und geschraubt und nachts die Kneipen und Tanzböden aufgemischt. Herbert konnte auf den Händen gehen und Salto schlagen, der andere glänzte als der beste Tangotänzer. Bald hatte sich jeder von ihnen ein gut gewachsenes Weibsstück aufgerissen, der schöne Fritz sogar die Witwe eines Fleischermeisters mit florierendem Geschäft, die ihn so gut versorgte, daß für seine Freunde reichlich übrigblieb. Er vergalt ihr die Freundlichkeit nach Leibeskräften und hat mir verraten, daß ihm die Fleischerswitwe täglich einen Wunder wirkenden Liebestrank reichte, einen Becher, bis an den Rand gefüllt mit dem Blut eines frisch geschlachteten Bullen. Fritz brüstete sich, er könne mühelos einen vollen Eimer am aufgerichteten Pimmel tragen und es der Witwe mehr als einmal machen, ohne sich zurückzuziehen. Ich hab der Platzanweiserin des Kinos schöne Augen gemacht, mit dem Erfolg, daß ich kostenlos jeden Film betrachten durfte, der damals auf die

Leinwand kam, vom Panzerkreuzer Potemkin bis zum Weißen Traum.

Unsere Arbeit war dreckig und schmierig, eine Zeitlang litt ich gräßlich an einem vereiterten Fingernagel. Fritz half wie Doktor Eisenbart, er legte meinen Daumen unter die Ständerbohrmaschine und bohrte den Nagel vorsichtig auf. Bis zur Abschiedsfeier war ich geheilt.

Schließlich standen wir drei, bleich, übernächtigt und weich in den Knien, vor dem Bürgermeister Pech, um den Vollzug der Kommandosache Forst zu melden. Jungs, sagte der Alte, ihr seht überanstrengt aus. Habt ja auch eine Heldentat vollbracht. Leider hab ich keinen Orden zu vergeben, dafür bekommt ihr noch eine Weile die Lebensmittelkarte für Schwerstarbeiter. Ihr müßt euch erholen.

Die Kessel rollten auf der Schiene ihrem Ziel entgegen und wurden schließlich mit Hurrageschrei an die Rampe geschoben. Unser Raubbau konnte sich vollenden, die Fundamente trockneten schon. Mensch, jetzt hatten wir einen Dampferzeuger in Betrieb, aber kaum brauchbares Heizmaterial. Ganz Kromberg wurde Zeuge, wenn die Heizer die Klappe hoben, um nachzuschütten, denn im nächsten Augenblick spie der Schornstein Rauchwolken, so schwarz, daß sie die Sonne verdunkelten, und die Leute klatschten in die Hände: Die Mecklenburgischen Holzwerke arbeiten wieder. Ich hatte die Dampfkessel herangeschafft, und mir war, als hätte ich damit einen persönlichen Anteil eingebracht. Ich sah die Bude tatsächlich wie mein eigen an und die Kumpel als meine Familie. Jürgen, ich fürchte, du wirst das nie begreifen.

Es dauerte eine Zeit, bis Lucius antwortete. Versteh schon, daß ihr euch den Arsch aufreißen mußtet, um wieder auf die Beine zu kommen. Er hockte neben Dobinka im Grase, umspannte das angewinkelte Bein mit verschränkten Händen und blickte auf den Freund von einst. Du hattest es gut, du konntest dich ins wilde Leben werfen, als ich hinter Stacheldraht gefangensaß. Du hattest Spaß, als ich mich verzweifelt nach Freiheit sehnte, nach Vater und Mutter, die gar nicht wußten, wohin man mich verschleppt hatte. Ich hab im Lager Siebeneichen gesessen und drei Jahre und fünf Monate zugesehen, wie viele junge Kerle starben, am Hunger, an der Tbc. Mich hat der Haß aufrechtgehalten, der Wunsch nach Vergeltung, der Gedanke, daß ich ihn aufspüren und jagen wollte, diesen Hund, dem ich die schlimmsten Jahre des Lebens verdankte.

Er hatte sich in Hitze geredet, nun schwieg Lucius, um sich zu beruhigen, aber er behielt den Dobinka im Blick und sagte endlich: Es bleibt mir bis heute ein Rätsel, daß man mich zur gleichen Stunde in den Keller der Kommandantur sperrte, als du entlassen wurdest. Es muß irgendeinen Zusammenhang geben, einen Sinn haben.

Ich erkenne ihn nicht, antwortete Dobinka gereizt. Neupeter hatte mich zu den Russen gebracht, ein Mann aus deinem Bekanntenkreis. Er ist bald darauf aus Gardow verschwunden, übrigens in Gesellschaft von Laura von der Weitbrink.

Ja, sagte Lucius, sie hat ihn schließlich doch genommen. Beide leben nicht mehr. Als ich geholt wurde, hat sich meine Schwester großartig verhalten. Es war schon Nacht, die Kinder schliefen längst, als sie gegen die Tür des Inspektorhauses schlugen. So brutal wagten nur die Russen Einlaß zu fordern. Laura mußte öffnen. Sie drangen wie zum Sturm ins Haus, zwei Soldaten, Knarre mit aufgepflanztem Seitengewehr in den Pranken. Ein geschniegelter Offizier. Ich stand mit dem Rücken gegen den Kachelofen gelehnt, aber die Eiseskälte durchdrang meinen Leib, ein ziehender Schmerz, bis in die Fingerspitzen zu fühlen. Angst!

Der Offizier musterte mich und fragte in verständlichem Deutsch: Sind Sie Jürgen Lucius?

Der bin ich.

Mitkommen.

Ein Wink, der Offizier und seine Eskorte traten einen Schritt auf mich zu, aber Laura stellte sich ihnen entgegen und sprach, jedes Wort akzentuierend: Ich bin Frau von der Weitbrink, und das war mein Mann. Sie zeigte auf Albrechts Bild mit dem Trauerband am Rahmenwinkel. Er war im Widerstand gegen Hitler und ist dafür erschossen worden. Sie blickte von einem zum anderen und sah, daß die Gesichter der Russen ausdruckslos blieben. Da schrie sie plötzlich das Wort: Erschossen! Und starrte auf die Gewehre der Soldaten, als könnten diese augenblicklich abgefeuert werden.

Wieder ein Wink, die Läufe wurden zu Boden gerichtet. Laura sagte: Ich war wochenlang in Gestapohaft, ich bin Antifaschistin. Sie dürfen meinen Bruder nicht mitnehmen.

Der Offizier schien beeindruckt von Lauras Kühnheit, er hatte sie verstanden. Für einen Augenblick war er unentschlossen, und nun verlegte sich meine Schwester aufs Betteln. Nebenan in unserem Schloß hat sich ein Stab der Roten Armee einquartiert, die Herren sind uns bekannt. Alle wissen, daß wir Nazigegner sind.

Jetzt winkte der Offizier geringschätzig ab. Andere Einheit, nicht meine Vorgesetzten. Den Bruder nehm ich mit. Wir gehen zum Bootshaus. Sie dürfen uns begleiten.

Als ich den Mann vom Bootshaus reden hörte, wußte ich, was die Stunde geschlagen hatte. Sie fanden die Jagdgewehre. Laura weinte, sie mußte mich mit den Russen gehen lassen. Und nun frag ich mich, woher kannten sie das Versteck? Wer, außer uns, hat davon gewußt?

Dobinka dachte, schon wieder dieser Blick aus den Augenwinkeln, von neuem diese Frage, die ich nicht beantworten kann, noch immer dieser Verdacht. Wir drehen uns im Kreise. Nichts hat uns nähergebracht. Ich habe mich getäuscht. Der Mann neben mir ist längst ein anderer als Jürgen Lucius, mein Jugendfreund und Meister, für den ich durchs Feuer gegangen wäre. Der Mann im Gras will Rache. Am liebsten würde er sie an die Wand stellen lassen, alle, die er für schuldig erklärt: Semjon Apt, der ihn an den NKWD übergab, die Handlanger, die Büttel, die ungerechten Richter, auch Willi Pech, der den Russen half, die Ländereien der Lucius zu enteignen, die Kommunisten, die Genossenschaftsbauern, die Schloß Gardow haben verfallen lassen, die Arbeiter der Mecklenburgischen Holzwerke, die den Besitz der Lucius übernahmen. An die Wand mit ihnen!

Verfolgt er auch mich mit seinem Haß? Ich stelle mir vor, wie Jürgen die Front der Delinquenten abschreitet, jetzt hat er mich erkannt, ich lächle ihm zu, ich erwarte, daß er mich aus der Reihe zieht und den Henkern zuruft: Diesen nicht! Aber er läßt mich stehen.

Dobinka sagte: Du hast dein Urteil längst gefällt. Wozu reden wir noch?

Versteh nicht, rief Lucius unwillig. Wovon sprichst du überhaupt?

Vom Ende der Mecklenburgischen Holzwerke, sagte Dobinka, vom Schicksal der Belegschaft, von drohender Arbeitslosigkeit, von der Zukunft der Stadt, die am Tropf hängen wird, wenn man ihre Lebensader verödet. Du wirst nicht ruhen, bis die Holzbude an der Boblitz demontiert ist, wie damals von den Russen. Was gewinnst du dabei?

Dobinka hatte sich in Zorn geredet, sein Kontrahent blieb gelassen und sagte: Ein Honorar selbstverständlich, eine Abfindung für die Anteile meiner Familie. Übrigens hat mich verblüfft, auf welch abenteuerliche Weise ihr das Werk damals wieder aufgebaut und angefahren hattet und was dabei versäumt worden ist. Die Dreckwolken aus dem

Schornstein verdunkelten die Sonne, ein Begriff wie Umweltschutz war euch fremd. Bis jetzt ist euch vieles unbekannt geblieben, was für uns Standard ist.

Das war am Anfang so, rief Dobinka. In den siebziger Jahren haben wir mit dem Neubau einer modernen Möbelspanplattenanlage begonnen, die maroden Kessel aus Forst landeten endlich dort, wo sie hingehörten, beim Schrott. Und die Dreckschleuder, die alte Esse, mußte fallen, aber zwischen den Hallen verbot sich die Sprengung. Weißt du, wer in fünfzig Meter Höhe rittlings auf dem obersten Mauerring saß, um mit Stemmeisen und Fäustel Stein für Stein abzutragen und in den Schlund zu werfen? Ich. Die Brokken flogen durch eine Öffnung am Fuß des Schlotes über schräg gestellte Holzschwellen, wie aus der Kanone geschossen. Bei Morgennebel sah ich die Erde nicht mehr, und ich konnte mir einbilden, ich schwebte im Weltenraum. Im Übermut habe ich manchmal versucht, die Wolken wegzublasen.

Und was hast du dabei gewonnen?

Ein bißchen Selbstgefühl, sagte Dobinka, ein bißchen Stolz. Die Leute sprachen von mir, die Weiber lachten mir zu. Eine Zeitlang war ich im Glück.

Und es hat dich nicht gestört oder bedrückt, daß deine geliebten Mecklenburgischen Holzwerke seit den siebziger Jahren nur noch rote Zahlen schrieben?

Dobinka lachte. Das war nicht mein Bier, sondern eine Entscheidung von ganz oben. Der Betrieb war verlustgeplant.

Verlustgeplant. Lucius wiederholte angewidert den Begriff. Ein Unwort aus dem Vokabular der SED.

Dann sag doch subventioniert, riet Dobinka. Diese Kategorie muß dir aus der Landwirtschaft bekannt sein. Wir haben als Zulieferer funktioniert und konnten keinen Gewinn erwirtschaften, aber für die Möbelindustrie waren unsere Produkte Goldes wert. Sie verdiente die heißbegehrten

Devisen in der westlichen Welt. Möbel aus Hellerau standen in der Bauhaus-Tradition und galten als schick.

Heute führt IKEA den Markt, sagte Lucius. Martin, sperr dich nicht länger. Du mußt eingestehen, daß deine Mecklenburgischen Holzwerke nicht die geringste Chance haben, sich in der freien Konkurrenz durchzusetzen. Ich habe stundenlang mit den Mitarbeitern der Treuhandanstalt oder der Ministerien diskutiert, Akten eingesehen, verheerende Bilanzen. Ich bin sachkundig, das wirst du auch sein, sobald du endlich meine Unterlagen geprüft hast. Die Holzwerke müssen schleunigst liquidiert werden. Du warst der Rausreißer und der Teufelskerl, der rittlings auf dem obersten Mauerring des Schornsteins gesessen hat. Dir werden die Arbeiter glauben, deshalb bitte ich dich um einen Freundschaftsdienst, erkläre du den Leuten: Es ist aus!

Dobinka war, als habe ihm sein Widerpart tatsächlich einen Hieb versetzt. Er fühlte sich getroffen, erhob sich ächzend aus dem Gras, klopfte die Hälmchen von den Hosenbeinen und ging ein paar Schritte, bis er stehenblieb und auf Lucius zurückblickte. Er dachte, am liebsten würde ich ihm eins in die Visage hauen. Er wäre der einzige gewesen, der uns hätte helfen können, die Karre aus dem Dreck zu ziehen. Lucius verlangt, daß ich als der Bürgermeister von Kromberg den Arbeitern ihre Vertreibung verkünde, und nennt das einen Freundschaftsdienst, aber ich werde ihm sagen: Das fangen wir gar nicht erst an. Ich werde ihm was husten. Lieber organisiere ich den Protest, vielleicht tragen wir gemessenen Schrittes und im Fackelschein einen Sarg mit der Aufschrift »Holzwerke« bis zum Kriegerdenkmal hin, oder ich organisiere, wie in der Wende, ein Meeting in Sankt Marien. Der Pastor ist mein Schwiegersohn, also muß er es gestatten, und Ira Thurau wird die Orgel erdröhnen lassen, ehe ein jeder seinen Unmut herausschreien kann. Ich will nicht für Lucius die Kastanien aus dem Feuer holen. Wie sollte ich sonst Kornelia unter die Augen treten. Ich kann mir vorstellen, wie ihre Ohrgehänge klirren, wenn sie ruft: Warum bist du in die Politik gegangen? Martin, du verstehst nichts von diesem Geschäft. Hab ich nicht gleich gesagt: Schuster, bleib bei deinem Leisten.

Vieles ging Dobinka durch den Kopf, und es gelang ihm nicht, seiner Erbitterung Herr zu werden. Da fiel ihm eine seiner schlichten Maximen ein, sie lautete: Sport ist ein Mittel zur Bekämpfung von Unmut und Streß. Wie oft war er nach einem Streit mit Kornelia durch die Wälder gejoggt.

Er stand nur wenige Schritte vom Ufer des Sees entfernt, streifte sich die Kleider vom Leibe, und Lucius erhob sich überrascht, als er sah, daß sich der andere splitternackt ins Wasser stürzte.

Dobinka schwamm zügig hinaus und kehrte schließlich ohne Eile um, ließ sich absinken und tauchte prustend wieder auf, lag für eine Weile rücklings, um mit den Füßen die Wasseroberfläche zu schlagen, daß es schäumte und spritzte, und genoß das kühle Element mit kindlichem Vergnügen. Als er endlich wieder Grund unter den Füßen hatte und triefend zum Ufer aufstieg, sah er den anderen nackt am Rande des Sees, schon schlaff im Fleisch, wie es einem Mann seines Alters entsprach, aber mit einem furchterregenden Wundmal, das seine Brust vom Ansatz des Halses bis an den Bauch teilte, gesäumt mit den feinen Narben, an denen zu erkennen war, wie grob die Operateure die Wunde genäht hatten.

Mein Gott, was ist das?

Ich mußte eine Bypaßoperation absolvieren und bin leider noch immer nicht ganz in Ordnung. Da ich Krankenhausgeschichten hasse, will ich auch meine eigene nicht erzählen, nur so viel, ich trau mich schon lange nicht mehr ohne Assistenz ins Wasser. Es wäre lieb, wenn du in meiner Nähe bliebest.

Selbstverständlich. Dobinka war dem Lucius zur Seite, als sie Schritt für Schritt in die Tiefe stiegen, bis ihnen die leichten Wellen gegen die Brust schwappten und sie sich abstoßen konnten, um davonzuschwimmen. Aber schon bald faßte der andere nach Dobinkas Schulter und bat: Zum Ufer zurück.

Die beiden Männer schwammen gemächlich und gerade so weit voneinander entfernt, daß sie sich beim Ausschwingen der Arme im Wasser nicht behinderten.

Plötzlich sagte Lucius keuchend: Ich weiß nicht, was dir jetzt durch den Schädel geht, vielleicht meinst du, daß es eine Kleinigkeit wäre, mich unter Wasser zu drücken und kurzerhand umzubringen. Die Probleme sind damit nicht aus der Welt.

Tatsächlich fühlte sich Dobinka ertappt. Er sagte grinsend: Auf welche Gedanken kommst du bloß.

Wieder an Land, benutzte einer nach dem anderen das Badelaken, und dann hockten sie nackt in der Sonne, um sich aufzuwärmen, bis Dobinka fragte: Glaubst du wirklich an das Märchen, in Kromberg würden sich alle deine Wünsche erfüllen?

So viele sind es doch gar nicht.

Ich will mal zählen, sagte Dobinka. Nummer eins: Das Werk soll geschlossen werden.

Lucius meinte: Über Details muß man verhandeln. Eine Weile haben die Arbeiter damit zu tun, die Anlagen zu demontieren, die Hallen zu schleifen und das Abbruchmaterial zu zertrümmern. Das ergibt Unmengen von Ziegelschotter, mit dem man Rad- und Wanderwege befestigen kann. Vielleicht gründen wir eine Auffanggesellschaft. Die Brache könnte man zu honettem Preis der Stadt Kromberg überlassen. Du verwandelst sie in eine Marina, die größte von Mecklenburg. Ich glaube, Steigenberger würde sich dafür interessieren. Das bringt Arbeit für viele, Kellner,

Köche, Zimmermädchen, Bootsführer, Mechaniker undsoweiter. Oder du vergibst das Gelände zu Spitzenpreisen an Millionäre. An der Boblitz könnten Häuser entstehen, prächtiger gelegen als die Wannsee-Villen. Kromberg würde exklusiv.

Da sei Gott vor, sagte Dobinka, der an die bescheidene Goldene Wiege dachte. Ich nenne Nummer zwei: Die Fabrikantenvilla ohne Gräberfeld.

Das würde mir gefallen. Ich überlaß euch die Brache und erhebe lediglich auf ein paar Gebäude außerhalb des Werkgeländes Anspruch. Dazu gehört die Villa.

Aber drittens, Dobinka hob den Mittelfinger, willst du Abtey übernehmen.

Richtig. Lucius nickte.

Jetzt kommt Nummer vier, Dobinka starrte dem Nebenmann erbittert ins Gesicht: Du willst mich noch immer als deinen Denunzianten auf der Anklagebank sehen.

Ich muß wissen, sagte Lucius, wem ich damals im Wege war. Und nun laß uns wieder in die Klamotten steigen. Wir müssen aufbrechen nach Abtey.

11
Abtey auf der Heide

Als sie die Böschung bis zum Stellplatz des Wagens aufwärts stiegen, warf Lucius dem Dobinka den Autoschlüssel zu. Er wollte nicht, daß die Geste gönnerhaft wirkte, und sagte: Das Bad hat mich erfrischt, aber auch angestrengt. Tu mir den Gefallen.

Dobinka nickte. Beide hatten oft genug im Streit das Gehabe des anderen, seine Geisteshaltung und Argumentation als feindselig oder widerwärtig empfunden, zum Kotzen, wie es Dobinka ausdrückte, aber dann hatten sie eine Weile dicht bei dicht in der Sonne gehockt und sich noch ein anderes Bild voneinander machen können. Ihre nackten Leiber waren von all jenen Verletzungen, Schrunden oder Entstellungen gezeichnet, die dem Skalpell der Chirurgen oder dem gnadenlosen Zugriff des Alters geschuldet waren. Sie strotzten längst nicht mehr vor Kraft und Männlichkeit und konnten sich aus diesem Grund mit gewisser Nachsicht betrachten. Lucius war dankbar gewesen, als ihm Dobinka eine Hand entgegenstreckte und aus dem Grase aufhalf. Nun saß er entspannt auf dem Beifahrersitz und sah an der linken Straßenseite jene vier Doppelhäuser im nordischen Stil vorübergleiten, die vor Jahrzehnten von Häftlingen aus Ravenstein für ihre Aufseher errichtet worden waren, mit gekreuzten Pferdeköpfen am Giebel und bäuerlich bemalten Fensterläden, sie wirkten so putzig, so ordentlich, so deutsch wie eh und je.

Jetzt winkt der Wegweiser nach rechts, der Wagen schwingt sich gehorsam auf das abzweigende Asphaltband, und da ist Abtey, das Schlößchen am Klostersee. Der Wagen hält neben dem Parktor, einer barocken Kunstschmiedearbeit, Lucius erinnert sich, daß sie der Hochmeister während des Krieges aus einem der polnischen Adelssitze hatte entfernen lassen, um die Residenz seiner Geliebten damit zu schmücken. Die Männer treten ein, der Kiesweg führt sie dem Portal des Hauses entgegen, rechts und links breitet sich Rhododendrongebüsch oder anderes Ziergesträuch, irgendwo muß der Jasmin in Blüte stehen, Lucius erschnüffelt den Duft, blickt auf zu den Wipfeln der Zypressen und genießt es, an diesem Ort zu finden, was er nach der Zerstörung der Gutsanlagen im elterlichen Gardow schmerzlich vermißt hatte, die harmonische Verschränkung von Gartenkunst und Architektur auf alten Herrenhöfen.

Hier sieht es prächtiger aus als früher. Wie kann das sein, Martin?

Abtey ist seit vierzig Jahren ein Kinderheim, Schloß und Park sind belebt und beide gepflegt, so gut es eben ging. Du bist seit damals nicht hier gewesen, verständlich, daß du staunst. Die Bäume sind zu stolzer Höhe aufgewachsen, und wer den Park auch gegründet hat, wahrscheinlich waren es Gartengestalter, nach denen man in den Konzentrationslagern gesucht hatte, sie haben die Anmut der ausgewachsenen Anlage niemals mit eigenen Augen gesehen und würden sich freuen wie du.

Du willst mir schon wieder eine Sache vermiesen, diesmal mit KZ-Geschichten, sagte Lucius. Mir gefällt der Gedanke immer besser, Abtey als meinen Alterssitz zu wählen, ein Juwel, nicht zu vergleichen mit den Resten von Gardow oder mit der schäbigen Jugendstilvilla am Gräberfeld in Kromberg.

Er versank in Gedanken, denn sie näherten sich dem Rondell, das der Freitreppe vorgelagert war. Hier hatte sich nichts geändert, es ist noch derselbe Springbrunnen, der in der Mitte sprudelt, und der Mann will gar nicht wissen, ob die patinierte Schale, aus der sich das Wasser ergießt, möglicherweise auch ein Beutestück aus Polen oder Frankreich ist. Er hat das Rauschen gehört in unvergeßlichen Mittsommernächten, den letzten vor Kriegsende, wenn er hier in der Nähe wartete, an einen Busch gedrückt, bis die Geliebte endlich treppabwärts eilte im langen, wehenden Gewand. Er folgte ihr augenblicklich bis zum Pavillon am See, dort zerrten sie sich gegenseitig die Kleider vom Leib, weil sie sich auf der Stelle haben wollten, und in der nächsten Stunde immer wieder. Gerlinde war die erste Frau, die der Neunzehnjährige besaß, manchmal hatte er die schwüle Erinnerung bis heute im Blut. Er weiß noch, daß sie seinen Körper behexte und virtuos beherrschte, daß sie ihn lockte und reizte, bis er die letzte Hemmung vergaß. Wie sie sich über ihn warf, daß er ihre Brüste greifen und küssen konnte, eine nach der anderen, während sie mit aufgerecktem Hintern nur den Knauf seines Gliedes umschmeichelte und ihn nicht eindringen ließ, bis sie sich schließlich aufbäumte, um sich den Pfahl bis ans Heft ins Fleisch zu rammen. Kein Wunder, daß ihr der junge Lucius verfiel, daß er die nächste Nacht kaum erwarten konnte und höchste Lust genoß, die geschärft und gesteigert wurde durch die Nähe der Gefahr. Überall konnten die Schergen des Schwarzen Ordens lauern, und bald ging der Tod um. Jürgens Vater hatte gewarnt: Wie kannst du dich auf eine Rivalität mit diesem Menschen einlassen? Er wird dich hinrichten lassen, wenn es dir nicht gelingt, dich von seiner Geliebten zu lösen. Lucius hatte bei mancher Frau gelegen und schließlich Lola liebgehabt bis zu ihrem Tod vor gar nicht langer Zeit. Dreißig Jahre ist sie sein Eheweib gewesen, sie hat ihn glücklich gemacht, seinen Aufstieg gestützt und gottlob auch genießen können, die herrlichen Jahre in Argentinien, die Aufenthalte in den eigenen Häusern. Er denkt an Lola mit dem Gefühl dankbarer Zärtlichkeit, und er vermißt ihre Fürsorge bis heute, aber den oft zitierten Sinnesrausch hat er nur bei Gerlinde erlebt als junger Mann, hier auf Abtey, bis die Russen kamen. Das ist verdammt lange her.

Am Fuß der Freitreppe erwartet sie eine kleine, stuckige Frau, die schon bei Jahren ist und ihren Zopf auf altdeutsche Art um die Stirn gewunden trägt.

Frau Sauerborn, sagt Dobinka, ich will Ihnen Doktor Jürgen Lucius vorstellen. Er ist im Auftrag der Treuhand unterwegs.

Lucius verbeugt sich, und die kurzhalsige Frau Sauerborn blafft: Sie werden uns doch nicht mitsamt den Kindern aus dem Hause jagen wollen?

Lucius hebt beide Hände. Ich würde die Räume gern sehen, ich kenne sie von früher.

Ach, meint die Sauerborn, waren Sie denn bei der SS?

Mein Vater, erklärt Lucius, hat auf Gardow gesessen. Abtey gehörte zum Gut.

Meinetwegen. Frau Sauerborn winkt zur Freitreppe hin, stapft auf kurzen Beinen voraus und beginnt mit der Führung.

Lucius ist enttäuscht. Das schöne Gebäude war im Inneren nicht wiederzuerkennen, man würde es entkernen müssen.

Frau Sauerborn erklärt, daß man bei der Einrichtung des Hauses, soweit das in der DDR möglich war, den Forderungen der Pädagogik und Sozialwissenschaft entgegengekommen sei. Die Konzeption erlaube jeder Gruppe, acht Jugendliche in der Regel, mit ihrer Erzieherin wie in einer Familie zusammen zu leben. Diesem Prinzip mußte die Raumaufteilung folgen, mehrere Schlafräume in einer Flucht, dazu ein Wohnzimmer und eine Küche. Aber eines der Bäder ist noch in ursprünglicher Form erhalten. Da, sehen Sie mal, Mosaiken wie in römischen Villen.

Wie viele Kinder leben hier?

An die vierzig. Einige sind Waisen, andere kommen aus asozialen Familien.

Wo sind sie?

In der Schule, meint die Sauerborn und lächelt endlich einmal, oder in der Lehre. Am Abend ist der Teufel los. Uns fehlen Sportgeräte, Fernseher, Computer. Ein generöser Sponsor könnte viel bewirken, nicht wahr, Herr Bürgermeister?

Sie sagen es, Frau Sauerborn.

Später, als die beiden Männer wieder am Brunnen standen, blickte Lucius noch einmal auf die Front des Schlößchens zurück und entdeckte jetzt erst eine Inschrift über dem Portal: Kinderheim Ira Thurau.

Erklär mir das, Martin.

Dobinka sagte: Seit eh und je hat man Gebäude oder Einrichtungen nach dem Namen ihrer Stifter benannt. Ira Thurau war die letzte Besitzerin von Abtey.

Niemand weiß besser als ich, wem Abtey am Kriegsende gehörte, meinte Lucius aufgebracht. Wie sollte die Immobilie zur Habschaft einer Ira Thurau geworden sein?

Frag sie doch selber, sagte Dobinka.

Du kennst diese Frau?

Sie lebt in Kromberg.

Wo kann ich sie finden?

Im Pfarrwitwenhaus.

Lucius sagte: Wir sollten sie auf der Stelle aufsuchen.

Wie Dobinka erwartet hatte, öffnete Ira Thurau nicht, aber er wußte, wie die Rückseite des Hauses über den Pfarrhof zu erreichen war, und kannte die versteckte Gartenpforte.

Die Fenster des Pfarrwitwenhauses standen offen, die Männer blieben stehen, sie vernahmen Klaviermusik, Schumann wahrscheinlich oder Mendelssohn Bartholdy. Dobinka verriet, daß die Thurau seit langem beide Komponisten privilegierte, manchmal unterbrach sie sich und wiederholte eine Passage. Lucius war beeindruckt: Da übte eine Meisterin, und Dobinka erklärte, daß sie einer Künstlerin zuhörten, die jahrzehntelang an der Orgel von Sankt Marien gesessen hatte. Dann war es still. Vielleicht hatte die Klavierspielerin mit ihrem feinen Gehör vernommen, daß draußen gesprochen wurde, und dies als Störung empfunden. Jetzt trat sie ans Fenster und erkannte im Garten die Umrisse zweier Gestalten, denn die Männer hatten die Abendsonne im Rücken, sie selber aber wurde so stark geblendet, daß sie mit einer Hand die Augen schützen mußte.

Wer ist da?

Der Martin.

Du bist nicht allein.

Ja, sagte Dobinka, ich habe einen Mann mitgebracht, der dich unbedingt sprechen möchte.

Wer ist es?

Jürgen Lucius, früher auf Gardow.

Als sie diesen Namen hörte, wollte die Frau das Fenster schließen und verriegeln, hielt aber inne, als Dobinka rief: Dürfen wir eintreten, Ira?

Sie schützte noch immer das Gesicht und sagte: Nein. Ich werde nach draußen kommen. Er mag am Apfelbaum auf mich warten, und du geh deinen Amtsgeschäften nach, oder kümmere dich um die Kneipe. Laß mich mit diesem Mann allein.

Dobinka blickte auf Lucius, bis der zustimmend genickt hatte, wendete sich und ging davon.

Bald erschien die Frau im Garten, dunkel gekleidet, Kopf und Schultern waren von einem Tuch umhüllt, so fein gearbeitet, daß es wie eine Mantilla wirkte. Der Mann war beeindruckt von ihrer Erscheinung und verneigte sich. Die Frau verschränkte die Arme unter dem schleierartigen Umhang, bis sie dem Besucher einen der Gartensessel zugewiesen hatte, und nahm dann selber Platz. Sie saß mit dem Rücken gegen den Abendschein und ersparte sich jede Höflichkeitsfloskel. Sie fragte weder woher noch weshalb, sondern sprach mit herrischer Stimme: Du kommst spät, Jürgen Lucius.

Der Mann erschrak so, daß er mit beiden Händen nach den Armlehnen des Sessels faßte. Wer durfte so was zu ihm sagen?

Sie rückte ihren Stuhl, streifte das Tuch vom Kopf und zeigte sich dem Mann.

Er starrte lange in das schöne, strenge Altersgesicht, dessen Kerben vom Abendlicht ein wenig geglättet wurden, und war nicht sicher, daß er es wirklich wiedererkannt hatte: Gerlinde?

Das bin ich. Auf der ganzen Welt weiß es außer uns beiden kein Mensch.

Lucius war betroffen. Er schob seinen Gartensessel neben den ihren, um ihr nahe zu sein, und streckte seine Hand aus, war aber nicht sicher, daß die Frau eine Berührung dulden würde, und zog sich wie ein schüchterner Junge zurück.

Wie bist du zu diesem Namen gekommen?

Es kam sie bitter an, davon zu reden, aber dann sagte sie leichthin: Ach Gott, eine Liebesgeschichte. Weißt du, die Frau war grade mal zwanzig, beinahe noch ein Mädchen, an den Hochmeister gefesselt, an einen doppelt so alten, schrecklichen Mann, der sie mit sich in den Tod ziehen wollte. Da erscheint ein strahlender Held, ein Fliegerleutnant, der kommt ihr wie der Ritter Georg vor. Kein Wunder, daß sie sich bedenkenlos verliebt. Er verspricht, sie und ihre Gefährtin Ira zu erretten, aber er ist nur ein Feigling, ein Schuft und hat sie am Ende verraten. Die beiden Mädchen werden in eine Häftlingskolonne gestoßen und auf den Todesmarsch geschickt. Ira kommt dabei ums Leben, die andere verbirgt sich bis heute hinter ihrem Namen. Das ist alles.

Mein Gott, was mußt du gelitten haben.

Ich leide bis heute, sagte sie.

Lucius versuchte sich zu verteidigen. Dieser Leutnant war kaum erwachsen und ganz sicher kein Kirchenheiliger, aber ein Schuft ist er auch nicht gewesen. Du mußt dich doch erinnern, daß beim Russensturm unsere Welt aus den Fugen geriet. Er konnte nicht kommen, der Teufel mag heute noch wissen, warum.

Sie hob die Brauen. Mir ist jede Stunde dieses gräßlichen Tages für immer ins Gedächtnis gebrannt, und du weißt nicht mehr, warum du mich im Stich gelassen hast?

Ein Befehl, stammelte er, ja, ein Befehl. Wer war ich denn? Ein kleiner Fliegerleutnant, der sich nicht verweigern durfte. Sie hätten mich sonst an die Wand gestellt wie Albrecht von der Weitbrink. Das log er der Frau ins Gesicht und verübelte ihr gleichzeitig, daß sie ihn in Verlegenheit gebracht hatte.

Sie wiederholte höhnisch: Ein Befehl – und fragte dann: Aber heute kommst du aus freien Stücken, warum?

Er wich aus. Ich war in Abtey und hatte die alten Geschichten wieder im Kopf, die schönen, die schlimmen. Laß uns von dir reden, bitte, Gerlinde.

Seit Jahrzehnten hatte sie niemand bei ihrem Namen genannt, daß es dieser Mann tat, rührte sie an, aber sie sagte kühl: Zuerst will ich erfahren, wer du heute bist.

Jürgen Lucius, ein Mann, dem Recht und Freiheit über alles gehen. Wahrscheinlich weißt du gar nicht, daß ich dreieinhalb Jahre im Sonderlager Siebeneichen zubringen mußte, weil mich irgendein Schwein denunziert hatte.

Sie raffte das Umschlagtuch am Halse, weil es sie plötzlich fröstelte.

Er sagte: Als ich freikam, war mir alles fremd. Ich hatte

nur einen Wunsch, fort aus diesem sowjetisch beherrschten Mecklenburg, in dem der NKWD noch immer seine Netze spann. Ich habe in Bonn und Frankfurt studiert, bin promovierter Jurist, geschätzt von großen Industrieverbänden, und vielleicht hab ich so verbissen an meiner Karriere gearbeitet, um auf diese Tage meiner Heimkehr vorbereitet zu sein. Ich habe genügend Geld und Einfluß, um auch für dich die Dinge so zu ordnen, daß du endlich zur Ruhe kommen kannst.

Was er sagte, verblüffte sie. Was würdest du denn für mich tun?

Das hängt von dir ab, Gerlinde.

Die Sonne hatte sich hinter dem Scheunendach des Pfarrhofes versteckt, im Garten war es kühl geworden. Die Frau erhob sich, und ihre Einladung klang beinahe wie ein Befehl: Komm mit ins Haus.

Lucius hatte Lust auf ein Glas Wein, das helfen könnte, die Situation zwischen ihnen zu entspannen, und folgte ihr gern.

Sie hatte heute auf den Stock verzichtet und schritt vor ihm her, ein wenig angestrengt, aber immer noch stolz und mädchenhaft schlank. Da fiel ihm wieder ein, wie gerne er als junger Kerl bei ihr gelegen hatte und daß er sie überreden sollte, in einem seiner Häuser zu wohnen, möglichst weit entfernt von hier, bis alles geregelt wäre. Er könnte ihr vielleicht das kleine Chalet bei Lugano überlassen, vorausgesetzt, sie fügte sich seinen Plänen. Er nickte zustimmend, als sie ihm eine Flasche reichte, damit er sie entkorken konnte. Inzwischen zündete sie die Kerzen an und wischte zwei Gläser aus, ehe sie die auf dem Tisch zurechtstellte. Er kostete den Wein und schien verwundert.

Cabernet, erklärte sie, bulgarisch. Den haben wir in der DDR getrunken.

Und wieder nickte er: Gar nicht mal schlecht.

Sie saßen am Tisch und hoben die Gläser gegeneinander. Schließlich sagte die Frau: Du hast nicht nach Gerlinde gesucht, sondern nach jemandem, der Ira Thurau heißt. Das bin ich. Was willst du von mir?

Ich wüßte gern, wie Ira in den Besitz von Abtey gekommen ist.

Sie lachte ein bißchen und erzählte von der Fahrt nach Kromberg im eisigen Februar fünfundvierzig und wie sie den alten, habgierigen Doktor Fiebrich mit einem Goldbarren dazu gebracht hatte, den schwierigen Besitzwechsel zu vollziehen.

Lucius wunderte sich. Ich bin dein Liebster gewesen, warum war ich nicht eingeweiht?

Sie hob die Schultern. Vielleicht hab ich damals schon geahnt, daß man dir nicht trauen darf, und die Sache ging nur uns Mädchen an. Wir wollten ein Pfand für später behalten. Eine Fehlspekulation, bald hab ich in der Falle gesessen und bin vor Angst fast gestorben. Was sollte ich mit Schloß und Park, beides hab ich weggeschenkt und war danach erleichtert.

Du hast den Kommunisten einen Schatz ausgeliefert. Hat es dich niemals gereut? Die Ostrenten reichen doch kaum zum Leben.

Da reizte es die Frau, dem Mann zu erzählen, daß sie ein kleines Vermögen angehäuft hatte. Der Ira Thurau als einem Naziopfer war nämlich Monat für Monat eine Ehrenpension überwiesen worden, sie hatte keinen Pfennig angerührt, so konnte sich das Geld über die Jahrzehnte mehren, war nach der Wende allerdings nur noch die Hälfte wert, immerhin, mehr als hunderttausend sind ihr geblieben, die will sie Sankt Marien hinterlassen.

Lucius lächelte. Das ist dir freigestellt. Alles andere laß bitte mich entscheiden.

Was wäre das andere?

Abtey, ein herrliches Fleckchen Erde, das meiner Familie gehört hat, bis es durch Druck der SS-Führung an den Hochmeister kam und schließlich an dich.

Für mich, sagte die Frau, ist diese Sache seit langem abgeschlossen. Das Haus ist ein Kinderheim, ich will es nicht wiederhaben.

Aber ich, rief Jürgen Lucius. Und nun hör mir mal zu, Gerlinde. Es hat was Schicksalhaftes, daß wir uns wiedergefunden haben. Ich kann nicht vergessen, was zwischen uns gewesen ist, und möchte, daß du – genau wie ich – das Leben in Würde und in Wohlstand zu Ende leben kannst. Tu mir einen Gefallen und bleibe für die Leute, wer du bist, damit ich in deinem Namen die Rückführung betreiben kann.

Die Frau hatte aufmerksam zugehört, jetzt fragte sie: Warum willst du Abtey haben, ausgerechnet dieses Haus mit seinem Makel?

Er lachte. Wer weiß noch davon? Und nun versteh doch mal, ich bin ein reicher, alter Mann, meine Frau ist vor Jahren gestorben, die Kinder sind mir fremd, aber da ist ein Enkel, ein begabter Junge, an dem ich hänge, der letzte Lucius. Er studiert in Cambridge und verschwindet womöglich eines Tages in der Welt. Der Junge hat keine Ahnung, in welche Tradition seine Familie in Mecklenburg gestellt war, wir sind wurzellos und heimatlos, seit uns die Kommunisten enteignet und vertrieben haben. Gardow ist für immer verloren. Ich brauche ein Stück Erde, in dem die Lucius wieder Wurzeln schlagen können. Dort möchte ich selber einmal begraben werden. Ich brauche Abtey, mit deiner Hilfe kann ich's haben. Komm, laß uns noch ein Glas miteinander trinken. Er schenkte ein und trank ihr zu: Auf unsre Partnerschaft! Die Frau tat ihm Bescheid. Er sagte lächelnd: Lugano ist zauberhaft, dort hab ich ein Haus, hoch überm See. Es ist nicht allzuweit nach Mailand hin. Wir könnten reisen, sobald ich hier die Dinge geordnet habe.

Sie schüttelte den Kopf. Ich habe jahrzehntelang mit einer Lüge gelebt. Der Teufel hatte mich ins Bett geholt, und ich empfinde Schuld, seit ich auf dem Todesmarsch war, in einer Kolonne mit seinen Opfern, mit Menschen, die zu Unrecht leiden und sterben mußten. Das tut mir bis heute weh.

Lucius faßte über den Tisch hinweg nach ihren Händen und sagte: Es ist vorbei. Du bist von mir entdeckt, und nichts wird geschehen, was dich ängstigen könnte. Vielleicht ist es Gottes wunderlicher Wille gewesen, daß wir gegen das Ende unseres Lebens aufeinander treffen, damit ich dich erlösen kann.

Die Frau befreite sich ganz vorsichtig aus seinem Griff und sagte: Ich hab mich manches Mal von hier fortgewünscht, und es hat Jahre gedauert, bis ich mich mit meinem beschränkten Leben abgefunden hatte. Die Kirche war mein Arbeitsplatz, die Orgel mein bißchen Trost, am Ende war ich es zufrieden, und ich wußte immer: Wenn ich im Leben was Gutes getan habe, dann war es dieses Geschenk an die Kinder. Abtey soll ein Heim für die Benachteiligten bleiben. Ich kann es dir nicht verschaffen.

Er bat: Laß uns doch morgen weiterreden.

Sie schüttelte den Kopf und sah ihm dann ins Gesicht. Eh du gehst, mußt du noch eines wissen, Jürgen Lucius. Damals, Anfang sechsundvierzig, als er verhaftet wurde, hat der junge Dobinka bei mir gewohnt. Das Haus wurde nach Waffen durchsucht, einer der Häscher war Neupeter, Inspektor auf Gardow, der Mann mit der Oberschenkelprothese, er benutzte den Stock, um überall herumzustochern, hat aber nichts gefunden. Durch Martin wußte ich von euern gefährlichen Geschäften auf dem schwarzen Markt, Neupeter gehörte zu deiner Clique. Dann ist Martin ausgestiegen, und der Inspektor witterte Verrat. Er hat den Jungen als Werwolf denunziert, um sich bei den Russen lieb Kind zu machen.

Lucius war vom Stuhl aufgesprungen, er hatte rote Flekken im Gesicht, als er rief: Das ist ungeheuerlich. Woher willst du das alles wissen?

Sie sagte: Ich hing an dem Jungen, das ist auch eine Liebesgeschichte. Ich habe mir den Häftlingskittel übergestreift und bin in die Höhle des Löwen gegangen. Der Kommandant hat mir die Namen der Denunzianten verraten: Neupeter und Laura von der Weitbrink, deine Schwester. Der alte Haß, sie wollten auch Willi Pech, den Ziehvater des Jungen, treffen. Da habe ich preisgegeben, wer in Wahrheit die Waffen besaß: Das bist du gewesen, Jürgen Lucius.

Der Mann ging mit großen Schritten zur Tür und blickte von dort auf die Frau zurück. Durch deine Schuld habe ich dreieinhalb Jahre meines Lebens verloren. Widerwärtig, wozu eine abservierte Liebhaberin fähig ist. Ich verachte und verurteile dich und würde dich am liebsten an den Pranger stellen. Aber das Geschäftliche hat Vorrang. Unsere Verabredung gilt, ich stelle den Rückführungsantrag auf Abtey im Namen von Ira Thurau. Sie wird mir ihre Liegenschaften überlassen, oder der Staatsanwalt bemächtigt sich der Sache, und die Welt erfährt eine sensationelle Geschichte. Er schlug die Tür hinter sich zu.

Die Frau wußte nicht, wie lange sie am Tisch gesessen und gegrübelt hatte, Ellenbogen aufgestützt, das Kinn auf den verschränkten Händen. Sie dachte mit Erbitterung an Jürgen Lucius, der zu den vielen selbstgerechten Menschen zählte, die meinten, sie brauchten nichts im Leben zu bereuen und gar nichts könnte ihnen aufs Gewissen schlagen. Ausgerechnet ihm ist sie ausgeliefert, er wird über ihr Geschick entscheiden und daraus ein Geschäft machen, wie sie sich auch verhält, ob sie sich beugt oder ihm entgegenstellt, er hat sie in der Hand. Wär er doch geblieben, wohin ihn die Russen gebracht hatten, der Hund. Er soll Abtey nicht haben! Und keiner soll wissen, was vor einer Ewigkeit geschehen ist. Sie erhob sich stöhnend, nahm dann vor ihrem Schreibsekretär Platz, um nach dem Brief mit ihrer Beichte zu suchen. Sie überflog die Blätter, und mit einem Male kam es ihr wunderlich vor, daß sie ausgerechnet der jungen Sophie ihr Geheimnis hatte anvertrauen wollen. Sie zerknüllte den Brief.

Die Stube im Pfarrwitwenhaus wurde mit einem alten Kachelofen geheizt, die Frau öffnete die Feuerklappe, entzündete die Papiere und schaute zu, bis sie verbrannt waren. Dann nahm sie den Kirchenschlüssel an sich, der immer noch in ihrem Besitz war. Sie wollte noch einmal zur Orgel hinauf.

Am nächsten Vormittag trat Dobinka um Dreiviertel elf vor die Tür der Goldenen Wiege, mit schmaler Hose und einem Pullover bekleidet, lange grüne Schürze vorm Bauch, blickte nach dem Wetter und bückte sich dann, um die Speisekarte zu ergänzen. Er pries eine Delikatesse an, die Cornelia ab heute anbieten wollte: Havelzander in Porree, überbacken mit Roquefort-Sahne, zu acht DM. Dann hielt er Ausschau nach der alten Frau, gleich würde sie sich aus dem Parterrefenster des Hauses schräg gegenüber beugen und er, wie üblich, ein wenig die Hand heben, ehe sie den Kopf neigte und das Fenster schloß. Gewöhnlich dauerte es nicht lange, bis sie den Haustritt abwärts stieg, eine Hand am Geländer, in der anderen den Stock, und er sie empfangen konnte, um sie in die Gaststube zu geleiten, wo ihr Stammplatz freigehalten worden war. An jedem Wochentag das gleiche Ritual zur gleichen Zeit, man hätte die Uhr danach stellen können.

Heute kam Frau Thurau nicht, und Dobinkas Ungeduld wuchs. Er wußte, daß Jürgen Lucius Abtey um jeden Preis an sich bringen wollte, das war aber nur möglich, wenn er Ira Thurau dazu brachte, eine eidesstattliche Erklärung abzugeben, mit der sie versicherte, sie sei von den Kommunisten so lange bedrückt und genötigt worden, bis sie ihnen das Besitztum ausgeliefert hätte. Das war gängige Praxis heutzutage. Ira mußte selbstverständlich am Gewinn beteiligt werden, aber wie würde sie sich verhalten? Die Stadt Kromberg hatte auch noch ein Wörtchen mitzureden, und auf jeden Fall war das Schicksal des Kinderheims vom Ausgang der Sache betroffen. Dobinka hatte gestern abend eine Zusammenkunft der Kontrahenten vermittelt, aber kein gutes Gefühl dabei gehabt. Er wollte von Ira erfahren, ob sie sich mit Lucius geeinigt hatte. Gegen alle Gepflogenheit erschien die alte Frau aber nicht, und es war bereits gegen elf, als Martin unverrichteterdinge ins Haus zurückkehrte.

Kornelia hörte, daß er die Gaststube betrat, sie rief aus der Küche: Soljanka kommt! Und eilte mit baumelnden Ohrgehängen herbei, um die Suppe aufzutragen, fand aber den Gast nicht am gewohnten Platz und wunderte sich. Was ist passiert, Martin?

Keine Ahnung, Körnchen. Ein alter Mensch ist rasch mal unpäßlich, vielleicht schau ich später mal rüber zu ihr.

Die Eheleute hatten kaum ein paar Sätze gewechselt, und Kornelia hielt immer noch das Tablett mit der Suppentasse in den Händen, als Doktor Lucius im schwingenden Sommermantel die Goldene Wiege betrat. Er trug einen Diplomatenkoffer und grüßte mit: Mahlzeit! Mit Handschlag sogar.

Dobinkas dankten, und Kornelia deutete auf die Soljanka: Wollen Sie was essen, Herr Doktor?

Er wehrte ab. Nicht so früh, und russisch schon gar nicht. Ich bin in Eile und möchte den Martin ein Weilchen für mich haben. Wo sind wir ungestört?

Martin öffnete die Tür zum sogenannten Hinterzimmer. Seine Frau fühlte sich auf ungalante Weise ausgeschlossen und trug das russische Süppchen mit heftigem Hüftschlag wieder in die Küche.

Nun fragte Dobinka: Was ist passiert?

Lucius hatte auf einer der Eckbänke Platz genommen und seinen Koffer auf den Tisch gestellt. Ich reise ab, in dieser Stunde schon.

Warum so plötzlich?

Ich bin mit dieser alten Hexe nicht zurechtgekommen, das hat mich eine schlaflose Nacht gekostet, sagte Lucius und schien noch immer aufgebracht. Ich habe keine Lust mehr, mich mit dem Amt für offene Vermögensfragen herumzuschlagen oder gar zu prozessieren, da kämen womöglich Dinge ans Licht, die besser verborgen bleiben. Diese Frau ist zu allem fähig, sie haßt mich.

Na, na, meinte Dobinka, sie wird verärgert sein, das könnte ich verstehen. Du willst uns Abtey abjagen, das kann ihr sowenig gefallen wie mir.

Du hast keine Ahnung, meinte Lucius abschätzig und hatte Lust, preiszugeben, wer ihm gestern in Wirklichkeit begegnet war. Aber was nutzte das eigentlich? Er ließ den Verschluß des Köfferchens schnappen und warf eine Mappe auf den Tisch. Die Mecklenburgischen Holzwerke müssen liquidiert werden, ich lasse dir die Unterlagen da, damit kannst du argumentieren. Schließe das Werk, ich verschaffe dir Vollmacht. Rede du mit den Leuten, und erspare uns solchen sinnlosen Trubel wie in Pfaffenrode, Hungerstreiks unter Teilnahme abgetakelter Schauspieler und ähnliches.

Du haust ab, rief Dobinka gereizt, und verlangst tatsächlich, daß ich die Kastanien aus dem Feuer hole?

Ja, bitte tu mir diesen Freundschaftsdienst, bat Lucius, und ich verspreche, daß du bei dieser Gelegenheit nicht nur verlierst. Behalte deine Russengräber, mach mit der Jugendstilvilla, was du willst, nimm sie vom Markt, wie es so schön heißt, reiße sie ab, schütte die Keller zu, und sieh mir bitte nach, daß ich dich eine Zeitlang für meinen Denunzianten gehalten habe. Es tut mir wirklich leid.

Er erhob sich, und Dobinka tat das auch. Die beiden Männer standen sich gegenüber, bis sie sich in den Armen lagen wie gute Freunde, die voneinander Abschied nehmen müssen.

Dobinka gab dem Jürgen Lucius das Geleit bis an den schweren Mercedes. Er sagte: Es bürgert sich vom Westen her eine trostreiche Formel für das Weggehen ein, die mir ganz gut gefällt: Man sieht sich!

Lucius nickte. Man sieht sich! und stieg ein.

Es hatte kaum Mittag vom Turm geläutet, als Jochen Petters kreidebleich an die Theke stürzte und einen doppelten Klaren verlangte, den er auf einen Zug kippte. Der Pastor wollte, wie an jedem Tag, in den Turm steigen, um die Kurbel zu bedienen, mit der das alte Uhrwerk aufgezogen werden mußte, da hatte er sie in ihrem Blut liegen sehen, die Orgelspielerin von Sankt Marien, erschlagen. Mein Gott, warum?

Der Mord von Kromberg war lange Zeit Stadtgespräch. Der Nordbote, aber auch das Regionalmagazin von N3 berichteten regelmäßig vom Stand der Ermittlungen und verbreiteten Bilder vom Tatort. Bald kannte jeder Bürger im Land den charakteristischen Umriß von Sankt Marien, wo die Bluttat geschehen war. Aber auch die Aureole um das unschuldige Mordopfer strahlte von Tag zu Tag heller. Diese Frau hatte nur Gutes getan, ein Kinderheim gestiftet, ein Vermögen zur Restaurierung der Röderorgel hinterlassen und dennoch ein gräßliches Ende nehmen müssen, so hörte man die Leute reden. Pastor Petters erschien auf dem Bildschirm und beschrieb, wie er die Organistin mit zerschmettertem Schädel auf der Turmstiege gefunden hatte. Im Hintergrund war das geöffnete Portal zu sehen, versperrt mit jenen rotweißen Bändern, die in keinem Kriminalfilm fehlen. Auch Martin Dobinka sprach vor laufender Kamera von Ira Thurau als einer vorbildlichen Frau und Künstlerin, die für ihr Leben gern Soljanka gelöffelt hatte. Ehre ihrem Andenken! Immer wieder stürmten Neugierige das Lokal, um wenigstens einen Blick auf jenen Stuhl zu werfen, auf dem die Ermordete gesessen hatte. Ira Thurau wurde nach und nach Legende.

Der Bürgermeister und der Pfarrer hatten die Tote gut gekannt, aber nicht zum Kreis der Verdächtigen gezählt. Auch ein westdeutscher Staranwalt, Rechtsvertreter großer Industrieverbände, der von der Kripo befragt werden mußte, schied als Täter aus. Endlich erfuhr die Öffentlichkeit, daß zwei Männer aus Kromberg dem Haftrichter zugeführt worden waren, es handelte sich um M. F., einen Geschäftsmann, der sich mit dem Bau eines überdimensionierten Bestattungshauses übernommen hatte, und um G. F., einen heruntergekommenen Künstler, in dessen Atelier eine blutgetränkte Stola gefunden wurde. Schließlich stellte sich heraus, daß der Mörder damit eine falsche Fährte hatte legen wollen, und schon am nächsten Tag meldete das Nordmagazin, daß ein gewisser Mike Fiebrich die Tat gestanden habe. Er hatte die alte Frau von der Orgelbank gezerrt und die Turmtreppe hinabgestürzt, weil sie sich weigerte, mit ihrem Geld den Konkurs seiner Baufirma abzuwenden.

Übrigens wurde von der schwarzen Fraktion der Antrag gestellt, die Ehrenbürgerschaft der Stadt postum an Ira Thurau zu verleihen, aber Dobinka sperrte sich gegen diese Art von Heiligsprechung und setzte durch, daß die frühere Adolf-Hitler-, spätere Ernst-Thälmann- und jetzige Nikolaus-von-Werle-Straße den Namen Willi Pech erhielt. Er war der erste Bürgermeister nach dem Krieg gewesen, die Kromberger verdankten ihm viel, hatten ihn aber längst vergessen.

Wegen der unumgänglichen Liquidation der Mecklenburgischen Holzwerke und der massenhaften Entlassung der Arbeiter und Ingenieure verbat sich ein lärmendes Fest anläßlich der Siebenhundertfünfzigjahrfeier der Stadt Kromberg, und der Bürgermeister Dobinka verzichtete auf eine Prunksitzung der Abgeordneten im historischen Kostüm. Aber den Leuten gefiel seine Rede. Er wies auf die Geißeln der Geschichte hin, auf Krieg, Pestilenz, Mordbrennerei und Plünderung, unter denen die Stadt gelitten hatte. Aber die Bürger hatten immer wieder den Mut und die Kraft gefunden, sich der Hoffungslosigkeit entgegenzustellen, und er pries das über siebenhundert Jahre alte Gemäuer von Sankt Marien und die alten Linden am Marktplatz, die allen Stürmen der Zeit getrotzt hatten, als Sinnbilder des ewigen Mecklenburg.

Danksagung

Der Autor bedankt sich bei Helmut Hamp, Klaus Ridder, Heinz Sensenhauser und Hannes Zander aus Wesenberg, die ihm Geschichten erzählt und Fakten vermittelt haben.

Die Sage von der goldenen Wiege hat Walter Karbe vor langer Zeit aufgeschrieben.